ANGELICUS

JOAQUIM MOLINA

ANGELICVS

Editado por HarperCollins Ibérica, S. A.
Avenida de Burgos, 8B - Planta 18
28036 Madrid

Angelicus

Autor representado por IMC Agencia Literaria

Diseño de cubierta: CalderónSTUDIO®
Imágenes de cubierta: Dreamstime.com

ISBN: 978-84-1064-106-8
Depósito Legal: M-13310-2024
Impreso en España por Unigraf

FSC www.fsc.org
MIXTO
Papel procedente de fuentes responsables
FSC® C120704

ÍNDICE

PRIMERA PARTE

Introito 17
Capítulo 1 El extraño caso del príncipe heredero 19
Capítulo 2 *Non draco sit mihi dux* 30
Capítulo 3 El bello cadáver de Cecco Usai 34
Capítulo 4 *Pacta sunt servanda…* 38
Capítulo 5 La delicada misión de freire Ecart 41
Capítulo 6 Cambio de rumbo 46
Capítulo 7 Autopsia 49
Capítulo 8 *Lava quod es sordidum* 57
Capítulo 9 *Corpus delicti* 63
Capítulo 10 La novia triste 71
Capítulo 11 El padre Jorge 74
Capítulo 12 *Mulier fortis…* 84
Capítulo 13 El largo viaje del padre Jorge 91
Capítulo 14 *… mulier docta* 94
Capítulo 15 El primer enigma del padre Jorge 99
Capítulo 16 *Sihr* 105

Capítulo 17 Dos muertos en dos días 109
Capítulo 18 Domar a la dama 116
Capítulo 19 Pasos ocultos 126

SEGUNDA PARTE

Capítulo 20 *Angelicus* 133
Capítulo 21 *Memento* 137
Capítulo 22 *Ad usum delphini* 142
Capítulo 23 El segundo enigma del padre Jorge 148
Capítulo 24 Encuentro 157
Capítulo 25 Un testigo 168
Capítulo 26 Cruces 176
Capítulo 27 Un laberinto 181
Capítulo 28 *Hic est diabolus* 185

TERCERA PARTE

Capítulo 29 *Propter maleficia* 195
Capítulo 30 Perder un ojo 203
Capítulo 31 Lo que saben las paredes 210
Capítulo 32 ¿Qué ocurre en Miravet? 215
Capítulo 33 Silogismo hipotético 221
Capítulo 34 La justa de Miravet 227
Capítulo 35 *Mortificate ergo* 233
Capítulo 36 Revelación 239
Capítulo 37 *Adelfopoiesis* 246
Capítulo 38 El verdadero rostro del gran maestre 253

Capítulo 39 Hundimiento 257
Capítulo 40 La fuga 266
Capítulo 41 El amor más secreto 272
Capítulo 42 Un pacto perverso 277
Capítulo 43 El fantasma de Saurina 282
Capítulo 44 Naturaleza tardía 287
Capítulo 45 Juego de cartas 291
Capítulo 46 Rendición de cuentas 309
Capítulo 47 La novia humillada 313
Capítulo 48 Nuevos horizontes 324

Epílogo. El caso del infante Jaime 329

Agradecimientos 335

Para Blanca;
mi confidente, mi primera lectora

En la Edad Media, la política internacional se juega tanto en el campo de batalla como en el altar. Las bodas convenidas entre príncipes de diferentes reinos son una parte importante de la estrategia diplomática y nada tienen que ver con los sentimientos o la voluntad de los contrayentes, considerados tan solo piezas en el tablero de ajedrez de la cristiandad. A principios del siglo XIV, *en España, uno de esos peones está a punto de rebelarse.*

PRIMERA PARTE

«Peligroso es atender con cuidado el rostro de las mujeres; y así ninguno se atreva a dar ósculo a viuda ni doncella, ni a mujer alguna, aunque sea cercana en parentesco, madre, hermana, ni tía. Huya la caballería de Cristo de los halagos de la mujer, que ponen al hombre en el último riesgo, para que, con pura vida y segura conciencia, llegue a gozar de Dios para siempre. Amén».

Regla de los caballeros templarios, capítulo LXXII

Introito

Kýrie, koítaxe apó ton ouranó kai des… «Señor, mira desde el cielo y ve», musita mientras prende el cirio con el fuego de un candil. La nueva llama cimbrea, se alarga y baña la pequeña cripta de una tenue luz. De un saco a sus pies extrae un crucifijo, un libro y un icono, los carga en el regazo y los deja con delicadeza junto al cirio. Les quita el polvo con la manga de la túnica y se santigua ante la cruz y la tabla, que muestra el busto de dos figuras masculinas, dos jóvenes imberbes que miran hacia el frente con expresión serena. Por encima de ellos, un pequeño rostro de Cristo testimonia la presencia divina en la escena. El fuego hace llamear las aureolas doradas alrededor de las tres cabezas y la filigrana plateada de la cruz. La impresión de un ruido cercano lo alerta. Por un instante se detiene la actividad y escucha con el aliento cortado. Nada, tan solo su imaginación. Nadie tiene por qué saber que está allí, pero no puede permitirse dilaciones innecesarias. Vuelve otra vez al saco, ahora con cierta premura, y extrae otros dos cirios, aunque más delgados que el que ya arde, y un cinto largo de color carmesí. Lo enrolla, lo deja con solemnidad ante los objetos sagrados y alinea las dos velas enfrente. Coge aire y empieza a salmodiar con voz sentida y bella, mientras se santigua.

—*En tó onómati tú patrós…*

«En el nombre del Padre…». Las palabras resuenan limpias en la cripta.

—… *kai tu huiú…*

«… y del Hijo…».

Una pequeña puerta se entreabre en un lateral.

—… *kai tú pnéumatos haguiu, amén.*

«… y del Espíritu Santo, amén».

Se vuelve con solemnidad y extiende los brazos hacia las dos sombras que se proyectan en el quicio de la puerta.

—Ahora podéis entrar.

Capítulo 1

El extraño caso del príncipe heredero

Palacio Real de Barcelona, 10 de septiembre de 1319

Barcelona parece dormida bajo el cielo gris plomo. El viento de levante, húmedo y frío, trae una llovizna que lo unta todo y levanta un oleaje que azota los amplios arenales. La actividad marinera, la savia de la ciudad, se interrumpe. Los pobres buscan refugio en soportales y logias, los menestrales continúan con sus oficios de puertas adentro en los estrechos talleres y obradores. En sus casas confortables, los burgueses pueden mirar el mundo a través de sus ventanas plomadas, mientras un buen fuego quema en el hogar. En el interior de infinidad de iglesias, conventos y monasterios, el vendaval no ha interrumpido ni alterado la puntualidad del rito, aunque, quizá, los monjes crucen los patios con más celeridad y a alguna novicia se le escape una risa si una compañera pisa un charco en el claustro.

Solo a los soldados que montan guardia ante el portalón del Palacio Real parece no importarles la lluvia, lanza en mano, envueltos en sus capas. Su presencia y el pendón real cuatribarrado en lo alto de la torre indican que está dentro el monarca: Jaime. Es el segundo de su nombre, rey de Aragón, de Valencia, de Cerdeña y Córcega, conde de Barcelona, almirante y gonfaloniero mayor de la Iglesia. Si miran hacia arriba, incluso podrían verlo en el caso de que se asomara a la ventana de su alcoba, donde el resplandor de un fuego arranca destellos en los cristales. Pero hoy el rey tiene cosas más importantes que hacer que observar el temporal. Un reciente y extraño hallazgo en las estancias del primogénito, el infante Jaime, le quita el sueño, mucho más incluso que la carestía de trigo que ha desatado la hambruna en sus reinos.

—Decidme qué significa esto. —El rey se adereza una capa de piel de marta sobre los hombros y señala con la cabeza un hábito franciscano expuesto en el suelo.

En la cincuentena, aún es un hombre enérgico, acostumbrado a mandar desde que tiene uso de razón, a pesar de la enfermedad que le ha tenido postrado durante meses. ¿Por qué tiene que rebajarse alguien como él, una de las grandes testas coronadas de la cristiandad, a una situación tan desagradable como esta? En el otro extremo de la sala, el infante Jaime atiende, petrificado. Aún no ha tenido tiempo de sacudirse el polvo del camino, recién llegado a uña de caballo del castillo de Miravet, cuando el padre le ha lanzado la pregunta. Su rostro, alargado y de facciones suaves, demasiado aniñadas quizá para sus casi veintitrés años, enrojece. La cabellera rubia pajiza y ese rubor en las mejillas… «¡Cómo se parece a su difunta madre! —piensa el padre—. ¡Qué lástima que no heredara la entereza y el espíritu de servicio y sacrificio de Blanca de Anjou!».

—¿Y bien? —repite el rey.

—Señor, yo… —Jaime baja los ojos.

Solo se oye el crepitar del fuego en la amplia chimenea y la lluvia contra las ventanas. Intenta reunir todas sus fuerzas y convocar todo el valor para decirle al padre lo que se ha dicho tantas veces en la soledad de su cámara y en interminables noches de insomnio, pero ahora es diferente, siempre es diferente. Lo que tiene delante no es un fantasma. El rey, su padre, espera. Y lo hace como siempre, con esa mirada severa y fría, con un ligero mohín de decepción o de desprecio o de exigencia defraudada. ¡Cómo añora a su madre, su ternura y su silencio, que no era cortante y glacial, sino un rasgo de atención y escucha!

El infante siente vértigo cuando logra articular las palabras.

—Deseo retirarme del mundo, buscar la paz del claustro.

—¿Retiraros del mundo? —El rey amaga una sonrisa, un mero temblor de la comisura de los labios. Luego lo observa con curiosidad, como si lo viera por primera vez—. Sois el heredero de una corona. Tenéis un compromiso con el reino que os ha jurado y con una princesa con la que os casaréis.

Jaime niega vehemente. ¿Por qué no puede controlarse? ¿Por qué pasa del mutismo a esta furia desafiante?

—¡No voy a casarme con la infanta Leonor!

—*Deseo, no voy a casarme…* —repite el rey, que da hacia su hijo dos pasos cargados de amenaza—. ¿Dónde habéis aprendido que podéis hacer vuestra voluntad? De ese matrimonio depende la paz con Castilla. No os tengo que recordar que tenéis hermanos.

El infante baja la vista. El rey no tiene que contarle más. Lo sabe. Juan es abad de Montearagón y el papa baraja su nombre para que ocupe muy pronto el arzobispado de Toledo. María, viuda del recientemente fallecido infante Pedro, tutor del aún niño Alfonso, futuro rey de Castilla. La hermana más joven de los tres, Constanza, es esposa del poderoso don Juan Manuel, gran señor territorial, también tutor del pequeño monarca. Sabe que son piezas en el ajedrez político y parte de una gran jugada de su padre para cubrir a Castilla con la yedra de la casa de Aragón, un movimiento astuto y frío en el tablero del poder, planeado a lo largo del tiempo por el hombre que tiene delante. Como siempre que está en su presencia, un embrujo o un hechizo le deja torpe y mudo.

—Vuestra ocurrencia los pone en una posición delicada —continúa el rey—, incluso peligrosa si en Castilla se azuza el sentimiento antiaragonés, cosa no difícil. Además, están los castillos, las fortalezas empeñadas como garantía del cumplimiento matrimonial.

—Señor…

—La boda es necesaria, especialmente ahora. A Génova y a Pisa las molestamos en el mar. Francia nos espera siempre con un cuchillo bajo la capa y el papa hace lo que dicen sus reyes. Un choque en dos frentes sería catastrófico.

—En esta situación soy más un estorbo que una ayuda, señor. Renunciaré a mis…

—*¡Non potes!* —interrumpe el rey a gritos, en latín, como siempre que quiere sonar solemne y conclusivo. Golpea el aire con los puños. Su voz resuena entre las cuatro paredes—. *¡Non potes!* ¡No podéis! Haréis lo que se os manda. Acataréis mi voluntad. *¡Volumus et mandamus!* Como yo acaté la de mi padre. Jamás, nunca se me ocurrió desafiarlo, contradecirlo, cargar sobre sus agobiadas espaldas más peso del que ya soportaba. Acepté el matrimonio con vuestra madre porque ello significaba la paz; la paz con los Anjou, con Francia, con el papa. Significaba el fin de la excomunión y del interdicto sobre todos nosotros. —El rey calla para coger aire. Busca la silla y se sienta con un ligero temblor de brazos—. Sabéis que he estado enfermo. Vuestras palabras son como si me dierais a beber veneno.

El joven se inclina, reverente. Se derrumba. Otra derrota.

—Deseo que viváis muchos años, señor.

El rey lo ignora y vuelve a señalar el hábito franciscano.

—Lo han encontrado en vuestra cámara.

—Con el debido respeto, siempre creí que un príncipe de la corona merece…

—¡Bobadas! Yo he ordenado que la registren. Vuestro extraño comportamiento últimamente no pasa inadvertido a nadie. Rehuís vuestras obligaciones como lugarteniente del reino. —El rey se agarra a los reposabrazos e inclina medio cuerpo hacia su hijo—. Decidme qué hacéis con este hábito. ¡Hablad!

El infante enrojece, humillado.

—Duermo con él, rezo. Imagino que estoy en la soledad de una celda, lejos de aquí.

La confesión deja al rey meditabundo, abstraído más allá del joven que tiene delante. Cuando vuelve a hablar, lo hace con un tono reposado, casi cansado.

—Vuestro abuelo, mi padre, el gran rey Pedro, fue enterrado con un hábito como este. Vuestra madrastra, la reina María de Chipre —dice el rey con cierto hastío—, pretende llevarlo así mismo como sudario.

—¿Cómo se encuentra la señora reina? —pregunta el infante por cortesía. Todo el mundo sabe que las relaciones entre los monarcas son frías y distantes.

—Enferma. En sus aposentos —responde cortante el rey. No quiere hablar de ella ahora, nunca en realidad, y continúa con su argumento—: Nada hay de malo en seguir las virtudes franciscanas: la pobreza y la humildad. —Jaime II señala a su hijo—. Pero esta tela no puede cambiar lo que sois. No podéis escapar del mundo y huir. Dios os ha puesto donde estáis y quiere que aceptéis los combates de la vida. ¿Comprendéis? Llevad este hábito si así lo deseáis, pero ceñid también la espada y acostaos con la infanta de Castilla, montadla y preñadla.

—Tiene doce años —se atreve a interrumpir el príncipe. Su voz tiembla al límite del llanto. Se siente un niño. Se siente ridículo.

—¡Pronto estará en sazón! —El rey da un puñetazo en el brazo de la silla. Es un gigante todopoderoso que ocupa la sala entera—. Me daréis un heredero varón. ¡Por el amor de Dios, tenéis casi veintitrés años! ¡A qué esperáis! Con dieciocho, yo era rey de Sicilia. ¡Haréis vuestro trabajo!

—Vos hicisteis lo mismo; rechazasteis a una infanta castellana, a Isabel.

El monarca levanta un dedo amenazante.

—No os atreváis a torcer los hechos como un vulgar abogado. Hubo boda civil, pero no se consumó porque la infanta era fruto de la unión entre el sobrino y su tía y ningún papa, por mucho oro castellano que se le ofreciera, podía ignorarlo. Declaró ese matrimonio nulo e ilegítima a la hija de ambos. Por eso la repudié. No me deis lecciones de historia. Sí, rechacé esa unión, pero no me escondí bajo las piedras como un santón lunático.

—Os pido perdón, señor —dice el infante con voz temblorosa, y se acerca para besarle la mano.

El rey lo frena con un gesto de su diestra, grande y llena de venas azules.

—Vos insististeis en ir al castillo de Miravet. Volveréis allí y esperaréis a vuestra prometida, que ya está de camino. La recibiréis y agasajaréis con todos los honores y acallaréis los rumores que empiezan a correr en la corte de la infanta. Esperemos que no lleguen a Castilla. ¿Entendido? —El joven príncipe inclina levemente la cabeza. No hay nada más que decir. El gigante frente a él emana una fuerza avasalladora, la fuerza de los hechos y de la realidad. Nada hay más poderoso que la descripción del mundo tal como es, frente al que le gustaría al tembloroso joven que fuera—. Marchad, ahora. Estoy cansado. ¡Ah! Y sabed que vuestro confesor, ese monje que os ha llenado la cabeza de ideas absurdas, Pedro de Dios, ya va camino del monasterio de Santes Creus, de donde nunca debió salir. ¿Os sorprende? No me miréis con esa cara de idiota. He investigado. Sé que fue él quien os dio este disfraz, sí, disfraz, porque vos sois un príncipe. Por vuestras venas corre sangre de reyes. Recordadlo. Espero que no vuelva a repetirse.

El infante hace una reverencia, pero evita responder y mirar a su padre. En cuanto sale, aspira profundamente un aire que, por fin, entra en sus pulmones. Acelera el paso a medida que se aleja e ignora los saludos protocolarios que va recibiendo por pasillos y escaleras. Quiere huir, sí, el rey tiene razón, huir y desaparecer, pero no como un vulgar ladrón. La partida aún no ha concluido. Si el padre no le escucha, se lo dirá al mundo: no piensa casarse con la infanta Leonor.

El rey se queda mirando la puerta cerrada, como si aún pudiera ver a su hijo a través de ella.

—¿Qué opináis? —pregunta al aire. Tras un cortinaje aparece un hombre alto y enjuto. El pelo le cae largo y lacio a ambos lados de una poderosa calva. Su mirada posee el fulgor extraviado que puede ser tanto del sabio como del loco. El rey se encara con él—: Decidme, Vidal, ¿qué debo hacer? Sois mi más valioso y prudente consejero.

Vidal baja los párpados con estudiada humildad. No hay nadie que no sea noble tan poderoso como él, nadie que se pueda acercar tanto al rey sin ser miembro de la familia real. Jurista, muñidor de pactos y matrimonios, ha recorrido todas las cortes europeas defendiendo la causa de los reyes de Aragón.

—Mi señor, la inclinación religiosa del infante no es reprobable en sí. Recordad la profecía del eminente Arnau de Vilanova: la casa de Aragón está predestinada por Dios a que sea uno de sus reyes el reconquistador de los Santos Lugares, el unificador de la cristiandad. —El rey se acomoda la capa sobre los hombros, sobrecogido. La oyó de los propios labios de Arnau de Vilanova antes de que falleciera. ¿Está escrito en los astros todo lo que ha de pasar? Si piensa mucho, el vértigo le alcanza. Los reyes no son más que insignificantes piezas que mueve Dios y quién sabe si el diablo. Vidal levanta el índice para enfatizar—. Quizá vuestro hijo ha recibido una visión, aún confusa. ¿Y si es él el rey cruzado que esperaba la cristiandad? ¿El rey casado con la cruz y con la espada, que levantará el pendón de Aragón y que llevará tras él huestes de entusiastas guerreros? Observad ya a vuestros almogávares cómo aplastan a los turcos tan cerca de Tierra Santa. Parece el augurio de un nuevo amanecer.

Jaime II arquea las cejas, escéptico. Si algo ha aprendido después de casi tres décadas de reinado es a no dejarse llevar por el entusiasmo o por la pasión, malos consejeros para tomar decisiones. Se acerca al fuego y responde prendido en el baile de las llamas:

—¿Y qué hago yo con un hijo monje? ¿De qué me sirve si no garantiza la sucesión de mi sangre? ¿Sabéis qué se dice de él?

—No, señor.

—Que jamás se ha acostado con una mujer. A su edad, yo ya había llenado Sicilia de bastardos.

—«Tú eres la puerta del infierno», dice Tertuliano de las mujeres —cita Vidal, convocando su gran memoria. El rey sonríe hastiado y su consejero matiza las palabras—. En vuestro árbol genealógico entroncan ramas de grandes familias, grandes nombres elegidos por la Providencia para regir los destinos del mundo. Es lógico que de vez en cuando dé frutos excelsos, carne de santidad, señor.

El rey asiente sin ganas de discutir. Se acerca a su consejero y le pone una mano en el hombro. Jaime es más bajo que él, pero le mira sin complejos, con toda la fuerza de la autoridad.

—Vidal, aprecio vuestra defensa del príncipe. Sois leal. Ahora entendedme vos a mí. No puedo decirle al reino, y menos a Castilla, que el infante no se casa con la princesa, que rompe los pactos solemnes firmados y jurados porque quizá la profecía de Arnau de Vilanova se cumple en mi hijo, el elegido, y que va a vestirse de cruzado para liberar Tierra Santa. Habéis sido embajador ante el papa, ante el rey de Francia. Habéis negociado con pisanos y genoveses. Conocéis las reglas del juego. La carcajada resonaría durante siglos. He hecho redactar una petición para el papa. Le pido que escriba al príncipe para que reconsidere su postura. Si tan cristiano es, tendrá que oír al heredero de san Pedro. Contando con que los caminos estén bien, el mensaje llegará a Aviñón en una semana.

El rey se acerca a la mesa. De entre los papeles que la llenan, hojea el reciente decreto que obliga, bajo pena de muerte, a vender el trigo acaparado a un precio máximo en toda la corona para mitigar la hambruna. Solo falta su firma. ¡Cuántos problemas! ¡Qué ardua y prosaica es la tarea del rey! Sin embargo, lo que le obsesiona ahora es su primogénito. Elige un documento con el sello real colgando del extremo. Lo lee con la mirada entornada y se lo tiende a Vidal.

—Aquí tenéis un salvoconducto. Ahora os encargo personalmente que vayáis al castillo de Miravet. La corte de la princesa está de camino y allí se encontrará con el príncipe durante unos días. Sabéis a quién acabo de nombrar alcaide de la fortaleza, supongo.

—Al noble Guillermo de Erill, si no me equivoco —responde Vidal, seguro de su respuesta. Si algo sabe el consejero es quién es quién en el reino y cuál es su juego—. Barón y primer gran maestre de la Orden de Montesa.

—Entonces, tampoco os tengo que recordar que seáis diplomático. El barón de Erill es muy puntilloso con respecto a los rangos y las prerrogativas, y como gran señor... —El rey duda antes de hablar. Busca las palabras en la alargada cara de su consejero.

—Aspira a, digamos, intervenir más en el gobierno del reino —completa Vidal con una leve sonrisa de entendimiento que el rey ignora.

Su real rostro es un libro cerrado, inaccesible a cualquier connivencia o compadreo. ¡Con qué majestad sabe mantener la distancia, incluso con un hombre de su confianza!

—Todo es un juego de equilibrios, Vidal. Ya sabéis que, con la disolución de la Orden del Temple, todas sus posesiones, y eran muchas, pasaron a la Orden Hospitalaria. Sin embargo, esa solución solo podía ser provisional.

—Sí, demasiado poder para el Hospital —continúa Vidal—. De ahí la Orden de Montesa. Excelente maniobra, si me permitís el juicio, señor; establecer la orden con los bienes de los extintos templarios en toda la corona e incorporar a aquella las posesiones de los hospitalarios en Valencia.

—*Divide et impera* —dice el rey—. El Hospital se debilita y Montesa depende de mí, pero necesito a la nobleza leal a la corona y Guillermo es una pieza importante. Por eso lo he nombrado gran maestre.

—Actuaré con fineza, mi señor.

—No lo dudo, aunque quiero que le hagáis saber también que vos actuáis en mi nombre y que tenéis libre acceso a mi hijo. Este documento lo deja claro. Convenced al infante. Necesito esa boda. Necesito acabar con esta pesadilla absurda. Recordad que la ceremonia está prevista para mediados de octubre en Gandesa. Allí nos veremos. Usad todos vuestros recursos para que siente la cabeza y se case con Leonor.

Vidal le sostiene la mirada al rey el tiempo suficiente para que el monarca entienda el interrogante silencioso que le plantea: «¿Todos mis recursos…?». Jaime II no es verboso ni locuaz, ni pronuncia nada que no quiere que se escuche. Ha aprendido desde pequeño que en el momento en que flotan en el aire, las palabras y lo que quieren decir ya no le pertenecen a uno y pueden tergiversarse o malentenderse. Siempre hay alguien que las registra en beneficio propio y que las puede afilar para lanzarlas como dardos. Y el rey ha sido claro: «Todos vuestros recursos». En silencio, la mirada de hielo de Jaime II se balancea un largo instante ante la de Vidal.

Capítulo 2

Non draco sit mihi dux

Camino hacia Santes Creus, 10 de septiembre de 1319

«Gracias sean dadas a Nuestro Señor y a todos los ángeles». Fray Pedro de Dios no ha dejado de rezar desde que salió a toda prisa del Palacio Real de Barcelona a primera hora de la mañana. Un escalofrío le recorre la espalda cuando evoca el intempestivo despertar de la mano de un desabrido criado en medio de la noche. ¿El rey quería verle? Las imágenes y las palabras siguen teniendo la densidad irreal de los sueños o, mejor dicho, de las pesadillas. Antes de poder digerir lo que le estaba sucediendo se encontró ante la presencia del mismísimo Jaime II. «¡Santa María, madre de Dios!», exclama en voz alta y se santigua una y otra vez. La pregunta sin rodeos del rey le dejó mudo. Su mirada de hierro lo puso de rodillas. Entre las sombras distinguió a dos soldados, las manos en la empuñadura de la espada, dispuestos a desenfundar a una señal del rey.

—Sí, mi señor —dijo con voz temblorosa—, yo le di el hábito.

Cierra ahora los ojos y puede oír la voz iracunda de Jaime II cubriéndole de improperios, salpicándole el rostro con chispas de la real saliva. Fue entonces cuando empezó a rezar, convencido de que pronto abandonaría este mundo por la espada. ¡En qué momento se le ocurrió entregarle el maldito hábito franciscano al infante! ¡En qué cabeza cabe! ¡Cómo no pensó que era una invitación a abandonar la sucesión dinástica!

—¡Alta traición! —le gritaba el rey, y los dos hombres armados daban algunos pasos poco amigables hacia delante, envalentonados por la bravata.

—Pensé que le hacía bien —se atrevió a farfullar—. Pensé en otros grandes reyes y reinas de la casa de Aragón que han mostrado su piedad y su franciscanismo, en Pedro, su padre, en la voluntad de la enferma María de Chipre.

El rey se abalanzó sobre él:

—¡Sí, claro! ¡Como mortaja! ¡No en la flor de la vida!

Luego le acusó de querer corromper la influenciable mente del joven, de llenarle la cabeza con absurdos modelos de vida. El rey le miraba de arriba abajo, de abajo arriba, como una fiera que mide a su presa antes de saltar sobre ella. Pedro de Dios cerró los ojos: «Hágase Tu voluntad…». Rezó para que no le preguntara detalles del infante que él solo había conocido en el secreto de la confesión. Pero el rey no fue más allá. De repente, su cólera cedió. Dijo que escribiría al abad de Santes Creus en términos muy duros y que debía abandonar la corte. Aún incrédulo por su suerte, cargó su mula a toda prisa y salió del Palacio Real al alba lluviosa sin mirar hacia atrás, excepto para ver con alivio lo lejos que iba quedando Barcelona.

El sol está a punto de ponerse y las montañas de Montserrat adquieren durante unos minutos un color rojizo y místico. Azuza a la agotada montura para llegar a la siguiente aldea antes de que la negrura lo alcance en medio de la nada. Aquí, el camino es abrupto y ceñido por una densa arboleda. El mal se recrea en estas soledades. Menudean las historias en las que el demonio surge disfrazado de peregrino. Otras hablan de bandas de salteadores. Se santigua una vez más y reza en voz alta para espantar el mal y el miedo que le están invadiendo: que la santa cruz sea mi luz, que no sea el dragón mi señor.

—*Crux sacra sit mihi lux, non draco sit mihi dux.*

El aire trae un lejano y confuso rumor: tic, tic, tic… ¿Son estos pasos que cree oír tras él, a su alrededor, fruto de su imaginación? Dicen que pensar en el maligno ya es convocarlo. ¿Y si la ira del rey es también la ira de Dios? Él solo quiso ayudar al infante, atrapado en un laberinto, al borde de un precipicio… Le escuchó, se compadeció y lo absolvió por el poder que le ha dado la Santa Madre Iglesia. Por eso le sugirió que fuera a Miravet a ver a un viejo amigo. Quizá él le mostraría la salida del dédalo que atormenta su alma. ¿Fue demasiado lejos? De lo que no tiene duda es de que la noche llega demasiado rápido y las formas de los árboles están adquiriendo perfiles siniestros. Reza más alto para disolver la imagen terrorífica que cree agazapada en la espesura. Cancela de repente su plegaria. Quiere escuchar, saber qué le ronda. Ahora le llega con claridad el ruido sordo de unas pezuñas en la tierra y un tintineo metálico. Tic, tic, tic… ¿Serán las garras de un demonio?

—Dios os guarde, fraile. —Un enmascarado montado a caballo surge como un fantasma atrozmente cerca.

Tras Pedro de Dios aparecen otros dos jinetes que empiezan a caracolear a su alrededor, dos sombras que son más el olor al cuero de su indumentaria que figuras definidas, aunque distingue las ballestas en el arzón y las espadas bailando en los costados. Tic, tic, tic… Uno de ellos tira hacia atrás de su capucha.

—He recibido un encargo, fray Pedro de Dios. —El monje se ha quedado mudo. Si no estuviera montado en el asno, caería de rodillas, tembloroso—. Un encargo delicado.

En la penumbra, los ojos del hombre sin rostro escrutan al monje.

—Tenéis que hablarme de lo que le pasa al infante.

Pedro de Dios traga saliva. Procura, inútilmente, dar empaque a su voz:

—Todo lo que pudo decirme lo hizo el señor infante en confesión.

—Por eso es delicado, querido hermano. Dejadme que os lo explique. Tendréis que elegir entre seguir los dictados de vuestra conciencia o bien acceder a hablar y contarnos algunas cosas por las que siento curiosidad. Si optáis por lo último viviréis, si decidís manteneros firme en vuestra convicción de no hablar, entonces os esperan el dolor y la muerte.

—¿Vais a maltratar a un religioso? —se atreve a decir Pedro de Dios. Su hábito cisterciense recoge algo de la luz de la luna entre las sombras que le rodean.

El enmascarado mira hacia el cielo en lugar de responder.

—La noche es serena. Buscaremos un claro en el bosque. Mis acompañantes son excelentes haciendo fogatas. Comeremos y nos calentaremos al amor de la lumbre. Será agradable.

Sin darle al fraile opción de contestar, uno de los jinetes conduce de las riendas al asno hacia la espesura.

Capítulo 3

El bello cadáver de Cecco Usai

Castillo de Miravet, 18 de septiembre de 1319

Al despuntar el alba, una discreta actividad resuena entre los poderosos muros de la fortaleza, encaramada en las dos terrazas escalonadas y amuralladas que rematan el peñasco rocoso sobre el Ebro. Sirvientes y esclavos se mueven de aquí para allá preparando la llegada de la infanta Leonor de Castilla, prometida del príncipe Jaime de Aragón. Hay que aparejar tiendas de campaña, pues el castillo no tiene suficientes salas para albergar a tantos huéspedes. Hay que barrer, despejar las explanadas y preparar heno fresco para las monturas. Según dicen, la comitiva de la infanta está a pocos días de viaje y en la cocina ya cuelgan ristras de torcaces y perdices listas para asar. Los nobles, miembros de la casa del príncipe, aún duermen en el gran dormitorio destinado para ellos. Cuando despierten, sus preocupaciones serán muy diferentes de las de los de abajo. Tendrán que ostentar, moverse siempre cerca del poder para afianzar el propio, quizá conspirar. Desde el patio de armas, una joven sirvienta pelirroja se acomoda a una criatura de no más de un año en la cadera y mira hacia arriba, hacia una de las dos ventanas del dormitorio, con cierta persistencia, como si esperara que se asomara alguien, él.

«Hoy —se dice, y respira con esa mezcla de angustia y esperanza que la acompaña desde que se quedó embarazada—, hoy se acercará y se interesará por mí y se ocupará de ti». El niño le resbala, lo aúpa en alto hasta tenerlo de frente y repasa sus rasgos.

«Cómo te le pareces», casi murmura. «Con todo este trasiego por la infanta, no es él. Ahora solo tiene ojos para el príncipe y sus idas y venidas —se dice—. En cuanto todo se apacigüe volverá a ser como antes, ya verás».

—¡Saurina! —Una compañera le hace el gesto de que espabile—. ¡No te embobes! Que te vas a torcer el cuello de tanto mirar hacia arriba. Ven y ayúdame con esto, anda.

La joven se coloca bien al niño otra vez y con la mano libre la ayuda a acarrear un arcón.

—¿Quién les lleva el agua hoy? —pregunta Saurina.

—La Ojo Gacho. —La compañera le dedica una mirada maliciosa—. ¿Qué? Te mueres por saber si está con otra, ¿verdad? No te hagas mala sangre y olvídate. Lo que tenga que ser será.

Pasan entre los esclavos moros de la fortaleza que cargan sin prisa los lienzos y los palos de las tiendas que han de montar y, antes de entrar en el edificio, Saurina vuelve a mirar hacia la ventana. Nadie se asoma aún.

La criada de nombre Pueyo, pero a quien todos llaman Ojo Gacho a sus espaldas, abre la puerta del dormitorio con sigilo. De pequeña, una enfermedad le dejó el ojo izquierdo enfebrecido, con el párpado para siempre caído y somnoliento. Carga la tinaja de agua fresca y entra en las dependencias donde duermen los miembros de la corte del príncipe Jaime, una sala alargada compartimentada por tabiques de madera. Todo está en silencio, excepto por las respiraciones y el chirriar del batiente de una de las dos ventanas del dormitorio, hoy extrañamente abierta. La primera luz del día perfila los bultos encima de los catres. Duermen con placidez. «Mejor así —piensa—. Cuando están borrachos como cubas no nos importunan los señores, estos jóvenes consentidos y poderosos, para que les calentemos la cama. Le hacen un hijo a una y se olvidan de ti, como a la pobre Saurina, con un niño a cuestas arriba y abajo, ignorada y vejada por el mismo cabrón que la montó». Antes de depositar la tinaja junto a la ventana, deja caer un espumoso salivazo en el recipiente. «Buen provecho». Sujeta el batiente para que deje de hacer ruido y se asoma. Un golpe de viento la recibe al sacar la cabeza al vacío. En esa parte del castillo, el muro cae a pico sobre el terraplén. Mucho más abajo, el Ebro ciñe la montaña, amplio y remansado, a punto ya de encontrar el mar. Entonces lo ve. Duda tan solo un instante bajo la luz azulada del alba, el tiempo de comprender. Su grito resuena en el amplio silencio del paisaje y, de repente, el castillo despierta.

El cuerpo yace de bruces a los pies del muro, desnudo y desmadejado como un muñeco de trapo. Pronto acude gente: criados y guardias. El viejo Guillermo de Erill, el alcaide de la fortaleza, se abre paso junto a Pedro de Pomar y Blasco de Piniella, miembros del séquito del príncipe, los dos a medio vestir y resacosos. Cuando le dan la vuelta al cadáver, su cabeza baila ajena al tronco, como la de un cordero muerto. La mirada de ojos muy abiertos interpela a los presentes.

—Santo Dios.

Algunos se santiguan. Posee la expresión congelada de alguien que ha visto de cara a la muerte, el vértigo ya inútil ante la certeza del fin. Algo rosado y esponjoso sobresale de entre sus cabellos, brillantes y húmedos de sangre. Un enorme moratón le cubre medio torso. Alguien emite una sonora arcada. Todos lo reconocen: Cecco Usai, el paje sardo que tan solo hace unas horas cantaba y bailaba, es bello incluso muerto.

Capítulo 4

Pacta sunt servanda...

Real Alcázar de Sevilla, 18 de septiembre de 1319

—¿Que no piensa casarse con mi nieta? —exclama la reina, apoyada en un bastón. Habla demasiado alto para el lugar donde se hallan, la sala del secreto, una habitación oculta entre las estancias visibles del palacio.

—Eso parece, mi señora —susurra el hombre frente a ella, Juan de Avilés, el secretario de la Poridad, el departamento donde se tratan los asuntos más delicados, aquellos que jamás deberán saberse y que han de quedar guardados bajo el silencio más escrupuloso. Siempre se habla quedo y se escribe poco.

—¿Estáis seguro de esa información? —pregunta ella, incrédula.

Doña María de Molina, madre y abuela de reyes y regente por dos veces, primero de su hijo, el rey Fernando IV, ahora de su nieto, el pequeño Alfonso y futuro monarca, lleva escrita en el rostro una vida llena de intrigas, ambiciones y desgracias. Esta última se ha cebado recientemente en la familia real: las muertes en la Vega de Granada de su hijo, el infante Pedro, y de su cuñado, el príncipe Juan, el de Tarifa, han conmocionado al reino. Otros muchos caballeros cayeron junto a ellos bajo las azagayas moras. Sus cincuenta y cinco años ya le pasan factura en el dolor de huesos que nunca se va y en el cansancio que la alcanza antes de que acabe el día. Sin embargo, aún hay noticias que le hacen abrir los ojos con la misma intensidad que en sus tiempos jóvenes.

El funcionario se aclara la garganta y se acerca a la reina para hacer inteligibles sus palabras.

—Señora, lo confirman nuestros agentes. Según parece, el infante ha expresado no solo deseos de renunciar a la mano de vuestra nieta, sino también a la sucesión. Pretende recluirse en un convento.

La mirada de la reina se vuelve dura, como su voz.

—Siempre actuó así la casa de Aragón. Sus príncipes se dedican a abandonar a las infantas de Castilla en el altar. Lo hizo con mi hija el rey Jaime. Ahora lo hace su hijo con mi nieta. —La reina piensa y decide con rapidez. La experiencia le ha demostrado que la dilación es letal—. Averiguad si es una rabieta pasajera o hasta qué punto está decidido. Quiero saber si el infante está loco y, sobre todo, qué piensa hacer el padre. El rey de Aragón fue el garante del acuerdo que casó a su hija María con mi hijo, el infante Pedro, que en gloria esté, y comprometió a mi nieta con el imbécil de su hijo a la espera de que llegara el momento. Nosotros cumplimos el trato. Ellos parece que no. Quiero estar al tanto de todo, pero actuad con discreción. Nadie más lo ha de saber en la corte. La noticia daría alas a los partidarios de la guerra y no quiero una oleada antiaragonesa que ponga en el punto de mira a los hijos del rey Jaime que aquí tenemos. Lo último que necesita ahora Castilla es un enfrentamiento con Aragón. El objetivo es proteger al rey. —La reina golpea el suelo con su bastón—. Todos estos buitres que tengo por familia verían en el revuelo su ganancia, especialmente don Juan Manuel. ¡Alerta con él! Pretende hacernos creer a todos que dedica sus horas a escribir cuentecillos, pero es un lobo ambicioso. Le faltaría tiempo para cruzar la frontera y reducir a cenizas el primer pueblo que se encontrara. ¿Novedades en las fortalezas en prenda?

—Todo en orden, mi señora. Ellos ocupan las nuestras, y nosotros, las suyas.

—Seguid avivando el oído, pagad bien para soltar lenguas y callad lo que sabéis. Solo yo he de conocerlo, ¿entendido? —Juan de Avilés inclina la cabeza—. ¿Qué se dice en la corte de mi niña Leonor?

—Hay malestar, mi señora. El infante hace casi un año que no la visita y cuando lo hace pasa poco tiempo con ella. Da cualquier excusa para volver a marcharse.

La reina suspira.

—En fin, nada se habló en los acuerdos sobre el amor. ¿Sabéis dónde se halla la niña ahora?

—La última información señala que se hacían preparativos para marchar al castillo de Miravet y encontrarse con el infante Jaime y su corte.

—¡Qué tierno! Los dos tortolitos juntos. Supongo que tenemos a nuestra gente muy dentro de la corte aragonesa.

—La tenemos, mi señora —dice el secretario con orgullo, y muestra una carta con el sello del secreto—. Este es su último mensaje, donde escribe lo que os he contado.

—Bien. Quiero saberlo todo. Mantenedme informada. —La reina aparta una cortina. Los reyes nunca anuncian cuándo se acaba una entrevista, ni dicen que se van o que vienen. Les basta un gesto para que el mundo se mueva. Juan de Avilés se adelanta para empujar una puerta camuflada en la pared y le cede el paso, rodilla en tierra—. Veamos si esto ha de quedar en catarro o en dolencia mortal.

Capítulo 5

La delicada misión de freire Ecart

Alrededores del castillo de Miravet, 18 de septiembre de 1319

Desde que el jinete encapuchado enfiló el camino que conduce a la fortaleza, flota en el aire un indefinible olor a descomposición que se pega a la nariz. Envuelto en la amplia capa, mira hacia el castillo encaramado sobre el risco que domina el Ebro. Los altos y monótonos muros sin apenas ventanas muestran su naturaleza inexpugnable y hostil, como invitándole a pasar de largo. Hubiera hecho caso de buen grado a lo que le dice su instinto de guerrero, pero ha hecho una promesa, tiene una última misión que cumplir, y, además, el caballo está agotado. «Hoy descansaremos», le dice y le palmea el cuello y las crines apelmazadas por el sudor. Se frota la rodilla para aliviar el dolor que ha despertado con la humedad del río y pica la montura para recorrer la cuesta que culmina en el castillo. Es entonces cuando a su paso surgen, como si se despegaran del paisaje, de entre los árboles y de los márgenes del camino, las formas pardas de multitud de mendigos que se acercan tímidamente al viajero.

—Una limosna, señor, por el amor de Cristo.

—Pan, señor, pan… —pide un coro de voces apagadas y lastimeras.

Las malas cosechas, *carestia bladii,* falta de trigo, consignan las crónicas, han echado a los caminos del reino a legiones de menesterosos, otra clase de séquito, se dice, menos luminoso y solemne que el de los príncipes, pero más numeroso.

—Dadnos vuestra bendición, caballero —exclama una voz entre las manos extendidas.

Aparte de la espada, alguien ha visto bajo la capa la cruz octógona de la Orden Hospitalaria. El jinete bendice a derecha e izquierda y unos dedos retorcidos por la artritis tiran del extremo de la vestimenta. Se afirma que los ropajes de los caballeros de las órdenes militares tienen poder curativo si los tocas. Espolea el caballo ligeramente para zafarse de la pequeña turbamulta que se empieza a formar y completa el camino al trote que la cabalgadura obedece de mala gana. Antes de llegar a la puerta rastrillada se cruza con varios carros que salen de la fortaleza, estruendosos y envueltos en una polvareda. Van con prisa, bien cerrados y con una escolta militar que exhibe el león rampante rojo de la casa de Erill. Miravet, como otros castillos de las órdenes militares, es conocido por albergar riquezas acumuladas a lo largo del tiempo, aunque quizá la voz popular, ávida de historias fantasiosas, exagera las dimensiones de tales tesoros. La nube de polvo se disuelve ante la entrada y aún duda unos instantes si seguir el camino y dejar atrás la mole pétrea. «Mejor pasar la noche al raso o en alguna posada, donde solo te observan las alimañas o pastores humildes que jamás preguntan». El caballo parece renuente a entrar. ¿Será este olor nauseabundo que de vez en cuando trae la brisa? Los animales tienen un sentido especial. Ha visto a caballos y perros ponerse nerviosos antes de una batalla. «Lo siento —le susurra al oído—. Me han confiado un encargo». Lo pica un par de veces y cruzan el portón bajo la mirada atenta de los guardias, que le dan el alto y revisan su salvoconducto. El sello abacial de Santes Creus allana cualquier dificultad o reticencia. Lo ha comprobado durante las dos jornadas que ha durado el viaje.

¿Por qué elegirlo a él para esta tarea? ¿No hay suficientes monjes en el monasterio para llevarla a cabo? Las preguntas debieron de aflorar en su rostro, porque a Pedro Alegre, el abad del gran cenobio cisterciense, le brillaron por un instante sus ojos de topillo enmarcados por dos cejas desbordadas. Le puso una mano en el hombro antes de hablar:

—La naturaleza de la misión es delicada, alguien diría que peligrosa. —Paseaban por el claustro. Los cánticos de la hora se mezclaban con el martilleo de los picapedreros en uno de los lados—. ¿Sabéis que rezamos para el feliz desarrollo de la boda? —dijo dejándose llevar por la bella melodía: *lava quod est sordidum...*—. Os lo pido como un favor personal, freire Ecart.

Bajó la cabeza en un gesto de aceptación. No podía negarse, no debía. La comunidad cisterciense de Santes Creus, y especialmente su máxima autoridad, había sido muy generosa ofreciéndole cobijo durante un tiempo antes de proseguir su viaje y, además, sin preguntar mucho. Tan solo el nombre: Ecart, un caballero hospitalario de camino a ultramar. Durante unos días compartieron mesa y oraciones y, sobre todo, el silencio. Ahora, Pedro Alegre le hablaba someramente de lo que tenía que hacer sin entrar en muchos detalles.

—Uno de nuestros hermanos —continuó el abad, dosificando la información—, fray Pedro de Dios, fue recientemente relevado por el rey de su función de confesor del infante Jaime.

—¿Puedo preguntar la razón de tal decisión?

El abad recordó la breve, clara y contundente carta del rey. Rezumaba indignación y tenía casi el tono de una reprimenda.

—Digamos que aconsejó mal al príncipe. No sé si sabéis que el infante se siente atraído por la vida espiritual.

—Algo he oído.

—Encontraron en las dependencias del infante un hábito franciscano y el rey acusó a fray Pedro de Dios de querer influenciar el ánimo del joven príncipe. En cualquier caso, desde que nuestro hermano llegó al monasterio, ha mostrado signos de gran desasosiego. Al principio lo atribuimos al repentino cese, pero había algo más. Fray Pedro de Dios ha realizado varias visitas a la enfermería para curarse unas lesiones, según él causadas por un accidente durante el viaje. —Pedro Alegre rastreó la expresión de su interlocutor—. Sin embargo, el boticario nos alertó: la naturaleza de las heridas es sospechosa. Os lo aseguro porque me las ha enseñado: quemaduras. Hablé con él, le convencí de que me contara lo que le había sucedido. —El abad bajó la voz y lanzó una breve mirada alrededor por precaución. Únicamente los observaba un Caín pétreo desde un capitel cercano—. Solo os puedo decir que fue torturado para que revelara detalles que el infante le había confiado en confesión.

—¿Puede identificar a los culpables?

—Aunque iban enmascarados, no eran vulgares ladrones, freire Ecart. —El abad lo llevó del brazo un trecho en silencio meditativo hasta que encontró las palabras precisas—: Vos sois monje y a la vez militar. Sois diestro con la espada y sabréis cómo usarla si os importunan por el camino.

Ecart no pudo evitar considerar este «favor» como el pago por la hospitalidad ofrecida. No le dio tiempo a formular preguntas o reparos, aunque tenía de ambos. Bajó la cabeza en silencio aceptante. El abad solo le dio un nombre: el del capellán castrense del castillo de Miravet, un tal padre Jorge, griego.

—Traedlo a mi presencia —le ordenó con tono suave, pero con toda la autoridad de una de las más importantes cabezas espirituales del reino—. El padre Jorge y fray Pedro de Dios comparten un secreto que puede incumbir al infante. Eso convierte la naturaleza de la información en algo delicado. Os ruego también que no me escribáis ninguna carta. Todo lo que sepáis guardáoslo para vos y contádmelo *viva voce* cuando regreséis. ¡Ah, y no seáis muy locuaz con el alcaide del castillo, el barón Guillermo de Erill! Es un viejo ambicioso que quiere saberlo todo. —Luego, le ordenó que se arrodillara y le dio su bendición para protegerlo del mal durante el trayecto.

Ahora, el rastrillo de la fortaleza se cierra tras él con estruendo y tiene la sensación de estar adentrándose en una prisión. Los criados detienen por un momento sus quehaceres y lo observan con una mezcla de curiosidad y reverencia. En la explanada del primer recinto comprende la causa del olor que percibe desde hace un rato: una horca exhibe el cadáver de un hombre. «Debería haberte hecho caso», murmura al caballo. El horror va desplegándose lentamente a medida que se aproximan. El infortunado debe de llevar tiempo expuesto, por la hinchazón monstruosa del rostro ennegrecido y las moscas que se arraciman en las cuencas de los ojos. Al pasar por debajo, el zumbido y el hedor le envuelven con violencia.

Capítulo 6

Cambio de rumbo

Puertos de Beceite, 18 de septiembre de 1319

El corzo es un excelente ejemplar: un macho joven de poderosa pechera y buenos cuartos. Viene buscando agua y la necesidad lo ha expuesto lejos de la espesura en las alturas de la sierra. Baja la testuz y lame el rocío de la hierba. Tras el ramaje, el montero, un tipo rústico de piel tostada, señala con lentitud hacia la pieza para no hacer ruido ni siquiera con el roce de la ropa. «Ahí lo tenéis», dice con el gesto casi congelado. El animal ofrece un blanco perfecto. Pocas veces ha tenido tan a tiro una pieza así. El infante Jaime no se atreve ni a respirar. Por fin. Han seguido su rastro durante horas, un trabajo que exige concentración para saber lo que dice el bosque, paciencia y astucia para acercarse al objetivo siempre contra el viento y dar largos rodeos si es necesario. El montero se arrodilla para dejar al príncipe campo de visión. Con la misma cautela, Jaime se lleva la ballesta al hombro. Por detrás, uno de sus pajes, Gonzalo García, lo imita, encorvado, por si su señor falla. El príncipe enfila el ojo con el pasador y el flanco del animal, justo detrás de la pata delantera, a la altura del corazón. La brisa trae el pungente olor del macho mezclado con el aroma del boj y la mirada del príncipe se cruza con el ojo azabache de la bestia. ¿Lo ha visto? Todo se para. Durante un instante, el infante Jaime duda. Durante un instante se ha visto a sí mismo en el corzo: su destino determinado por otros. La inminente muerte del animal le parece tan absurda como la tiranía que su padre y el mundo han impuesto sobre él: nada más y nada menos que hacerle vivir una vida que no quiere. Siente la mirada perentoria del montero y de su paje. ¿A qué esperáis, señor? La brisa se aquieta. Por una conexión infantil, se figura que, si no asaeta al animal y lo deja libre, alguna forma de justicia divina o quizá pagana le retribuirá el gesto con su propia libertad y pide con todas sus fuerzas que su plan funcione. Tiene que funcionar, salva la cara ante el teatro del mundo y preserva su convicción. ¿Es hipócrita? Quizá para algunos. Su padre, la familia en la que nació le han llevado ante la disyuntiva, le han forzado a esta decisión. En el último enfrentamiento con el rey creía que el mundo tenía que conocer su pleito. Con la sangre aún caliente después de la discusión escribió una carta en la que seguía empecinado en la idea de que podía cambiar la realidad de las cosas. Otro choque inútil, aunque con un formato distinto, otra pérdida de tiempo contra el gran sordo y el gran ciego imperturbable que es su padre, el rey de piedra con el corazón de piedra. Después, ya en Miravet, le hicieron comprender que su actitud era infantil y estéril. No hacía falta que nadie supiera nada. Es más, es necesario que todos sigan creyendo lo que quieren creer, porque todo está hecho ya. Y aunque la ceremonia se celebró en secreto y a escondidas, fue tan bella, la voz del padre Jorge vibraba con tanta emoción que les erizó los pelos. Hubo algo sagrado en aquella cripta, sagrado, primitivo y honesto. La esperanza le abre los pulmones y el leve rumor de su aliento alerta al corzo, que levanta la cabeza con elegancia.

El viento cambia ligeramente de dirección. Como si hubieran sonado mil tambores, el animal da un respingo y toda su musculatura se tensa de golpe. Es bello y joven y quiere vivir. «Huye, vete, vuelve con los tuyos». Se arranca con un brinco formidable y se pierde entre la vegetación.

Cuando se quedan solos, sus dos compañeros lo interrogan en silencio.

—Morirá, como todos morimos —dice Jaime descargando la ballesta—, pero no por mi mano. Volvamos a Miravet. Tengo que casarme con una infanta castellana.

—Me place oír eso, mi señor —dice Gonzalo García, algo confuso. ¿No ha expresado el infante una y otra vez en el círculo íntimo de su corte que se niega a casarse?—. Sin duda el reino lo celebrará, pero ¿puedo preguntaros por el repentino cambio?

—He decidido hacer lo que el mundo espera de mí. Existe un contrato matrimonial, ¿no es así? Bien, pues lo cumpliré.

Capítulo 7

Autopsia

Castillo de Miravet, 18 de septiembre de 1319

—Tiempos complicados —dice mirando por la ventana el sexagenario Guillermo de Erill, barón de ilustre saga, gran bebedor, gran maestre de la recién fundada Orden de Montesa y alcaide de la fortaleza.

Desde allí, los mendigos son tan solo puntos pardos sin voz entre la arboleda. El ahorcado marca la única nota vertical en la horizontalidad de las murallas que encintan el castillo en anillos concéntricos.

Intenta aspirar el aire fresco, pero a la primera bocanada le sorprende la tos de siempre, una tos que le deja agotado cuando cede, cada vez más tarde. Da un largo trago a la copa de vino para calmar su garganta.

—Hacerse viejo es un asco. No hay nada venerable ni digno de alabanza en la decrepitud. Os lo digo yo, hermano… —Guillermo echa un vistazo al salvoconducto— Ecart. No es un nombre muy común por estos lares.

—De origen alemán, señor.

Guillermo llena una copa para su invitado. Lo observa y registra en el fondo de su alma cansada una punzada de envidia ante un hombre en la treintena, de rostro duro y barbado y mirada amistosa. Sin la capa del viaje, luce claramente el hábito negro de los caballeros hospitalarios con la cruz blanca octógona sobre el pecho. La espada, de hoja ligeramente curvada, le llama la atención.

—Curiosa arma. No se ven mucho por aquí.

—*Paramerion* —dice el hospitalario, desenvainando un palmo de hoja—. De un solo filo. Es usual en tierras griegas, entre los soldados del ejército bizantino.

Guillermo de Erill se da cuenta de que cojea cuando da unos pasos para coger la copa.

—¿Y vuestra pierna?

—Una vieja herida, mi señor —responde Ecart, prudente.

—¡Ah, sí!… —suspira Guillermo, que da a su invitado una palmada en la espalda.

A Ecart le sorprende la campechanía de compañero de armas que gasta el alcaide, cierta rudeza igualitaria con alguien a quien acaba de conocer, pero no se deja engañar: tiene delante a un poderoso señor territorial, emparentado con la gran nobleza, acostumbrado a mandar y siempre muy cerca del círculo real.

—Buenos tiempos: las cabalgadas, la vida al aire libre, el riesgo… Yo también llevo algunas de esas. Bebed conmigo. El vino es el único placer que conservo, aunque el médico me lo desaconseja. ¡Menudo idiota! —Los dos comparten el silencio del trago, largo y espaciado. Guillermo se limpia los labios en la manga antes de hablar—. Sed bienvenido a este castillo. ¿Habéis conocido ya a la comunidad de freires?

—Así es, señor. —Ecart rememora la fila de cinco hermanos que lo han recibido parcos en palabras y en gestos, más soberbios que humildes.

—Ya habéis comprobado que son todos hermanos no militares. Lejos quedan los tiempos en que este castillo estaba en la frontera con el moro. Espero que el alojamiento sea de vuestro agrado. Disculpad, pero no hay más sitio en el interior. Habéis llegado a Miravet en un momento crucial.

—La tienda de campaña junto a las caballerizas es excelente, señor. No necesito más. —Ecart señala hacia el ahorcado—: ¿Quién es?

—Sodomita. Labrador. Lo sorprendieron yaciendo con otro jovenzuelo, demasiado joven para poder colgarlo, aunque el muerto no era mucho mayor. En fin, una auténtica plaga. El rey está actuando duro contra todos ellos. —El barón vuelve a leer el documento sellado sobre la mesa—. Así que venís de Santes Creus. Pedro Alegre, el abad, es un gran amigo mío, ¿sabéis? Dice aquí que os envía con un encargo delicado.

—Uno de los monjes de la comunidad, el antiguo confesor del infante, fray Pedro de Dios, fue maltratado por tres asaltantes.

—¿Maltratado? ¿Cómo?

—Quemaduras.

—Grave. ¿Y por qué tres desconocidos iban a torturar a un monje del monasterio preferido de su majestad?

—Querían al parecer obtener información relacionada con el infante Jaime.

—Grave, muy grave —repite Guillermo de Erill hundiendo su roja nariz en el interior de la copa—. He oído una historia relacionada con un hábito de monje y el infante. Dicen que está más interesado en la contemplación angélica que en el poder terrenal.

Ecart no duda ni por un instante de la calidad de las fuentes del gran maestre Guillermo de Erill. No se llega tan alto sin estar bien informado. Ahora parece que le pone a prueba. Ecart obvia el juego, esboza una leve sonrisa y plantea sin rodeos su misión.

—Como ya habéis leído en la carta del abad, y con vuestra venia, tengo que custodiar al capellán castrense del castillo hasta Santes Creus.

Guillermo de Erill piensa, intenta atar cabos, sin éxito.

—El padre Jorge, claro.

—Así es, señor.

—Curioso. No sois el primero que se interesa por él.

—¿A qué os referís, señor?

—Luego os lo cuento. —El gran maestre da algunas vueltas, reflexivo, como un viejo león enjaulado—. ¿Sabéis, Ecart? Vuestra llegada con esta misión es providencial. Dejad que os explique. La creación de la Orden de Montesa ha generado muchos recelos entre las otras existentes, como la vuestra. —Señala con la copa en la mano la cruz del caballero—. Como hospitalario habéis salido perjudicado. ¿Qué opinan los vuestros?

—Como milicia de Cristo, hacemos voto de humildad y acatamos lo que se nos manda.

—Buena respuesta, pero sed sincero; hay malestar y quizá ganas de resistencia a la fusión. Ya habréis notado las caras largas de los hermanos. Tomad por ejemplo este castillo y su tenencia: templario hasta la disolución de la orden. Hubo oposición cuando sus caballeros se negaron a entregarlo pacíficamente. Luego pasó a la Orden del Hospital. Ahora será de Montesa. —Guillermo vuelve a llenar las dos copas—. Por si fuera poco, en unos días llegará la infanta de Castilla. El novio la rehúye como si tuviera la lepra. Regresó de la entrevista con el rey con ánimo lúgubre. Sé que escribió una carta a su padre y luego, hace dos días, dijo que se iba de caza. Por las soledades de la sierra de Beceite debe de andar persiguiendo ciervos o lo que sea. El padre exige que reciba a su futura esposa como muestra de confirmación de la boda, que ha de ser dentro de un mes, y él se va de caza. —El gran maestre observa a su interlocutor de arriba abajo—. Por si fuera poco, esta carestía ha echado a los caminos a una legión de hambrientos. Hay tensión en el ambiente. El aire está lleno de malos presagios. Tiempos complicados, muy complicados.

Ecart asiente, respetuosamente. ¿Por qué su llegada es providencial? Guillermo de Erill paladea el vino en los labios.

—Además, ese que veis colgando no es el único cadáver del castillo.

—¿Os referís a uno de los pajes del príncipe?

—Las noticias vuelan.

—Me lo han dicho los mozos de cuadra en el establo. Cayó por la ventana, según parece.

—Sí…, o lo hicieron caer. —Los ojos algo anegados del viejo Guillermo brillan con malicia—. Francesco Usai, señor de Usai, natural de Cerdeña, hijo de familia noble, miembro del círculo íntimo del infante, los más allegados lo llamaban Cecco, era la alegría personificada. Un muchacho endiabladamente bien parecido, por cierto. En este tiempo en que lo he conocido os puedo asegurar que siempre lo vi sonriente, gentil, amable, en todo momento rodeado de gente. Era ocurrente, cumplido para con todos. Buen justador y mejor bailarín. Ayer por la noche estuvo en compañía. Yo abandoné la mesa después de cenar y me fui a dormir, arrastré mis cansados huesos hasta la cama, pero me llegaba el eco del laúd y de la flauta, de las risas y del parloteo. Me gustó dormirme con ese ruido de fondo. Decidme, Ecart, ¿creéis que alguien alegre y jovial, alguien tan lleno de vida como él, llega a su habitación, se desnuda y decide lanzarse al vacío?

—A veces la alegría es un escudo para defenderse de uno mismo. El alma humana está llena de misterios, mi señor. Quién sabe los fantasmas que le rondaban.

Guillermo le ofrece el inicio de una sonrisa cansada.

—Venid conmigo. Os presentaré a mi médico.

La luz de aceite que lleva el alcaide ilumina débilmente la escalera de caracol por la que descienden con cautela, sobre todo Ecart, incapaz de doblar la rodilla izquierda en cada peldaño. El vaho helado de sus respiraciones los precede. Donde se encuentran, en el ala occidental del castillo, casi nunca da el sol. Pasan junto al pozo de hielo y siguen por un pasadizo hasta una pequeña cámara, donde un hombre de aspecto frágil, un judío con la inconfundible capucha y la túnica oscura hasta los pies, los espera ante un cuerpo cubierto con una sábana.

—David ben Ruzafa —dice Guillermo—. No os fieis de su aspecto inofensivo. Es el judío más cabrón salido de la aljama de Teruel, enviado por Satanás para mortificarme.

—Yo también os aprecio, mi señor. —El médico hace una leve reverencia. Posee una mirada melancólica y una expresión bonachona que rara vez se tuerce en el mohín.

A un gesto del alcaide, David ben Ruzafa descubre el cadáver: el frío acentúa la belleza de un hombre en la primera juventud. La boca de labios carnosos medio abierta deja entrever una dentadura perfecta. La mandíbula viril y los torneados pómulos parecen esculpidos en mármol. El cabello castaño le cae en ondas y se despliega como una aureola alrededor de su cráneo abierto. Alguien ya le ha cerrado los ojos. El médico camina alrededor de la mesa para colocarse tras la cabeza del cadáver.

—Observad. —Coloca los dedos por debajo de la mandíbula y mueve el cráneo hacia atrás con cuidado. El trozo de cerebro que le sobresale tiembla con el movimiento—. ¿Veis estas señales en el cuello?

Guillermo de Erill y Ecart se acercan. La base está marcada por una tenue línea morada. El médico mueve la cabeza hacia delante.

En la nuca se eleva un pequeño hematoma escarlata. Las variaciones de color dibujan algo parecido a un cuadrado con un pico de sangre negra en el centro. David ben Ruzafa interroga en silencio a los presentes.

—La caída pudo provocar la contusión en la nuca —interviene Ecart.

El médico deja caer la cabeza del cadáver.

—No parece que hayáis visto muchos ahorcados.

—Solo colgando de la horca. Nunca me los llevé a casa para observarlos.

—Pues yo he estudiado unos cuantos y os puedo asegurar que este hombre murió desnucado. El asesino usó una cuerda de nudos o modificada con algún elemento, personalmente opino que metálico, que le partió la vértebra. De ahí la protuberancia y esa peculiar marca. El resto: la rotura de cráneo, el gran morado en el cuerpo, las magulladuras... son *post mortem.*

—Eso quiere decir —interviene Guillermo de Erill— que alguien entró en el dormitorio, lo mató y luego lo lanzó por la ventana. Por eso necesito vuestra ayuda, Ecart. Vos llegasteis esta mañana, luego estáis descartado como sospechoso, pero alguien del castillo es el asesino. Puede ser cualquiera: uno de los esclavos, sus amigos... Cumplid el encargo del abad de Santes Creus, por supuesto, pero os pido que investiguéis con discreción y que resolváis el crimen con la mayor rapidez.

—Señor —responde Ecart con una reverencia—, el abad me conmina a llevar al padre Jorge cuanto antes a su presencia.

—Sí, sí —responde el gran maestre algo contrariado. No es un hombre acostumbrado a las negativas—. Pero intuyo, y creo que vos también, que lo que me habéis contado del antiguo confesor del infante y vuestra misión tienen alguna relación con este asesinato. Esta fortaleza es el centro de las miradas de muchos reyes, del papa y de buena parte de la cristiandad. No puedo permitirme un escándalo más, ¿comprendéis? Dos días. Solo os pido dos días, y si no encontráis nada podéis llevároslo, ¿de acuerdo?

Ecart asiente, de repente fatigado. Su estancia en Santes Creus era provisional, una parada en el sosiego cisterciense antes de emprender el largo viaje, alguien diría que la huida definitiva. No dijo nada al abad Pedro Alegre y la nueva situación le obliga a mantener su secreto, a alargar y extender su impostura.

Capítulo 8

Lava quod es sordidum

Palacio Real de Barcelona, 18 de septiembre de 1319

En la soledad de la capilla real el rey contempla las dos cartas de su hijo, que descansan sobre una mesilla velador, mientras dedica un tiempo a colocarlas con exactitud una junto a otra, a la misma altura y distancia. El ejercicio de simetría no es fútil para Jaime II; refleja la mente clara y precisa que siempre ha regido sus actos y la idea que tiene del cosmos y de la vida. Ha oído que algunos le llaman ya Jaime el Justo. «El Justo… —piensa, complacido—. No está mal pasar con ese epíteto a la historia», y recuerda la alegoría de la justicia: ciega y desapasionada, ecuánime pero implacable.

Cuando queda satisfecho de la disposición de las cartas, coge la segunda y la relee con una actitud diferente respecto a la primera vez, más precavido ahora que aliviado, y vuelve a escuchar en su cabeza una vocecita todavía ininteligible. ¿Qué es lo que le inquieta? El cambio súbito del infante, sin duda. La primera está llena de furia y reproches, de frases secas y cortantes; una continuación sobre el papel de la desagradable discusión en la cámara real, con el hábito franciscano en el suelo y Vidal tras las cortinas como testigos mudos. El infante la escribió aún en palacio, antes de partir de nuevo hacia Miravet. En la fortaleza sobre el Ebro le escribió la segunda, diametralmente diferente. Flota un tono nuevo y desconocido hasta el momento en la relación epistolar de ambos. No se trata solo de lo que dice, sino de cómo lo dice. ¿A qué viene el aire de confesión, la excesiva sinceridad, las palabras conmovedoras más propias de una conversación entre amigos? Le molesta la falta de la dignidad que ha de presidir la relación entre un príncipe heredero y un rey, como si se rompiera un equilibrio jerárquico jamás explicitado pero sabido de modo natural, casi por ley divina. «Jamás le hablé así a mi padre —se dice— ni apelé a su emotividad. ¿Cómo se atreve?». Sin embargo, reconoce que el infante ha debido de hacer un gran esfuerzo para hallar las palabras y, sobre todo, hacerlo en el terreno de la sinceridad, desconocido por ambos hasta ahora. Percibe la angustia del joven, su soledad y su dolor. El texto es un grito de auxilio, una súplica a la comprensión.

> *Padre, señor, yo, infante don Jaime, humilde hijo vuestro…, jamás he yacido con hembra pese a que es acostumbrado hacerlo con cierta edad… Tal inclinación me ha puesto en ocasiones en el centro de hablillas y juicios que he sufrido con paciencia y resignación, pero que me han alejado cada vez más del círculo de la humanidad. Veo en el retiro del claustro la paz y el sosiego que se me niegan fuera.*

Y a pesar del lloriqueo patético y de la autocompasión, llega un momento en la carta en el que accede a presentarse en la iglesia de Gandesa y a contraer matrimonio con la infanta Leonor de Castilla, haciendo así honor a los pactos firmados hace mucho tiempo, cuando los novios eran aún niños pequeños. El rey tuvo que sentarse y leerlo varias veces, incrédulo. Vuelve a buscar la línea, escrita en pulcra letra de cancillería aragonesa. Las palabras destilan serenidad y aceptación:

Acataré vuestra orden… como hijo devoto y obediente de vuestra autoridad que siempre he sido y espero encontrar en el deber cumplido el sentido de mis actos y la paz de mi alma.

¿Por qué este cambio? ¿Qué ha pasado en Miravet en tan pocos días para que el infante asuma ahora su papel en la historia?

—Milagro —susurra en el silencio de la capilla con la voz tomada por la emoción. Se arrodilla y se santigua antes de acercarse a una amplia vitrina enmarcada por dos ángeles en las esquinas superiores.

En el armatoste de madera se abren múltiples cajones de diferentes tamaños que albergan las reliquias de la casa real. El rey lo contempla orgulloso; es el resultado del trabajo paciente y constante del propio monarca, sin escatimar nada. De su puño y letra ha escrito innumerables cartas a otros reyes tanto cristianos como infieles. Ha invertido tiempo en largas negociaciones y dinero en costosas embajadas para traerlas hasta aquí. Todas ellas hacen palpable ante Dios y el mundo la piedad de los reyes de la casa de Aragón, la íntima vinculación entre las cuatro barras y la cruz. ¿No es él, acaso, gonfaloniero mayor de la Iglesia, es decir, portaestandarte de los ejércitos papales? Las reliquias son una garantía de seguridad para sus reinos, un tesoro de fuerza y poder concentrado como una hueste en parada. Pues ¿qué rey no prevalecerá rodeado de tal arsenal? ¿Qué epidemia o sequía, qué invasión extranjera, qué calamidad no cederá ante este portentoso ejército de los santos? Abre uno de los cajones y extrae con delicadeza una diminuta arqueta de marfil y oro. En la tapa, un óculo de cristal permite ver lo que guarda: un pedazo de la lengua de santa Magdalena. El rey observa con reverencia y aprensión la reliquia negra y retorcida como una lasca de madera quemada y la deja junto a las cartas. Luego elige otro cajón; en el estuche de plata labrada se exhibe un trozo de madera, apenas una astilla carcomida, un fragmento de la cruz donde ejecutaron a san Dimas, el buen ladrón, redimido por su fe antes de morir. Lo coloca junto a la reliquia anterior y se arrodilla en el reclinatorio frente a ellas. Cada una por separado alberga el poder místico de su origen sagrado, pero las dos juntas son como un enorme trabuquete contra las murallas del mal, cualquiera que sea su forma. Ha podido sentir esa fuerza a lo largo de estos días, mientras les rezaba para que, a través de ellas, los santos intercedieran ante el Altísimo. En el silencio de la capilla hubo momentos en los que pudo percibir la presencia de algo más que la corriente de aire, un aleteo, un aliento que le confirmaba que se obraba el milagro.

Cierra con fuerza los puños y los ojos y repite la oración una vez más, la misma que ha ordenado que también se rece en los grandes cenobios del reino; en Santes Creus, en Ripoll, en San Juan de la Peña... Miles de voces elevadas al cielo con el único objetivo de lograr la feliz resolución de la futura unión matrimonial.

—*Veni, Sancte Spiritus, et emitte caelitus lucis tuae radium.* Ven, Espíritu Santo, y desde el cielo envía un rayo de tu luz. —Si todo está escrito, como dijo Arnau de Vilanova, ¿qué sentido tiene este trance? ¿A qué prueba le somete el Todopoderoso? Quizá su hijo es el castigo por los pecados cometidos. Repasa su vida. Todo lo que ha hecho fue para defender la corona y la dinastía: las muertes que ha ordenado, las ciudades que ha saqueado... ¿Cómo prevalecer como rey sin mancharse las manos? Levanta aún más la voz para que su clamor se oiga en el cielo—. *Lava quod es sordidum, riga quod es aridum, sana quod es saucium.* Lava lo que está manchado, riega lo que está árido, cura lo que está enfermo. Sana a mi hijo, sangre de mi sangre, de su locura o de su extravío.

Y las reliquias han funcionado. De la misma manera que santa Magdalena y san Dimas fueron pecadores y la luz de la fe los convirtió, el infante ha sido tocado por el Espíritu. Sí, es cierto, quizá el astuto Vidal también ha ejercido su influencia en Miravet, aunque, sin duda, amparado por los dos santos. Dicen que la lengua de santa Magdalena inspira al orador para que encuentre las palabras certeras que convenzan y que la cruz de san Dimas transmite vehemencia y convicción.

«Gratias tibi ago, gratias tibi ago…», murmura ante las reliquias, mientras los negros vaticinios que han amargado sus noches se van disipando. La reclusión del infante hubiera desatado un enfrentamiento diplomático con Castilla. «Fortalezas perdidas —se dice—, la crisis sucesoria y, probablemente, una guerra». Repasa los nombres de los nobles cabezas de facción, mientras observa los ángeles que decoran las esquinas del armario relicario. El tallista hizo un buen trabajo. Los representa bellos en su indefinición angélica: ni hombres ni mujeres, con cabellos ondulados y rubios. El rey no puede evitar ver al infante en el rostro sin sexo de los ángeles ni tampoco al monstruo tras él.

Piensa en lo que dijo Vidal: ¡Carne de santidad! Jaime II casi estalla en una risa asqueada. Vuelve a cerrar los ojos con fuerza y aprieta los puños para no ver la figura angélica. *Jamás he yacido con hembra…*

Una mujer de gestos elegantes se arrodilla junto a él y se une a la plegaria. Todo su talle parece colgar de un cuello largo y tenso.

—¿Qué os preocupa, mi señor? —dice al fin.

Elisenda de Montcada, noble de ilustre saga, frecuenta cada vez más el círculo íntimo del rey. Viuda y sin hijos, ha llegado a la veintena sin otro compromiso. Para el rey es la primera mujer a la que elige sin tener en cuenta estrategias diplomáticas, sin esperar de ella el fruto de su vientre. Mujer de la tierra. Se entienden bien. Ella atempera sus accesos de ira y le hace olvidar su fracaso matrimonial con la hombruna, pasiva y enfermiza María de Chipre. Ha llegado en el otoño de su vida, y le da reposo a su mente siempre incansable, conspirativa y desconfiada. Diría que es más compañera y consejera que amante. Aunque, en el lecho, los veinticinco años que se llevan hacen sentir al rey rejuvenecido.

—Hay una vocecita aquí que no consigo acallar. —El rey se lleva los nudosos dedos a la frente. La golpea como si quisiera entrar.

—Os ha prometido que se casará con la infanta, ¿qué más queréis, que la desee?

—Algo trama, ¿por qué? ¿Por qué?

Elisenda es cautelosa. No quiere preguntar, pero intuye la causa del desasosiego en la real cabeza.

—Sabéis que podéis ser sincero conmigo. No soy uno de vuestros consejeros.

El rey aparta la vista del altar y fija su fría mirada en la mujer.

—No tengo por qué esconderos nada.

—Lo sé, mi señor. —Le acaricia el brazo—. También sé que yo puedo ser sincera con vos.

El rey se pone en guardia. ¿A qué viene tanta declaración de sinceridad?: su hijo en la carta, ahora Elisenda... Suspira ante las reliquias.

—Por supuesto —dice, cauto. Por mucha intimidad que hayan cultivado, él es rey en todo momento y no puede evitar ser el gato que siempre ha sido.

La amante real cancela el intento de penetrar en los rincones oscuros de Jaime II con un largo y blando beso en la mano.

—Tomad entonces el cambio repentino del infante como una muestra de amor filial.

Jaime II guarda un silencio escéptico. Amor filial... Nada de eso. La cabeza coronada desde hace casi treinta años, el hombre frío y conspirador, malpensado y precavido, puede oír las respuestas cada vez más nítidas: o es un lunático desequilibrado u oculta algo.

Capítulo 9

Corpus delicti

Castillo de Miravet, 18 de septiembre de 1319

Cuando Ecart, acompañado del alcaide de la fortaleza y de David ben Ruzafa, va a entrar en la sala dormitorio, se encuentra con un guardia en la puerta, un coloso con la librea del rey y cuello de toro. Su rostro de piedra martilleada y nariz rota no se inmuta ante la categoría de Guillermo de Erill, al cual cierra el paso. Por detrás aparece otro soldado. Exhibe una leve sonrisa y una mirada huidiza. Ecart muestra su extrañeza en silencio; ¿soldados de la casa del rey? ¿Acaso se halla el monarca en Miravet?

—Ah, se me olvidaba deciros que entre nuestros invitados se encuentra el insigne Vidal, consejero de su majestad —dice Guillermo poniéndose en jarras frente al soldado—. Dejadme pasar. Me reconocéis, supongo: soy el alcaide de esta fortaleza.

—Mis órdenes son que nadie cruce esta puerta.

—Veo que os han partido la nariz. —Guillermo de Erill desenfunda la daga y le muestra el pomo a dos dedos de la cara. Ecart acerca su diestra a la espada con discreción, encarado con el de la sonrisa falsa—. ¿Queréis que os la ponga recta?

—Calma, señores. —La larga figura de Vidal aparece tras la

puerta—. Disculpad a mis hombres. Este es Hugo —dice poniéndole la mano al grandullón en el pectoral de cuero endurecido—. Su fuerza es igual a su fidelidad. —Vidal señala al soldado de la sonrisa de cartón—. Guerau, siempre alerta, rápido como un galgo. Hombres de la montaña, silenciosos y diligentes. Cumplen con celo lo que les mando, a veces demasiado. —A un gesto suyo, los dos desaparecen—. Solo quería echar un vistazo libre de la curiosidad malsana. Por supuesto, no pensaba en vos. Adelante, os lo ruego.

—A partir de ahora, pedidme permiso —dice Guillermo, molesto.

Vidal se inclina respetuoso y soslaya el incidente mostrando interés por el hospitalario.

—Vos no sois residente en el castillo.

—Es freire Ecart —responde el alcaide—, de paso entre nosotros.

Vidal lo observa, mientras rastrea en la memoria.

—¿Nos hemos visto en otra ocasión?

—No creo —responde Ecart—, aunque he oído hablar de vos, sin duda, el ilustre *consiliarius regis.* ¿Quién no os conoce?

Vidal acepta el cumplido sin respuestas hipócritas de falsa humildad y se asoma a la ventana. La ventolera que sube del río le alborota los largos cabellos que cuelgan a ambos lados de su calva.

—Lamentable el suicidio de este joven. La melancolía ataca especialmente a los ociosos. En fin, el arcángel san Miguel ya habrá pesado su alma torturada.

—¿Buscabais algo? —pregunta el alcaide.

—Una nota, una carta…, algo que explique qué le llevó a tirarse por la ventana. —Guillermo intercambia una mirada cautelosa con sus compañeros. Vidal registra el secreto en los semblantes—. ¿Acaso creéis que ha sido un asesinato?

—Hay pruebas, señor, que parecen indicar que así fue —indica David ben Ruzafa.

Vidal levanta las cejas, escéptico.

—Yo más bien creo que algo le atormentaba tanto que decidió lanzarse al vacío. ¿Qué pruebas tenéis?

Guillermo de Erill duda antes de hablar.

—Alguien lo estranguló.

—Quizá él mismo intentó ahogarse. Los suicidas están poseídos por la demencia. Son capaces de todo.

—Quizá. —Guillermo no quiere entrar en un debate ni dar detalles a un hombre que actúa en su castillo como si le perteneciera.

—¿Sospechosos? —pregunta Vidal.

—Todos y nadie.

—¿Motivos? —El barón niega con el gesto—. Entonces os ruego que, por el bien de todos, nada se diga fuera de aquí. Ciertamente, el infante ha de ignorarlo.

—¿Por qué? —pregunta el alcaide—. El joven era miembro de su corte. Tiene derecho a conocer la verdad.

—Y la conocerá, pero no ahora. El infante Jaime está atravesando, digamos, unos momentos difíciles, llenos de incertidumbre sobre sí mismo y su papel en el mundo. Sé que saldrá adelante. Será un buen esposo primero y un buen rey después, cuando suceda a su padre. Como ya os comenté a mi llegada, yo estoy aquí para asegurar que se cumple el compromiso matrimonial. Es la misión que el rey me ha encargado y lo protegeré de cualquier elemento perturbador.

—¿De veras? —Guillermo de Erill vuelve a colocarse con los brazos en jarra y lanza a Ecart una fugaz mirada cómplice—. ¿Por qué mostráis tanto interés por el padre Jorge?

—¿El padre Jorge? —repite Vidal, displicente—. Me gusta hablar con gente interesante, supongo. El padre Jorge lo es; griego, miembro de la Orden Hospitalaria... Su punto de vista puede ser enriquecedor.

—Ya...

—¿Os molesta?

Guillermo de Erill se encoge de hombros.

—Olvidadlo. Soy un viejo chocho con la cabeza espesa, pero sigo siendo el alcaide y se va a llevar a cabo una investigación, con toda discreción, si así lo deseáis. No puedo acoger a dos príncipes en el mismo espacio donde sé que un asesino anda suelto. Espero que entendáis cuáles son mis responsabilidades y quién manda entre los muros de esta fortaleza.

—A la perfección. Soy diplomático y sé cómo funciona el protocolo. Vos sois alcaide de este castillo en nombre del rey; yo, su consejero. Le escribiré una carta poniéndolo al corriente de la situación. Solicitaré que os escriba otra a vos para que entendáis el alcance político de lo que está en juego.

—Esperaré ansioso esa carta. También os digo que, si el infante me pide que le diga la verdad, no me negaré, como comprenderéis.

—Sin duda. Lo contrario sería traición, pero la verdad se puede posponer, quizá a la espera de pruebas más concluyentes. ¡Ah! Y os ruego que me tengáis al tanto de cualquier novedad que surja en la investigación. Como bien habéis dicho, la seguridad del infante puede depender de ello. Supongo que lo entendéis.

Guillermo de Erill farfulla una aceptación de mala gana.

—¿Dónde dormía el muchacho? —pregunta Ecart.

Vidal señala uno de los cubículos, el más cercano a la puerta de entrada.

En la cama, entre los pliegues de las sábanas, una cinta bordada de color carmesí llama la atención del hospitalario. En uno de los extremos, el borde deshilachado indica que la han cortado.

—¿Os suena que Cecco la llevara? —pregunta, mostrándola.

—No tiene hebilla. Más bien parece parte de una túnica —responde el médico.

La observa de cerca con ojos de forense. Ahora ya saben Guillermo de Erill y Ecart que busca nudos, quizá manchas. En una esquina, junto a la mampara de madera, hallan ropa y objetos alrededor de un baúl abierto.

—Alguien ha estado hurgando aquí —dice Guillermo de Erill.

Vidal se siente interpelado.

—Ya estaba así cuando he entrado.

Cecco llevaba ropa lujosa: una saya encordada bordada en tela fina y de ricos colores, probablemente importada de Granada o de sitios aún más lejanos, una garnacha forrada de piel, un par de guantes de ceremonia, una daga con incrustaciones en una vaina de cuero repujado, un capiello de tafetán remachado con cuentas de aljófares... Parece claro que no pretendían robarle.

—¿Conocisteis al infortunado, señor? —le pregunta Ecart.

Vidal se gira, lentamente. Valora la pregunta, el tono, la expresión del hombre barbado que sigue husmeando, casi ajeno a lo que pueda contestar. ¿Le está interrogando?

—Lo conocía, claro —responde con serenidad—. Formaba parte del séquito del infante. Estos días aquí he tenido la oportunidad de intimar más con él. Cenamos juntos ayer. Me caía bien. Un poco superficial, claro está, como todos los jóvenes. Había viajado y su latín no era malo, pero creo que toda esa alegría que mostraba era un poco impostada, como la de los bufones.

—¿Por qué lo decís?

—Todos bebieron mucho, demasiado, en mi opinión, excepto yo. Soy un hombre frugal, ¿sabéis? Ya lo dice san Pablo: *et nolite inebriari vino, in quo est luxuria...* No os embriaguéis con vino, que es causa de libertinaje.

—Efesios 5, 18 —completa Ecart—. ¿Ocurrió algo que os llamara la atención?

—El ambiente era distendido. En cierto momento, el señor de Usai se levantó y recitó un serventesio con una peluca roja en la cabeza. Ya os lo he dicho, me pareció una bufonada impropia del paje de un príncipe heredero. —El consejero fija la mirada en el techo y rebusca en su proverbial memoria, de la que está tan orgulloso—: «*Amigo, si estuvieseis de acuerdo / y quisierais, fiel, honrarme bien, / yo os amaría, pero bien sé / que sois conmigo desleal y mentiroso*». Decidme: ¿soy sospechoso, freire...? Disculpad, he olvidado vuestro nombre.

—Sosegaos, Vidal —interviene el barón de Erill—. El caballero Ecart no quería ofenderos. Era tan solo una pregunta.

—¿Y qué os ha traído hasta Miravet? —pregunta Vidal con curiosidad.

Los pasos de Guillermo de Erill pueden ser achacosos, pero mantiene una mente ágil y atenta y toma la palabra en nombre del hospitalario.

—El caballero Ecart está de paso, ya os lo he dicho. Aprovechando su presencia entre estos muros, le he mandado que investigue de manera discreta. No lo toméis por impertinente. Siempre he tenido en mucha estima a los caballeros de la Orden del Hospital. He luchado con ellos en la guerra de Almería y doy fe de su bravura, discreción y buen entendimiento.

Vidal se encara al alcaide.

—Los hospitalarios, claro. No dudo de la impecable valía de vuestro... investigador. Sin embargo, elegir a alguien solo por la institución a la que pertenece es, como mínimo, atrevido.

—¿Desconfiáis entonces de cualquier forma de organización? —pregunta Guillermo de Erill—. ¿No seréis uno de esos franciscanos extraviados, fanáticos incendiarios?

Vidal sonríe, complacido. Le gusta el debate. Le recuerda sus años en el Estudio de Lérida y en la Universidad de París.

—En absoluto, pero dada la experiencia que nos muestra la historia reciente, creo, sinceramente, que vuestro método de elección puede ser arriesgado. Hay que elegir al hombre y sus méritos personales, no el hábito que luce.

—¿A qué os referís?

—Bravura, discreción, buen entendimiento… Creo recordar que se decía eso de los disueltos templarios. Resultaron ser adoradores del diablo, hechiceros y sodomitas, como el miserable despojo que se pudre al sol.

La expresión de Guillermo de Erill se oscurece.

—Nunca se probó tal cosa.

—En Francia, el rey Felipe expuso la abominación de la orden y, lo más importante; el papa la confirmó. Aquí, nuestro rey, al que, como bien habéis dicho, representáis vos como alcaide, la disolvió. ¿Ponéis en duda su veredicto?

Está claro que Vidal está avezado a la controversia. En su rostro asoma una sombra de placer. Si ellos son diestros con la espada, él lo es con el verbo.

Guillermo y el resto deciden ser prudentes. Las palabras dichas pueden incriminarlos. No dudan que el consejero del rey las almacena con minuciosidad legalista. Mientras Vidal y Guillermo de Erill miden sus egos, David ben Ruzafa y Ecart se hacen los sordos, ojeando las pertenencias del difunto. En el fondo del baúl descubren un cirio delgado, de forma helicoidal y medio consumido. El médico lo coge inmediatamente, como si comprendiera su valor, y lo guarda con discreción.

—Empieza a ser tarde —dice Guillermo de Erill, a quien no le gustan los requiebros dialécticos.

—Sí —continúa Vidal—, quizá el freire nos hará el honor de compartir la mesa durante la cena.

—Os agradezco el ofrecimiento. —Ecart hace una reverencia—. Pero el viaje ha sido largo. Me temo que la fatiga me convertirá en un invitado demasiado aburrido. Con vuestra venia, gran maestre, me gustaría retirarme a descansar esta noche.

Capítulo 10

La novia triste

Castillo de Miravet, 19 de septiembre de 1319

La agitación empezó con los vigías de las torres. Luego se transmitió como un calambre por todo el castillo. La nube de fino polvo que habían divisado en el horizonte se convirtió en una pequeña columna que avanzaba con lentitud solemne. Un vigía con buena vista distinguió el emblema de la infanta Leonor: el escudo de Aragón rodeado de leones y castillos.

La veintena de personas que forman el cortejo se detiene ante las murallas de la fortaleza. Entre ellas se abre paso la infanta, montada a la amazona en una mula ricamente enjaezada y rodeada de una guardia de maceros a pie. Por detrás, la sigue un séquito de damas, criadas y doncellas, la mayoría de edad y de expresión adusta, sombra en el bigote y altos y complicados tocados. Lo encabeza el aya de la infanta, doña Sancha de Velasco, altiva como una reina y ebria de orgullo, la mujer de más alto rango en la corte de la infanta. De forma extraoficial, todos saben que es los ojos en Aragón de don Juan Manuel, a quien envía regularmente información. Por delante, un hombre de piel curtida y rasgos duros lleva a la joven princesa de las riendas; el almirante Bernardo de Sarriá, insigne soldado y terror de la flor de lis en los mares. Su barba sobre el poderoso mentón acentúa su prognatismo.

—Ahí la tenéis —dice Guillermo de Erill ante la gran puerta de entrada. Junto a él se alinean Vidal, los miembros de la corte del príncipe y los caballeros, como Ecart, para recibirla y escoltarla al interior según dicta el protocolo—. La infortunada princesa.

—¿Por qué la llamáis infortunada, señor? —pregunta Ecart.

—Haceos cargo de sus circunstancias: arrancada de su tierra a los cinco años. Criada en un reino extranjero, lejos de padres y hermanos, se enteró de la muerte de sus progenitores, el rey Fernando y la reina Constanza. Prometida casi desde que nació a un hombre al que apenas conoce. ¿Queréis más desdichas?

La infanta de Castilla y sus acompañantes se detienen a unos metros y el alcaide da unos pasos hacia ella. Se produce un silencio solemne, solo roto por el tintineo de infinidad de campanillas que adornan a la mula. El aire trae de vez en cuando el hedor pútrido del ahorcado. El aspecto de la infanta conmueve a Ecart. El sayo de recia estameña y el encintado alrededor del cuello y la barbilla la amortajan y la envaran. El velo que cae sobre el rostro enfatiza su aire melancólico, la mirada triste de una niña atrapada, sola y perdida. Unos ojos de color azul pálido miran a todos y a nadie, como le han enseñado, pero su espíritu parece vagar muy lejos del gentío expectante. Ecart siente lástima por la niña y un inmenso alivio por no ser uno de ellos, uno de los grandes, a veces en el centro de intrigas y conjuras, con frecuencia objeto de envidia o malquerencia, siempre con la vida decidida por otros.

El gran maestre se arrodilla con cierta dificultad. Ruega por que no le sorprenda otro ataque de tos. El resto de los presentes lo imita.

—Alteza.

—Nos place conoceros, barón y gran maestre —dice la infanta como una alumna aplicada que recita la lección de memoria. Su fina voz la aniña todavía más.

Luego se saludan los dos hombres con un abrazo y un beso en los labios. Guillermo de Erill y Bernardo de Sarriá son viejos conocidos de las huestes del rey. Esta noche, al calor de la lumbre, podrán rememorar sus gestas.

—No veo al infante —dice Bernardo, visiblemente molesto.

—Está ausente con una partida de caza.

—Guillermo, soy aragonés, como vos. Mi lealtad está con el rey y sabéis que es tan firme como los muros de este castillo, pero os recuerdo que hice juramento de defender los derechos, la honra y la dignidad de la infanta que os traigo hoy. ¿Me estáis diciendo que el infante se ha ido de caza a sabiendas de la llegada de su prometida?

El alcaide pide comprensión con el gesto. Le llama por el nombre, como su amigo a él.

—Bernardo, no puedo retener a un príncipe heredero. Dice que quiere ofrecerle una pieza a la infanta como detalle de bienvenida y símbolo de amor. No debe de haber encontrado aún ninguna digna de ella.

Bernardo responde con un silencio cargado de incredulidad y el alcaide lo invita con un amplio movimiento de su diestra hacia las puertas, que se abren de par en par.

—Sed bienvenidos al castillo de Miravet.

Capítulo 11

El padre Jorge

La amplia terraza escalonada que culmina en la fortaleza hace horas que ha perdido su quietud. Entre las caballerizas y los muros del castillo, la actividad se asemeja a la de una feria. Se descargan panes, botas de vino y heno para los lechos. Una hilera de corderos vivos es conducida hacia los establos. Las tiendas de campaña ya están montadas. En el centro se levanta la de la princesa, más amplia que el resto y de bellos estampados de color índigo. Saurina acarrea una espuerta llena de panes. Poder usar las dos manos le produce una sensación de libertad, una falsa ilusión de que nunca tuvo al hijo que ahora duerme al cuidado de otras criadas, pero es una sugestión efímera que desaparece cuando le dicen que el niño llora o que quiere mamar.

«Siempre a cuestas, siempre amarrado a la teta, resbalándome cadera abajo y destrozándome la espalda. Es como un castigo que Dios me ha impuesto».

Lo puede ver en las miradas de los habitantes del castillo, algunas de conmiseración, otras de desprecio. Las unas dicen: pobre Saurina. Las segundas: te está bien empleado. Sabe que al niño ya le llaman Blasquillo, aunque el padre Jorge lo bautizó con el nombre de Uguet; Uguet del Castillo o Uguet de Miravet, porque lo parió entre sus muros, en el calor de la cocina. Pero todo puede cambiar si él tiene una pizca de honor. Si siente, aunque sea un poco, la pasión que desbordaba cuando la cortejaba.

Y ahí viene. La imagen le roba el aire. Entre el tráfago de la explanada se abre paso una fila de jinetes con indumentaria de caza: ropa ligera, arcos y ballestas y cuchillos de monte. Avanzan a paso lento, como si ya estuvieran cansados de buena mañana. Los criados inclinan la cabeza y admiran los formidables caballos, las sillas repujadas o los excelentes perpuntes de cuero tachonado de los señores. A su alrededor, las realas de perros lanzan al aire sus aullidos nerviosos. Blasco de Piniella luce una barba que es apenas un bozo impúber. Altivo, parece ignorar todo lo que se mueve de su montura para abajo, en el mundo de los plebeyos, pero ella cree que la ha visto y cuando pasa por su lado hace una reverencia y se acerca.

—Señor… —musita, y extiende la mano, como si fuera una dama ante su caballero galanteador.

El gesto cortés en la simple plebeya arranca una mueca de bochorno en Blasco, que azuza su montura a sabiendas. Saurina choca contra la poderosa pechera del animal. Cae de bruces y se enloda con la bosta de los caballos que pasan. Oye algunas risas antes de atreverse a levantar la vista.

Ojo Gacho le ofrece la mano.

—Arriba, vamos.

El topetazo le duele más en el alma que en el cuerpo. Confirma la mezcla de alegría malsana, pena y conmiseración de los múltiples testigos. Se mira a sí misma, la ropa emboñigada, y reprime dos lágrimas grandes y saladas llenas de rabia.

—Creo que vuestra dama esperaba otra cosa —dice Pedro de Pomar ya extramuros.

La partida cinegética atrae la atención de los mendigos en el camino, que se asoman con sus lamentos, sus costras y sus manos tendidas.

—La necia es dura de mollera y a los necios hay que hablarles claro.

Blasco de Piniella espolea su montura, que da un respingo y se lanza al galope, seguida de los perros y del resto de los jinetes. Siente en el rostro el viento que le jalea que la tierra es suya y el futuro está a sus pies: paje del que un día será rey de Aragón, promesa de cargos y honores, poderío y tierras para los Piniella. ¿Creía acaso la imbécil que le iba a hacer caso? ¿Cómo se atreve a salirle así al paso y ponerle en ridículo frente a todo el mundo? Imagina el pendón del linaje tremolando al viento. Su ambición le proyecta hacia el futuro y no ve a los niños harapientos en medio del camino, inmóviles, fascinados por la velocidad de lo que se les viene encima. Un grito lastimero algo más vigoroso de lo normal se eleva entre los mendigos nómadas antes de que los arrolle en una nube de polvo.

—¡Haraganes! —grita Blasco haciendo caracolear a la montura. Los perros aúllan y ladran como locos, excitados en la confusión, creyéndose ya ante las presas del día—. ¡Volved a vuestros pueblos y trabajad!

Ordena al montero que haga sonar el cuerno de caza para que resuene a los cuatro vientos y anuncie al mundo de quién es la tierra y se lanza a la carrera. Los otros jinetes, que han frenado ligeramente para evitar a las víctimas, le siguen de nuevo. El aire turbio y el llanto es lo único que queda de la súbita trepidación. Un niño yace inmóvil en el camino. Otro llora sin consuelo, sujetándose el brazo tronchado, que baila como una rama apenas sujeta al tronco.

—Dios te maldiga, caballero del diablo —dice el padre recorriendo con sus dedos deformes el cuerpo sin vida.

El día anterior dio las gracias al freire hospitalario que los bendijo. No recuerda su rostro, oculto tras la profunda capucha, pero ha consignado perfectamente los rasgos jóvenes y crueles de Blasco de Piniella.

Desde el castillo, David ben Ruzafa y Ecart han podido contemplar el paso de los jinetes, la calidad de las monturas y las insignias heráldicas. Tampoco han sido ajenos al incidente entre Saurina y Blasco de Piniella. En la terraza solo ven ahora a sirvientes atareados, personajes secundarios del gran drama de la historia.

—¿Qué relación tenían el difunto señor de Usai y el infante? —pregunta Ecart, siguiendo con la vista la nube de polvo de la partida cinegética.

—Aunque mi señor y yo somos, en realidad, recién llegados al castillo y hemos coincidido poco con el infante, es evidente a los ojos de todos que el señor de Usai gozaba de la atención del infante en todo momento.

—Si es como decís, me pregunto por qué no le acompañó de cacería.

Los afables ojos del médico adquieren un brillo malicioso.

—¿Sabéis? Muy pocos cristianos quieren tener a un judío cerca, pero cuando aparecen el dolor y la enfermedad, todos acuden a mí para que los cure. Uno se entera de cosas interesantes, entonces. Un paciente recuperado es un alma agradecida. La gente habla.

—¿De qué?

—Dicen que animaron al infante para que saliera de caza, que él no quería marchar, pero le convencieron de que consiguiera una pieza en honor de la princesa y de que lo hiciera solo o, mejor dicho, sin la compañía de Francesco Usai, so pretexto de que él recibiera como es debido a la infanta en el caso de que llegara antes. Tenía don de gentes, el muchacho, y el infante le tenía tanta ley que había empezado a delegar en él muchas gestiones.

—¿Quién lo acompañó?

—Gonzalo García, joven paje de la casa del príncipe. Todos ellos, Gonzalo García, Pedro de Pomar, Blasco de Piniella, Cecco Usai…, se han criado juntos desde pequeños.

—¿Sabéis si había animadversión entre ellos?

—El señor de Usai brillaba con luz propia. Creo que todos le tenían envidia. —El médico se encoge de hombros, escéptico—. Tanta como para eliminarlo no pongo la mano en el fuego.

—Por lo que me decís, puedo oler el tufo de la conspiración —dice Ecart dando vueltas al cinto carmesí encontrado en el lecho de la víctima—. Nobles desairados y envidiosos que creen perder poder e influencia ante la estrella del favorito…, no hay nada más peligroso. Maniobran para separar al príncipe de su preferido, lo asesinan y lanzan el cuerpo por la ventana, simulando un suicidio.

—Arriesgado, muy arriesgado. Si se prueba el crimen y su autoría, les puede costar la cabeza a todos.

Los dos se quedan pensando. Tienen más preguntas e hipótesis, pero de momento prefieren el silencio para asentar los hechos, aunque se hace difícil reflexionar en medio del ajetreo que resuena entre los muros. El espectáculo de una corte itinerante se despliega bullicioso a sus pies. A Ecart le hubiera gustado llegar al castillo en otras circunstancias. Imaginaba Miravet como un ojo severo y atento que mira al Ebro, empapado de silencio y recogimiento, una mezcla de campamento militar y convento.

—¡Ahí lo tenéis! El hombre al que buscáis —exclama de repente David. Alguien ha llamado su atención en el patio—. ¡El padre Jorge! Miradlo cómo se escabulle.

Un clérigo rechoncho, con barba y cabello ensortijado, cruza con prisa la explanada, esquivando a la gente y mostrando impaciencia cuando alguien demora su paso decidido.

David ben Ruzafa se pone a andar sin perderlo de vista y saca el cirio encontrado en el baúl.

—Creo que él puede explicar qué hacía esto entre las pertenencias de Cecco.

—La forma es peculiar —dice Ecart, siguiendo a su compañero—. No se ven mucho por aquí. Esta filigrana y el trenzado son más propios de Oriente.

—Exacto —dice David ben Ruzafa, centrado en no perder al capellán en su zigzagueante avance—. Los mismos que utiliza el padre Jorge en sus ceremonias. Sois un hombre perspicaz y viajado, ¿me equivoco?

Ecart ignora el comentario. Rehúye el sonsacamiento sutil del judío de aspecto bonachón. Nunca conocemos del todo a las personas y menos a alguien en solo unas horas: *prudentia, silentium.*

El clérigo desaparece por una puerta. En el interior, David ben Ruzafa sabe qué camino tomar. Se adentran por un pasadizo estrecho, tan solo iluminado por la luz natural que entra por las saeteras abiertas a intervalos en el muro.

—Por aquí. —Indica una portezuela baja por la que han de pasar agachados.

Bajo la débil luz de aceite, el capellán mira a los recién llegados con unos ojos negros y profundos, cargados de miedo y de desafío a la vez. Ecart comprueba que el sacerdote también luce la cruz hospitalaria cosida en el hábito.

—¿Qué queréis de mí?

—Vamos, padre Jorge —saluda David ben Ruzafa—. ¿A qué viene el tono? Somos casi amigos. Hoy es difícil dar con vos. Este caballero tiene algo que deciros.

—Vengo en nombre del abad de Santes Creus —dice Ecart mostrándole el salvoconducto—. Fray Pedro de Dios ha estado en peligro por algo que él y vos sabéis y que puede incumbir a la persona del infante. Me pide que os lleve al monasterio *cum celeriter* para que le expliquéis *viva voce.*

El sacerdote observa el sello y pasa los dedos por el relieve. Luego lo lee con atención, con el ceño fruncido. Su barba lanosa tiembla ligeramente, respira hondo y musita algo ininteligible para el médico, claro para Ecart.

—¡Oh, *Zeé mú*! Oh, Dios mío.

—*Páteras Georgios* —dice el hospitalario.

Que alguien sepa su idioma inquieta aún más al sacerdote.

—¿Sois griego? —pregunta, molesto, casi desafiante.

—No, pero he estado por vuestras tierras. ¿De qué tenéis miedo?

—¿De qué tengo miedo? —repite señalando el cirio que David ben Ruzafa sostiene en la mano—. ¡Maldita sea! Ya han matado a un hombre y el siguiente seré yo.

—¿Cómo sabéis que lo han asesinado? —pregunta el médico.

—Vamos, judío. Nadie cree que ese chico saltara voluntariamente por la ventana. Yo lo conocí muy bien.

—Este cirio os pertenece, ¿verdad? —pregunta Ecart. El silencio del griego le confirma la respuesta—. ¿Podéis explicar por qué lo hemos encontrado entre las cosas de Cecco?

—¿Con qué derecho me preguntáis?

—Con la autoridad del alcaide de la fortaleza, que me ha pedido que investigue la muerte de Francesco Usai.

—Escuchad, caballero… —El padre Jorge calla y piensa. Da la vuelta al altar y se acerca a su interlocutor—. Hay gente muy poderosa que quiere borrar una historia y eso quiere decir borrar a sus protagonistas; a Cecco Usai, en primer lugar.

—Los asesinos registraron su baúl. Quieren algo que él tenía o creen que tenía —dice Ecart—. ¿Qué sabéis?

El sacerdote se abstrae por un momento, como si ya no hubiera nadie.

—¿Cómo está fray Pedro de Dios?

—Unos desconocidos lo torturaron.

—Oh, *Zeé mú,* oh, Dios mío, Dios mío… —murmura el padre Jorge. Parece perdido, buscando algo en las paredes desnudas de la cripta.

—Pero está bien, sobrevivió y llegó a Santes Creus para contárselo al abad. Lo que le dijo no me concierne, de momento. Solo quiero saber si lo que le pasó tiene que ver con la muerte del señor de Usai.

—Sin duda, y lo que buscan los asesinos de Cecco pertenece al infante.

Ecart valora las palabras del sacerdote.

—¿De qué conocéis a fray Pedro de Dios? Si puedo preguntaros.

El padre Jorge sonríe, aunque hay más melancolía que alegría en el gesto.

—Pedro de Dios estuvo en Oriente, ¿sabéis? *Basileia Romaion* —dice con aire evocador—, en tierras del Imperio. Compartimos monasterio durante un tiempo. Pedro de Dios es un erudito, un hombre de libros y versado en lenguas.

Ecart echa un vistazo en la vaciedad de la cripta. La ausencia de cualquier decoración confirma el enigma: no hay respuesta, excepto en la cabeza del padre Jorge.

—Escuchadme, el abad de Santes Creus no me dijo que os interrogara, solo tengo que sacaros de aquí y escoltaros a su presencia, pero resulta que el gran maestre me pide que intente resolver qué hay detrás de la muerte del señor de Usai. Habéis dicho que lo conocisteis muy bien.

—Tanto como se puede conocer a otro hombre. Escuchadme vos a mí ahora. Le hice una promesa, un juramento. Todo lo que sé está amparado por el secreto de confesión.

—¿Y creéis que vuestros escrúpulos le han salvado la vida? —dice Ecart llevando la mano a la empuñadura de su espada—. Yo os puedo proteger.

—Proteger... —El sacerdote señala a los dos hombres y suspira. Luego deja caer el brazo, como si le pesara—. Podríais ser ellos. Y si no lo sois, quizá contaríais a alguien lo que os dijera sin saber que son ellos.

—¿Ellos? —repite Ecart—. He oído que el consejero Vidal muestra mucho interés por vos. ¿Habéis hablado con él?

—Brevemente. No me gusta —dice el padre Jorge con expresión lúgubre—. Vidal, Guillermo de Erill..., ¡qué más da! ¿No habéis pensado que este último puede haberos pedido que investiguéis para sacar a la luz lo que todos buscan?

—Si fuéramos ellos, como apuntáis —dice Ecart—, ya os habríamos matado.

—Puede que lo hagáis en cuanto os haya dado los detalles. Sé demasiadas cosas, caballero.

—Habéis dicho que lo que buscan los asesinos pertenece al infante —continúa el hospitalario—. Decidnos solo cuál es su naturaleza. ¿Se trata de un documento?

El sacerdote asiente con los ojos cerrados, contra su voluntad o con profundo dolor. Hunde los dedos en el pelo ensortijado y se frota la cabeza varias veces, como si quisiera poner orden en su interior.

—Si os cuento qué ocurre aquí, primero, no descarto que me lancéis directamente a una celda y luego me queméis en la hoguera, y segundo, estaréis en peligro desde el mismo momento en que lo sepáis.

—Correré ese riesgo —dice Ecart. Busca en su bolsa y exhibe el cinto carmesí—. Estaba entre las pertenencias del difunto. ¿Lo reconocéis?

El padre Jorge lo toma con cierto ceremonial y vuelve a mostrar un inicio de sonrisa, como un profesor ante un alumno que empieza a comprender.

—Bravo. Estáis más cerca de lo que pensaba. Tenéis medio cinto y uno de los cirios.

—¿Hay más?

—Otro cirio y el resto del cinto. —El padre Jorge se lo devuelve y se resguarda otra vez tras el altar—. Por cierto, caballero, habéis combatido, imagino. ¿Dónde? ¿En Rodas?

—En Rodas y en muchos otros sitios.

—Veo que estáis familiarizado con nuestras armas —dice el sacerdote indicando el *paramerion,* la espada curvada sujeta al muslo—. ¿Qué sabéis de la espiritualidad en la Iglesia oriental? ¿Conocéis la devoción a ciertos santos que solo se da en aquellas tierras?

—Supongo. ¿Podéis ser más concreto?

—Aún no. Dadme tiempo para pensar cómo hacerlo.

—No tenemos mucho —advierte Ecart—. Con el gran maestre hemos acordado que permaneceré dos días en Miravet. Luego partiremos. El abad de Santes Creus nos espera.

—Está bien. Está bien —refunfuña el sacerdote—. Os veré esta noche.

—Habéis dicho que teméis por vuestra vida. Mejor será que no os separéis de mí.

—No os preocupéis, caballero. Conozco bien el castillo. Sé dónde esconderme. Y, en cuanto a vos, vigilad vuestra espalda y no os aventuréis solo mientras estéis aquí. Quizá corráis tanto peligro como yo, si os han visto conmigo.

Capítulo 12

Mulier fortis…

El barullo general se apacigua por la tarde. La triste y enigmática infanta hace horas que se recluyó en su tienda, donde se le sirve la cena en la intimidad de su círculo más cercano. A medida que va llegando el ocaso, Miravet se convierte en una prolongación oscura de la montaña. En sus pocas ventanas y en las tiendas palpita la luz de teas y antorchas, como luciérnagas en la noche. Más abajo, el Ebro se diluye en un rastro casi indistinguible de las peñas y las arboledas que lo ciñen. Los sin nombre de Miravet, los sirvientes y esclavos, se preparan para una noche larga de idas y venidas, cargando jarras y platos. En la cocina, siguen amasando los mazapanes o se afanan en endulzar los vinos de la bodega. Del horno salen las últimas hogazas de pan. Si la explanada ha sido durante el día el punto neurálgico del castillo para los poderosos, ahora su corazón es el refectorio, austero pero amplio y de altos techos. El alcaide y gran maestre ha invitado a la infanta a una velada informal. Un tronco de encina quema desde hace horas en la gran chimenea para desterrar el frío y se han engalanado las paredes con tapices y colgantes para suavizar el espíritu militar y monjil con el que se edificó el recinto. El suelo se llena de cojines y almohadones de vistosos colores. Los esclavos moros montan mesas bajas y tableros de damas y de ajedrez para que se sienten los invitados sin mucha formalidad y jueguen o conversen mientras toman vino y dulces que los sirvientes van ofreciendo. El aire se llena con la sonoridad de flautas, laudes y castañuelas. Los invitados ya hace rato que ocupan la sala cuando llega la pequeña Leonor, rodeada de sus damas y de sus perros falderos.

A Ecart le hubiera gustado compartir el tablero con David ben Ruzafa, pero, como judío, el médico tiene prohibido asistir a tales actos. Tampoco aparece el padre Jorge. ¿Habrá pensado ya en cómo explicar lo que sabe? ¿Por qué le preguntó si conocía la espiritualidad oriental? ¿A qué santos se refería? El sacerdote griego es un hombre peculiar y con bastantes secretos.

La infanta recibe los parabienes del alcaide, pero poco hay que decir entre un hombre de sesenta años y una niña de doce más allá del intercambio de saludos protocolarios y frases vacías. A continuación, el resto de los invitados ofrece sus respetos a la princesa.

—Freire Ecart está de paso entre nosotros —indica Guillermo de Erill haciendo la presentación. El hospitalario saluda rodilla en tierra.

—Nos place conoceros, caballero —dice la infanta. A su lado, doña Sancha de Velasco, el aya, es una esfinge de cejas arqueadas en un eterno gesto de agravio. Entre las damas que rodean a la joven princesa, Ecart se fija en una a la que no recuerda haber visto a la llegada. Posee unos ojos garzos y un rostro ovalado, bien enmarcado por el tocado que le tensa el pelo hacia atrás—. Es bonita vuestra cruz. —La infanta señala la sobreveste del hospitalario.

—La cruz octógona, mi señora —dice Ecart.

—*Octo* viene del latín. —La afirmación de la princesa levanta un leve rumor de satisfacción entre los presentes.

—Así es, mi señora. *Octo,* las ocho puntas que representan las ocho beatitudes de nuestra orden: vivir en la verdad, tener fe…

De repente, los perros de la infanta irrumpen entre los faldones de las damas y buscan el regazo de Leonor. A nadie parece interesarle la interpretación mística de los símbolos. La mujer de ojos azules le corresponde con una leve sonrisa.

Tras el parabién, Guillermo de Erill regresa a la compañía de Bernardo de Sarriá y de Vidal y arrastra con él a Ecart, a su pesar. La conversación podría traer preguntas incómodas, la memoria de Vidal volver de repente y encajar su rostro en el lugar y en el tiempo exactos de donde Ecart lo quiere desterrar.

—Dadle largas —le dice entre dientes el alcaide antes de llegar al grupo, refiriéndose al consejero del rey—, si os pregunta por vuestras averiguaciones. Es una zorra taimada. Sus hombres no han dejado de preguntar por todo el castillo.

—¿Qué clase de preguntas?

—Sobre un documento, sobre el padre Jorge. Por cierto, ¿dónde se ha metido ese maldito griego? Lo he estado buscando todo el día. Es como si se lo hubiese tragado la tierra.

—Ah, señor alcaide —dice Vidal con un gesto de cortesía—, venís con vuestro amigo hospitalario, freire…

—Ecart —dice él mismo, devolviéndole el gesto.

—Sí, eso…, freire Ecart. Estábamos comentando la pésima imagen que para el castillo da la visión del ahorcado.

—No ha sido una bienvenida agradable —interviene Bernardo de Sarriá— para la infanta y su séquito.

—Exponer al criminal es exponer el delito —responde Guillermo de Erill.

—Quizá exponer su cabeza en una jaula hubiera sido lo adecuado —sugiere Vidal.

—Quizá cuando tengáis vuestro castillo podréis hacer con vuestro ahorcado lo que os plazca.

Vidal asiente con la indisimulada satisfacción de haber enojado al alcaide.

—La verdad —continúa el gran maestre, que se hace servir una copa de vino— es que deberíamos haberlo quemado en la hoguera tal como prescribe la ley. Sin embargo, el infante insistió en posponer la ejecución e incluso liberarlo. Al final decidí colgarlo. Brindo por la magnanimidad de la casa de Aragón.

Todos corresponden al brindis con más o menos entusiasmo. Bernardo de Sarriá se seca los labios con el dorso de la mano antes de intervenir.

—En Castilla, a los sodomitas se les castra en público. Luego se les cuelga por los pies hasta que mueren desangrados.

—Sí, eso hubiera impactado a la infanta aún más —considera Vidal con aire reflexivo—. Pero os ruego que no digáis de nuevo el nombre del delito. Ya se ha repetido demasiadas veces y sabéis que pronunciarlo emponzoña el aire.

—Y afrenta a Dios —dice Bernardo de Sarriá—. Mirad, si no, las malas cosechas y la hambruna que nos azotan: plagas divinas, muestras de malestar del Altísimo. ¿Qué opináis, freire? ¿Creéis que todo esto anticipa el fin del mundo?

Ecart se encoge de hombros.

—Es difícil para un mortal conocer los designios divinos. El Señor castigó al pueblo egipcio y al faraón con las plagas, pero me resisto a aceptar que Dios envía la calamidad a las tierras regidas por un monarca tan cristiano y piadoso como nuestro rey.

—Bien visto —contesta Vidal, que observa a Ecart con interés—. Sin embargo, a veces Dios castiga a los súbditos por su mal comportamiento y no al rey, como en el Éxodo, cuando el Todopoderoso confundió al pueblo idólatra, pero sostuvo a Moisés. ¿Sabéis? Tengo la impresión de que nos hemos cruzado en algún momento en el pasado.

—Quizá, si habéis viajado hasta Rodas.

—Mis viajes diplomáticos no me han llevado, de momento, tan lejos —dice Vidal, que aún sigue un rastro en su memoria, Ecart no duda que entrenada—. Por cierto, ¿habéis visto al freire capellán, al padre Jorge?

—Esta mañana, cruzando el patio de armas, ¿por qué lo preguntáis?

—Como griego, quizá pueda dar interesantes puntos de vista sobre algunos temas de actualidad, ¿no os parece?

—¿Como cuáles? —pregunta Ecart.

—La posibilidad de una nueva cruzada, la presencia aragonesa en aquellas tierras, cuestiones religiosas… —La mirada del consejero se aviva como si hubiera acertado en alguna diana invisible—. ¿Qué opináis vos, caballero? ¿Son los griegos tan heréticos y tan poco de fiar como se ven desde aquí?

Ecart recuerda la pregunta del padre Jorge en la cripta. Vidal espera que continúe el hilo, pero el hospitalario le ofrece una reverencia llena de humildad.

—El *consiliarius regis* me abruma. He vivido demasiado tiempo en el retiro como para comprender las cosas del siglo. —La entrada de los freires legos del castillo le da la oportunidad de escapar del círculo—. Con vuestra venia, saludaré a los hermanos de la orden.

Tras intercambiar los saludos protocolarios con los adustos frailes, Ecart aprovecha para no regresar con el grupo y atraviesa la sala entre los invitados. Algunos juegan al ajedrez o a las damas, otros atienden a alguien que recita o cuenta un chiste. Encuentra asiento en unos cojines en el otro extremo y le reconforta su apartamiento y soledad con la sola compañía de la jarra de vino dulce y el tablero de ajedrez a sus pies. Mueve las piezas sin sentido mientras presta atención a lo que sucede a su alrededor. Cerca, departen Pedro de Pomar y Blasco de Piniella, apenas en la veintena. Disimulan su pubertad de ayer con una barba rala, pero ya llevan en el gesto y en la mirada la altivez de los de su linaje, ricoshombres de Aragón, señores de tierras y vasallos. Hablan como beben, a pequeños sorbos, quizá del muerto. Según Guillermo de Erill, ellos fueron de los primeros en llegar hasta el cuerpo sin vida, es posible que también los últimos en verlo en este mundo la noche anterior. Saurina, que reparte vino por las mesas, se detiene frente a los dos jóvenes. Aparte de la vasija en una mano, carga con el niño en el otro brazo. Les dice algo en voz baja y los dos hombres parecen incomodarse, especialmente Blasco, que hace un gesto perentorio para que desaparezca, aunque la joven lo ignora, llorosa pero firme, más llena de rabia que de tristeza. Otra sirvienta la obliga a marcharse con ella. «Vamos, vamos…», murmura. Ecart la recuerda del incidente por la mañana, consigna ahora con más detalle los rasgos de la joven cuando las dos pasan junto a él: es casi una niña; pecosa, de ojos claros. Bajo la cofia, unos mechones de color rojizo se pegan a sus mejillas mojadas por las lágrimas.

Más allá se sienta gente de la infanta; el posadero y el acemilero. No tienen aspecto de asesinos, con sus vientres satisfechos y la mirada cansada de contar monedas y repasar listas. Los otros dos son caballeros de su escolta, uno de ellos, hijo natural de Bernardo de Sarriá. A todos ellos hay que descartarlos como sospechosos, pues han llegado al castillo después del asesinato. El resto de los invitados pertenece al círculo del alcaide; un noble rosellonés tan reservado como Ecart, el halconero, escribanos y pajes con sus mujeres, amigas o concubinas. Fuera del refectorio queda la población del castillo que por estamento y dignidad tiene prohibido el acceso; cocineros y sirvientes de todo tipo, desde las lavanderas hasta los mozos de cuadra, los soldados, las escoltas de la princesa, las de Vidal y los esclavos.

—¿No os gustan los juegos de mesa?

La pregunta arranca a Ecart de sus cavilaciones. La dama de ojos garzos le sonríe. Aunque hace tiempo que rompió con el celibato, aún se sonroja como un colegial. «Eres un mal monje, Ecart —se dice a sí mismo—, un monje impostor y fugitivo». La sonrisa de la mujer adquiere una densidad casi felina. Rememora las reglas de la caballería de Cristo: «Peligroso es atender con cuidado el rostro de las mujeres…».

—¿Os molesto? —pregunta ella con aplomo, segura de sí misma.

Ecart le hace un gesto invitándola a sentarse.

Capítulo 13

El largo viaje del padre Jorge

El capellán del castillo carga la última alforja y ajusta la cincha de su mula. «Hay que irse de aquí, Georgios —se dice—. Esto se ha convertido en una ratonera y yo soy el ratón y ellos, todos ellos, los gatos». Observa desde el rincón oscuro del establo hacia el exterior y le llega el resplandor de las hogueras, la cháchara y la música en la explanada. Solo tiene que atravesarla, buscar a David ben Ruzafa y darle el mensaje que lleva oculto. Ni tan siquiera tendrá que entrar en el refectorio y entregárselo en mano a freire Ecart. No quiere hacerse conspicuo para tantos invitados importantes, entre los que, sin duda, está el asesino o asesinos de Cecco Usai. El hospitalario parece listo, pero espera estar ya muy lejos de todo este embrollo cuando descubra qué hay detrás de las palabras y de las pistas que ha preparado. «Veremos si su griego es tan bueno». Sabe que si se queda va a caer.

—Me quemarán... —susurra al oído del mulo y le acaricia la testuz—. Aquí o en Santes Creus.

No espera que nadie le comprenda y no tiene la inmunidad de la que goza un monje como Pedro de Dios, miembro de la comunidad de uno de los monasterios más poderosos del reino. Dicen que el abad, Pedro Alegre, está más cerca de las potestades celestiales que cualquier otro cristiano, y que el espacio abacial, sus dependencias, su claustro y la tierra que lo circunda contienen con más fuerza el Espíritu que otros lugares.

—*Pnéumatos haguiu*… El Espíritu Santo —repite para sí en griego y mira a su alrededor, sobrecogido por sus propias palabras. La llama de la luz de aceite parpadea, se alarga y cimbrea sin que, en apariencia, haya aire que la haga moverse—. Aquí estás, ¿eh? Nunca te vas —murmura con una media sonrisa de beatitud y de temor, mientras intenta penetrar la penumbra—. Protégeme en este trance. Ya sé, ya sé…, solo soy un cura y, además, extemplario. Ni siquiera yo daría un higo por mi piel si sigo aquí, pero, solo por esta noche, hazme invisible a los ojos de los malvados.

Repasa mentalmente que lleva todo lo necesario para el viaje. Bajo la capa, palpa una vez más el cuchillo de doble filo que siempre le acompaña y que junto con las oraciones le libra de todo mal. Si sale ahora llegará a Tortosa mañana al mediodía. De allí se embarcará hacia levante. Hay embarcaciones que hacen la ruta de Mallorca y tiene oro. Sopesa la bolsa llena de cruzados de plata barceloneses y relucientes dinares andalusíes. Extrae uno de estos. Alguien diría que los ha robado. Para su sorpresa, la sustracción, lejos de provocarle un dilema moral, solo le ha producido un sentimiento de íntima satisfacción, como si hubiera realizado un acto de justicia.

—¿Sabes? —susurra al oído de su testigo mudo, mientras observa el brillo dorado de la moneda a la luz del candil—. Ellos se lo robaron antes a sus dueños legales, los caballeros del Temple. Tú quédate aquí. Yo voy a buscar al médico judío y entonces nos largamos.

Solo pensar en rebasar los muros del castillo le abre los pulmones.

Ni un murmullo, ni una sombra, ni el roce de las cosas cuando se mueven lo han puesto sobre aviso de la figura que sale de repente de la oscuridad. La irrupción ha desbocado su corazón. La moneda se le cae al suelo. Dispara la mano hacia el cuchillo, pero lo reconoce de inmediato y congela el gesto. Por un instante se observan mutuamente. Por un instante, el encuentro parece arrancar en el capellán una leve sonrisa de alivio.

«Ah..., sois vos...».

La moneda atrae el interés de la sombra. El padre Jorge la observa también. Algo fugaz brilla entre los dos. Quisiera pronunciar su nombre, pero un súbito dolor le atenaza el pecho y le deja sin habla, sin aire. Modula un estertor. No comprende y abre la boca como un pez fuera del agua.

Capítulo 14

… mulier docta

—Me llamo Blanca de Bernués —dice la mujer, que ordena las piezas en el tablero sin perder la sonrisa—. Dama de la infanta.

—No os recuerdo junto a ella a las puertas del castillo.

—No me debisteis de ver entre tanto tocado. Por linaje, siempre quedo atrás, pues las damas de alta alcurnia me preceden. ¿Cuál es vuestro nombre, caballero?

—Ecart.

—¿Solo Ecart?

—Cuando entramos en la orden dejamos atrás el mundo del que venimos. Freire Ecart, si preferís.

—Entonces, prefiero llamaros Ecart. —Blanca le muestra su copa para que le sirva—. Decidme, Ecart, ¿habéis guerreado en Tierra Santa?

—Me temo que Tierra Santa hace tiempo que se perdió para la cristiandad, pero he luchado cerca; en Rodas y en otras islas: en el Dodecaneso, en Chipre…

—¡Qué nombres tan evocadores! —Blanca empieza a jugar y mueve un peón.

—Será un placer perder contra vos —dice Ecart moviendo el suyo al frente.

—Me debéis una historia. —Él la interroga en silencio—. Los símbolos de vuestra cruz, ¿recordáis?

—Nadie estaba muy interesado, especialmente las damas que rodean a la infanta. Parecen siempre enfadadas.

—Envidian la lozanía y todo aquello que ya no pueden disfrutar y están dolidas. Consideran como una afrenta personal que el infante no esté presente. ¿Sabéis algo de él?

—Dicen que está de caza.

—También dicen que no quiere casarse y que quiere ser monje. —Ella da un sorbo al vino. Observa los caminos abiertos por los peones en el tablero y mueve un caballo.

—No es mala opción. —Ecart mueve una torre sin saber por qué—. Salir del frenesí del mundo, vivir en el silencio y la oración.

—El problema es que se trata del heredero de una corona. —Blanca le muestra la torre recién movida—. Os la acabo de comer con mi alfil.

—Comprendéis ahora por qué perdimos Tierra Santa.

Los dos se ríen a la vez y beben. El vino es suave y dulzón.

—Terrible la muerte del paje —dice Blanca, concentrada en el tablero.

Ecart asiente, reflexivo. El silencio se alarga y mueve un caballo.

—¿Qué os llevó a estar al servicio de la infanta? —pregunta él, al fin, paladeando el vino y el momento. ¡Qué fácil es dejarse arrastrar por el placer de los sentidos! ¡La bebida, la cercanía de una mujer bella y esta música!

—¿De verdad queréis saber? Es una historia muy aburrida.

—No más que esta partida de ajedrez, que vais a ganar.

Blanca se acomoda en los cojines. Ni rastro del padre Jorge, de momento. Guillermo de Erill, como Vidal o Bernardo de Sarriá, entra y sale apremiado por escribanos y criados.

—Me casaron cuando tenía trece años, uno más de los que ahora tiene la infanta, mi señora. Él era un noble de origen portugués, un hombre mayor vinculado por línea lejana a la difunta reina de Castilla, Constanza. Me asignaron a su corte. Pronto quedé viuda y pronto me quisieron buscar nuevo marido, pero yo ya no era ninguna niña y tenía mi criterio: no quería unirme a nadie sin que mediara mi propia voluntad.

—¿Y cómo pudisteis hacer tal proeza?

—Expresé mi intención vehemente de entrar en un convento. —Blanca sonríe y da un sorbo—. ¿Lo desaprobáis? El claustro es uno de los pocos espacios de libertad para una mujer, creedme, un refugio al margen del acoso y de la tiranía de los partos sin fin. Entré como novicia para que se olvidaran de mí. Al año salí. La tormenta había amainado y volví a la corte. Fue entonces cuando pusieron casa a la pequeña Leonor y entré en su séquito.

—¿Y no intentaron aparejaros marido de nuevo?

—Les hice creer que la reclusión me había transformado. En parte es cierto. Me convertí en una mujer más espiritual y menos apegada a las cosas materiales y al qué dirán. Si se me acerca un hombre que me pretende y no me place, muestro mi lado hosco y frío. No lo soportan por mucho tiempo, os lo aseguro. Los hombres sois orgullosos. Vuestros prejuicios contra las mujeres os hacen muy débiles.

Los dos se miden con la mirada. El vino amable es traicionero, pero el ligero vértigo que sienten resulta agradable.

—Tomaré vuestras palabras como un halago —dice Ecart. Su corazón se acompasa con la *ductia,* una danza repetitiva y vivaz a la cual se van uniendo cada vez más instrumentos.

El jolgorio se ha apoderado del ambiente y ha contagiado a la infanta, que se levanta para bailar. Pronto se forma un corro, luego otros por toda la sala. Guillermo de Erill y Vidal han desaparecido. Sin duda, el baile no es lo suyo.

—Decidme, Ecart, ¿qué domina más en vuestro espíritu: el monje o el guerrero?

—Los dos luchan entre sí, señora, luchan constantemente y se agotan.

Sentados entre los corros que giran y saltan a su alrededor, cubiertos por las risas de la multitud y el estruendo de la música, sienten por un instante la íntima alegría de ser anónimos y de estar solos en su isla de almohadas.

—Ahora os toca hablar de vos. —Blanca salta sobre una de las torres de Ecart con su caballo y juega con ella en la palma de su mano. Posee unos dedos largos y ágiles—. Os ruego que sigáis contándome sobre esa cruz que lleváis.

—Hablar de uno mismo es un signo de soberbia para un caballero monje.

—Lo sería si dijerais cosas vanas; además, vais a hablar de vuestra cruz y no de vos.

Ecart, dulcemente derrotado, respira hondo antes de afrontar la mirada curiosa de su acompañante.

—La forma de la cruz de nuestra orden posee un sentido místico, como decía antes a la infanta: ocho puntas, ocho beatitudes o virtudes.

—Vivir en la verdad, tener fe… —interrumpe Blanca—. Son las que habéis mencionado a la infanta.

—Escuchabais.

—Siempre escucho lo que me interesa. —Blanca le tiende la copa para que la rellene.

—Me halagáis y el halago es el gran enemigo de otra beatitud: la humildad.

—Mis disculpas si os he puesto en trance de pecar —dice ella sin mucha turbación.

Ecart la acompaña con el trago y continúa.

—Las otras beatitudes de la orden son arrepentirse de los pecados, amar la justicia, ser misericordioso, ser sincero de todo corazón y soportar la persecución.

—Es un anhelo admirable vivir bajo esos preceptos. Debéis de haberos ganado muchos enemigos si los seguís al pie de la letra.

—Sin duda. Por eso soportar la persecución es el más importante de todos.

Los dos sonríen otra vez al unísono. Ecart, con algo parecido al cansancio o a una pena indefinida. Ella, con curiosidad de saber qué se esconde tras el rostro pétreo y a la vez tierno y frágil del caballero. Un criado se acerca con un pellejo de vino. Ecart le hace un gesto de no querer más. ¿Puede contarle la verdad a esta mujer que ha surgido de pronto? Beber suelta las lenguas. El diablo del vino acecha. Quizá ya se ha apoderado de su voluntad. El sirviente se aproxima, a pesar de todo.

—David ben Ruzafa pide veros —le dice al oído y señala hacia una de las puertas al fondo.

El médico le hace señas con una vehemencia impropia de la flema que ha mostrado hasta ahora. Vidal, de nuevo en la sala, no ha perdido detalle de la presencia de David ben Ruzafa, de cómo buscaba sin éxito al alcaide, retirado por cansancio, y de la urgencia de sus gestos para hablar con el hospitalario cojo. Vidal sabe que lo conoce, que lo ha visto antes, aunque la barba poblada le desdibuja las facciones.

A medida que Ecart se acerca al médico, la agradable vaporosidad etílica va convirtiéndose en un zumbido en sus oídos, el mismo que anticipaba el combate en otros tiempos, un sonido ascendente y desagradable que no le impide entender lo que David ben Ruzafa le dice con voz temblorosa.

Capítulo 15

El primer enigma del padre Jorge

En la espesa calidez del heno de las caballerizas, la luz de la linterna ilumina el rostro del capellán, sentado contra la pared. Sus ojos vidriosos fijados en el techo parecen haber encontrado un camino de escape. Su boca, laxa, se mantiene congelada en una arcada eterna. En su diestra, los dedos se cierran en torno a un cuchillo de doble filo.

David ben Ruzafa introduce el índice en el rasgón que se abre en el hábito negro a la altura del pecho. Lo extrae manchado de sangre.

—No hay signos de forcejeo —dice llevando la luz a las muñecas y a las manos—. Ni escoriaciones ni moratones.

—¿Suicidio? —susurra Ecart.

El médico, como si no hubiera oído la pregunta o no pudiera contestarla aún, sigue en voz alta con su análisis forense.

—No hace mucho que ha muerto. Un par de horas máximo. El cuerpo conserva el calor y no hay rigidez.

—Observad sus sandalias. —Ecart coge la lámpara de su compañero. Las suelas están cubiertas de un polvillo blanco que incluso ha manchado los bajos del hábito. Pasa el dedo por la superficie y lo acerca a la luz para observarlo antes de llevárselo a la nariz y a los labios—. Harina —dice el hospitalario casi como un interrogante.

—Harina —repite el médico—. Eso nos puede indicar dónde estuvo antes de llegar aquí: en la cocina, quizá en el horno…

Los dos miran alrededor. Solo hay sombras a la débil luz de la linterna: las de los caballos, alguna humana que se tambalea, poseída por el vino. Nadie se ha percatado del cadáver. Si lo han visto, lo han tomado por otro borracho. Junto al cuerpo, la mula del padre Jorge, arreada para el viaje, espera una partida que nunca llegará. Registran las alforjas: pan, pasas, tocino y queso en una; un salvoconducto con el sello del Hospital, un libro de salmos, papel, un par de cálamos y tinta en la otra. Comprueban que los pliegos están en blanco. Registran la bolsa, atada al cinturón. Tan solo hallan dos sueldos, moneda de cobre.

—Con esto no hubiera llegado ni a la esquina —dice el médico—. Extraño, ¿no os parece, si quería marchar lejos?

De repente, de la negrura emerge una silueta que se acerca, decidida. Ecart se lleva la mano a la daga.

—¿Quién va?

—Soy yo, Blanca.

—Por el amor de Dios, ¿qué hacéis aquí?

—Al veros salir con tanta urgencia, pensé que quizá necesitabais ayuda. —Blanca se arrodilla junto a ellos y observa con detenimiento el cadáver, el cuchillo en la mano. No hay aprensión en su actitud ni el horror que provoca la confrontación con la muerte—. ¿Quién es?

—El capellán del castillo —responde Ecart.

—Decidme qué está ocurriendo.

—De momento, saquémoslo de aquí. Iluminad el camino. Yo os guío —dice el médico. Le ofrece el candil a Blanca y coge el cuerpo por los brazos mientras Ecart lo hace por las piernas.

Cuando salen, no han de cruzar la explanada ni andar mucho. David ben Ruzafa le indica a la mujer que empuje una puerta abierta en el muro. Avanzan por un pasadizo que recorre el interior del paño de muralla y que se sumerge en los cimientos de la fortaleza. El frío anuncia su descenso. Al poco llegan a la estancia donde reposa el cadáver de Cecco Usai, cubierto con una sábana, y depositan el nuevo a su lado.

Blanca señala el cuerpo oculto de Cecco Usai.

—¿Puedo?

El silencio de sus dos compañeros la invita a descubrirlo. Observa el cráneo quebrantado, los terribles hematomas. El vaho de los vivos contrasta con la quietud mineral de los muertos. Piensa en voz alta:

—El paje del príncipe no se suicidó ni cayó por accidente.

—Os ruego que mantengáis el secreto —le dice Ecart—. Órdenes del alcaide. Se extendería el pánico y la sospecha.

David ben Ruzafa se da por aludido, como médico.

—Fue estrangulado. El arma del crimen, probablemente una cuerda, tenía algún elemento metálico o un nudo muy fuerte que lo desnucó.

Blanca se encara con Ecart, casi tan cerca como hace un rato en el refectorio.

—¿Por qué? Un paje y un sacerdote. ¿Guardaban secretos que ponen nervioso a alguien?

La actuación forense de David ben Ruzafa atrae la atención de los dos y la pregunta queda sin respuesta. Ecart tampoco tiene ninguna, de momento. El médico extrae de su bolsa unas tijeras y corta los ropajes del difunto. El hábito oscuro disimulaba la sangre. Ahora se muestra escandalosa, pegada a su cuerpo grueso, encharcada en sus concavidades. Analiza la herida, limpiándola con agua y una esponja. Luego coge el cuchillo de doble filo, lo hunde con cuidado en la carne y confirma que encaja. Les hace un gesto a sus compañeros para que se fijen.

—Observad.

Ecart ha visto muchas heridas de guerra y ahora puede distinguir claramente dos: una más grande, larga y recta, que corresponde al cuchillo de doble filo. Y, en un extremo del corte, otra casi superpuesta a la anterior: circular, como una pequeña boca abierta por debajo de la tetilla izquierda, de la que sigue manando sangre.

—Se han usado dos armas —continúa el médico—. Un estilete y un cuchillo de doble filo, el que llevaba en la mano. —Introduce profundamente el meñique en el orificio pequeño—. Estocada certera y profunda. Mortal por necesidad. El asesino sabía manejarlo. La segunda herida es posterior. Le atraviesa el esternón, pero no fue decisiva. En realidad, ya estaba muerto cuando se hizo.

Ecart coge el cuchillo de doble filo. Lo sopesa en la mano.

—Intentó ocultar la primera y fingir un suicidio de forma bastante chapucera. O el asalto fue repentino o el padre Jorge conocía al asesino. No ofreció resistencia.

—Me pregunto si lo habrán encontrado. —David ben Ruzafa reflexiona en voz alta.

Blanca pide una explicación. Encontrar ¿qué? Si ha llegado hasta aquí, merece saber qué ocurre.

—Los asesinos buscan un documento que, según el padre Jorge, pertenece al infante —dice Ecart— y que está relacionado con un ritual común en la Iglesia griega o con la veneración de ciertos santos.

—¿Y podría ser ese ritual parte de una ceremonia de iniciación —sugiere Blanca—, una ordenación sacerdotal?

—Que el padre Jorge ofició. —El médico sigue inclinado sobre el cuerpo en busca de pistas—. Vuestro planteamiento, en el caso de ser cierto, empieza a perfilar al asesino.

—*¿Cui prodest?* —se pregunta Ecart—. ¿A quién beneficia?

—Si el infante se ordenó en secreto —continúa Blanca— y la noticia ha llegado al rey de Aragón, estoy seguro de que habrá montado en cólera y que hará todo lo posible para ocultarlo, eliminar testigos y llevar a cabo la boda.

—O si la novedad ha llegado a la abuela de la infanta —apunta el hospitalario.

—Se halla muy lejos —responde ella.

—No tanto. La corte de vuestra señora está entre estos muros desde hace unos días. Eso la exculpa de la muerte de Cecco Usai, pero la pone bajo sospecha en el caso del nuevo muerto. Os recuerdo que lleváis una escolta militar.

—Una conspiración orquestada por la corona —resume Blanca.

Ecart siente un nudo en el estómago. No sería la primera vez que comprueba la pavorosa fuerza de los poderosos, la absoluta impunidad con la que actúan si se lo proponen. En realidad, la ocultación de su verdadera identidad es una secuela de ese ensañamiento, que él sintió en propias carnes hace tiempo, diez años ya, que no han empañado del todo el recuerdo en la memoria de gente como Vidal. Si los asesinatos llevan el sello del crimen de Estado y acaban encontrando a los culpables, jamás serán juzgados, y quién sabe si ellos acabarán como Cecco y el padre Jorge.

—Por las barbas del gran rabino… —dice David ben Ruzafa con la voz tomada por la emoción. Reclama la atención de sus dos compañeros mientras muestra el reverso del cinturón de paño del difunto: dos puntadas de hilo sujetan una llave envuelta en un canutillo de pergamino. La extrae con cuidadosa lentitud. Desenrolla el trozo de pergamino y lo acerca a la lumbre. Luego entorna la mirada ante las extrañas grafías escritas en tinta—. Está en griego. —Junto a ellas, distingue el dibujo de una cruz octógona.

—*Άσυλο* —lee el hospitalario, desconcertado—. «Asilo».

A Ecart le resulta más fácil transcribir las grafías al abecedario romano —¿asilo? *Asylum* en latín— que comprender los posibles significados.

Blanca se le adelanta en voz alta:

—Asilo. Protección.

—¿Sabéis latín? —pregunta Ecart, observando el hallazgo a la luz de la llama.

—Recordad que estuve en un monasterio. Estudié. Si traducimos la palabra latinizada, entonces quiere decir eso: protección, amparo.

—¿Y la cruz? —pregunta David ben Ruzafa.

Nadie tiene respuestas, todavía. Recorren otra vez el cuerpo inerte, el rostro macilento y los labios del color de la cera. Ecart lo imagina aún vivo, con la misma mirada de sorpresa que ya tendrá para siempre, fija en la nada. ¿Conocía a los que lo mataron? Sin duda en sus retinas congeladas está impresa la imagen del asesino o de los asesinos, pero de su boca jamás saldrá ya un sonido, ni siquiera un aliento que confirme o que niegue.

Capítulo 16

Sihr

Castillo de Miravet, madrugada del 20 de septiembre de 1319

Uguet dormita aún con la boca pegada al pezón de Saurina. Cuando lo observa suele verlo como una afrenta, la ruina y el sello de su violador. Sin embargo, a veces, como ahora, siente un inmenso afán de protegerlo y ampararlo de todo mal. Lo deja con cuidado sobre el suelo y extrae del regazo un trozo de cera. No le ha sido difícil conseguir el material, sisando con disimulo los lagrimones y los restos de candelabros y flameros durante varios días, como le dijo su amiga. Lo acerca a los rescoldos del hogar y lo manosea para ablandarlo.

—Así, niña, así —murmura Ojo Gacho, atenta también a los sirvientes que duermen alrededor del gran fuego de la cocina.

—Hay un caballero del Hospital que está investigando —dice Saurina con la mirada hipnotizada por las brasas—. Merodea por el castillo con el médico judío desde que llegó.

—¿Y qué investiga?

—¿Qué va a ser? La muerte del señor de Usai.

—Pues poco va a encontrar y lo que encuentre no le gustará.

—Era guapo, Cecco, ¿verdad? Y amable. A mí siempre me sonreía.

—¡Bah! Para ellos no existimos. Solo somos parte del decorado, como ese caldero o las paredes: no vemos, ni oímos ni sentimos. ¡Nada! Y está bien que así sea.

—Yo vi cosas, ¿sabes? —Saurina empieza a transformar la bola de cera en un cilindro alargado. Mira de reojo a su compañera para tantearla.

—Tú no viste nada. Nadie vio nada. Oímos ruidos, ¿y qué?

—Si hablara con el caballero, le buscaría la ruina…

Antes de que pueda continuar, Ojo Gacho le cierra la boca con los dedos, como si fuera un cepo.

—¡Loca! —susurra, iracunda—. El despecho te ha desquiciado, niña. ¿Acaso crees que te van a creer? ¿A ti? ¿A una campesina estúpida? Cuando sepan que tienes un hijo suyo, tu palabra no valdrá nada. Pensarán que actúas por venganza y entonces estarás perdida.

—No, te equivocas. Escúchame tú a mí. ¿Qué crees que pasará cuando regrese el infante de la cacería? Querrá respuestas. Buscará culpables. A él sí que le harán caso y, cuando las tenga, querrá vengar la muerte de su amigo. Es príncipe y puede hacer que caigan cabezas, y yo quiero ver la de Blasco clavada en lo alto de una pica.

—Bien dicen que entre el amor y el odio no hay distancia. —Le señala el trozo de cera en la mano—. Anda. Calla y acaba esto.

Saurina saca de debajo del sayo una sencilla figura humana de cera a la que le falta una pierna y pega el nuevo trozo para completarla.

—Ahí está tu Blasco de pies a cabeza —dice Ojo Gacho, complacida—. Olvídate de ese caballero del Hospital. Es otro noble, otro poderoso. Entre ellos se ayudan y se protegen. Siempre ganan. Tú confía en mí, calla y vive y ten paciencia: verás muerto al padre de tu hijo. Ahora presta atención. —Su voz baja aún más. Se cerciora de que todos duermen bajo las mantas y se pega a Saurina—: Esto se lo enseñó una morisca hechicera a mi madre, que lo usó contra el cabrón de mi padre, que le daba muy mala vida, ¿sabes? Se lo llevó un demonio y en el infierno arde desde hace muchos años. Y mi madre me lo enseñó a mí. Me dijo: «Hija, si tienes la desgracia de que te toque en suerte un mal hombre, haz esto y esto». Esta magia oscura se llama *sihr,* en lengua mora. —La mujer le muestra un clavo en cuya cabeza cuelgan atados unos cuantos pelos.

—¿Estás segura de que son de él? —pregunta Saurina.

—¿Bromeas? Muchas veces dejo el cántaro con el agua bendecida con un salivazo para los señores y me llevo los orinales con sus nobles meados y su noble mierda, que, por cierto, huele igual que la nuestra. Sé dónde duerme cada uno y sé dónde duerme tu amado. En su lecho hay pelos de sobras. Será calvo muy pronto. —Sonríe y se los acerca—. Dime si no son suyos. Míralos: asquerosos, rizados y grasientos.

Saurina los observa a la luz de la lumbre. Un día los acarició. Un día pensó que él sería suyo, mientras la tomaba. Tuerce la boca en un gesto de asco.

—Sí, mala muerte se lo lleve.

—¿Estás segura de que quieres hacer esto?

—Mala muerte se lo lleve —repite Saurina con determinación.

Su compañera le ofrece el clavo y se aproxima a su oído para que nadie la oiga.

—Clávalo en la parte del cuerpo que quieres que enferme de tal forma que algunos de los pelos se hundan también con la punta del clavo.

Saurina obedece. Elige la entrepierna. Su compañera sonríe.

—Lo odias, ¿eh? Eso está bien para que el *sihr* funcione.

La figura se comba levemente con la presión hasta que la muchacha nota la punta en los dedos por el otro lado. Su instructora cierra los ojos y empieza a musitar un conjuro en árabe.

—*Qad sami'a Allahu,* Dios ya ha oído. Me refugio en Dios del diablo maldito que aquí convoco. *Al'ifrit,* demonio —repite la palabra varias veces, mientras dibuja en la ceniza del suelo extraños signos—. La mano de Salomón, el signo de Saytán, el ángel caído, señor del olvido, de la enfermedad y las desgracias.

Saurina la observa fascinada hasta que vuelve a abrir los ojos, como si regresara de un lugar muy lejano. Los abre poco a poco; primero el sano, luego el ojo siempre triste y somnoliento. Le hace un gesto para que deje el muñeco en el suelo.

—Es importante que no lo toque nadie más que la persona que quiere propiciar el mal. Ahora te toca a ti.

La avisó con tiempo: «Tú dime cuando te venga y lo tendré todo preparado». El conocido dolor en el bajo vientre de los últimos días ha anunciado la llegada. Esta mañana, por fin, al despertar, Saurina ha notado la humedad en la entrepierna. Se levanta la faja y hunde la mano entre los muslos.

—La sangre menstrual es fétida e impura y emponzoña al hombre que la toca, la bebe o está cerca —explica la oficiante. Con la mano ensangrentada, Saurina frota la figurilla ensartada hasta enrojecerla—. Ahora, por el poder del *yinn,* muere de un mal dolor, Blasco de Piniella.

Capítulo 17

Dos muertos en dos días

La noche es cálida y el diablo del vino le ha vuelto a vencer. Ahora es él quien señorea su duermevela, quien lo agita y lo lleva de un lado a otro, como si estuviera en medio del oleaje. En su mente retumba otra vez la voz, la voz que se mueve y sale de la penumbra. Bajo la luz oblicua, el hábito dominico parece casi blanco. Pregunta con lentitud. Se inclina sobre él como si fuera un médico ante el paciente. Parece que por un momento se compadece por el cuerpo torturado.

«Hablad y todo esto acabará», le susurra al oído. Pero él no tiene nada que decirle. Tan solo anhela escapar por el agujero del techo, por donde se filtra la luz. Huir, volar y hacerlo rápido y antes de que el dominico ordene al verdugo que dé otra vuelta al torno y el dolor lo inunde.

Ecart despierta agitado en el silencio de su tienda. Reconoce con alivio dónde está, aunque el latido en su rodilla quebrantada le recuerda que, una vez, la pesadilla fue real. La frota con suavidad y la dobla hasta el pobre límite que le permite la articulación. Se vuelve a echar, a sabiendas de que ya no va a poder conciliar el sueño. En la vigilia, otros fantasmas le visitan: Cecco, mudo y triste con la cabeza obscenamente abierta. El padre Jorge, arrinconado en el establo, con la mirada sorprendida o incrédula ante la certeza de la propia muerte.

—*Άσυλο…*

Rememora la noche pasada en el refectorio. Pedro de Pomar y Blasco de Piniella no abandonaron en ningún momento la sala. Los descarta como sospechosos, al menos de la muerte del padre Jorge. Quien sí se ausentó fue Guillermo de Erill. Salía y entraba, como Vidal y como Bernardo de Sarriá. Aunque el detalle no tiene mucha importancia. La gente de su categoría pocas veces se mancha las manos de forma directa. Tienen subalternos dispuestos a matar si su señor se lo ordena. Ahí están, siempre silenciosos, aparentemente ajenos a todo, los dos soldados de Vidal o los maceros que escoltan a la infanta. Además, tampoco prestó mucha atención a las idas y venidas de todos ellos, envuelto en la conversación con Blanca.

—Asilo, asilo… ¿Qué sabéis de la espiritualidad en la Iglesia oriental? —repite las palabras del padre Jorge. Él y Pedro de Dios compartieron monasterio en Grecia. Los dos saben algo que concierne al infante: un documento los vincula a los tres—. ¿Qué queréis que encuentre? ¿Qué tengo que buscar?

Quizá es demasiado tarde y el asesino o los asesinos conocen ya el secreto que guardaba el padre Jorge. Sencillamente lo interceptaron cuando estaba a punto de huir y encontraron lo que buscaban en las alforjas. Luego se deshicieron de él de una certera estocada. Sin embargo, el hecho de que no hallaran el pequeño trozo de pergamino oculto en el cinturón le lleva a pensar que el capellán sigue guardando el enigma.

Amanece poco a poco y una tenue luz empieza a disipar la oscuridad en la tienda. El amanecer inexorable conjura otro día absurdo y sin sentido, como si siguiera atrapado en una pesadilla, atrapado en el patio a los pies del enorme y hosco castillo, junto a un ahorcado putrefacto, rodeado de desconocidos que le piden cosas que no quiere ni puede hacer.

El fantasma del padre Jorge, de pie ante él, ajeno a las preguntas, calla para siempre y sostiene en la mano la llave hallada junto al mensaje: una palabra y una cruz octógona. Ecart intenta recordar cada frase que le dijo en vida, y su voz con deje griego se entrevera con la de Blanca. Imagina el peso de su cuerpo y el roce de sus labios.

«Peligroso es atender con cuidado el rostro de las mujeres —decía el gran maestre—. Huya la caballería de Cristo de los halagos de la mujer…». Y, sin embargo, ¡cómo le gustó el encuentro, la banal y sentenciada partida de ajedrez, la complicidad de risas y miradas, el vino dulce y la voz cálida!

Una luz irrumpe en la tienda. Los fantasmas y las voces se esfuman. Ecart empuña con fuerza la daga de la que nunca se separa.

—El alcaide os espera —anuncia una cabeza en claroscuro.

Guillermo de Erill llena dos copas de vino y le ofrece una a Ecart. Está aguado y fresco y disipa ligeramente el embotamiento del vino dulce y de la noche mal dormida. David ben Ruzafa no está presente en la sala.

—No veo a vuestro médico.

—Hay algo que todavía le gusta más que mortificarme con sus repugnantes jarabes; estudiar cadáveres. Ahora está con el del padre Jorge, supongo. —El alcaide saborea su trago antes de hablar—. ¿No creéis que fue un suicidio?

—Quien lo mató quiso disimular su estocada con otra herida, casi superpuesta, pero las dos se diferencian de forma clara.

—Dos muertos en dos días. —El gran maestre da pequeños sorbos y mira por la ventana. Una tenue neblina cubre la ribera del Ebro y persiste en las hondonadas del terreno. El sol se intuye tras el horizonte. Unos esclavos descuelgan al ahorcado, por fin. La maniobra retiene la atención de los dos—. La gente piensa mal. El rumor se extiende por todo el castillo y también el miedo y la desconfianza.

—¿Qué clase de rumor?

—Dicen que el castillo está maldito y que las muertes de uno y otro no son casuales: un sardo y un griego, gente de tierras lejanas, siempre poco de fiar. Además, el padre Jorge fue templario en otros tiempos. Algunos hablan de brujería y de que la mano del diablo no anda lejos.

—Absurdo. —Ecart se acerca a la amplia y tosca mesa, encima de la cual descansan la llave y el enigmático mensaje—. El padre Jorge tenía miedo. Creía que después de Cecco caería él. Dijo que hay un documento que pertenece al infante y que los asesinos de Cecco Usai quieren hasta el punto de matar por él.

—Los hombres de Vidal han estado haciendo preguntas. —El hospitalario asiente en silencio—. ¿Creéis que los culpables ya tienen lo que querían?

—Eso es lo más sorprendente, señor, y que no acabo de comprender. Al padre Jorge lo fulminaron de una estocada. No hubo forcejeo ni violencia. No hay trazas de tortura. Creo que tenía intención de marcharse. Su mula estaba arreada y con las alforjas cargadas. Sencillamente lo interceptaron y lo mataron *in situ.* —Ecart señala la llave y el mensaje—. No creo que quien le mató consiguiera ese preciado documento que todos buscan.

—Griego loco —exclama el gran maestre. Coge la llave y pasa los dedos rugosos por su superficie, como si la inspección táctil le fuera a revelar la cerradura en la que encaja—. Nunca me fie de él. Siempre escurridizo y callado. ¿Por qué huía, decidme? Solo huye alguien que sabe que ha hecho algo mal.

—Se sentía bajo presión: Vidal se interesaba por él, el abad de Santes Creus también. Estaba convencido de que podía acabar en la hoguera.

—¿En la hoguera? Solo mueren por el fuego los herejes y los sodomitas.

El alcaide mira por la ventana con aire frustrado. Ya hay actividad en el castillo. La chimenea del horno humea y le llega el tintineo del metal en la fragua, aunque en las tiendas del séquito de la infanta todo el mundo parece dormido aún. En la terraza inferior, la más alejada, dos caballeros se ejercitan con la espada. Más allá, extramuros, los freires reparten panes y las sobras de la pasada noche entre los pobres. Ecart aprovecha el silencio, la expresión del callejón sin salida en el que están, para hablar.

—Señor, os ruego que me deis licencia para regresar a Santes Creus. Con el padre Jorge muerto, la misión que me encomendó el abad ya no tiene sentido. Os agradezco la hospitalidad.

Guillermo de Erill deja la llave en la mesa y busca los reposabrazos de la silla para sentarse con lentitud.

—Así que me dejáis con este embrollo; dos cadáveres, la llave, asilo… ¿Vais a volver al monasterio con las manos vacías? Será una decepción para el abad, creedme. Conozco bien a Pedro Alegre. Él espera respuestas e intuyo como vos que están encima de esta mesa. ¿Me equivoco? Vamos, Ecart, os hacía más perseverante y curioso. Necesito saber quién diablos es el asesino y qué busca. ¿Qué es lo que da tanto miedo como para matar a un noble sardo, paje del heredero de la corona, y al capellán de la fortaleza? —Una tos cavernosa interrumpe las palabras de Guillermo. Bebe hasta que el ataque acaba en un ronroneo que surge del fondo de sus pulmones—. Ecart, sed sincero. Dejad vuestro silencio castrense y decidme lo que pensáis.

El hospitalario asiente, reflexivo. Valora las palabras antes de pronunciarlas y su anfitrión vuelve a llenarle la copa. Da un trago un poco más largo que los anteriores.

—Pienso que lo que pasó fue lo siguiente: fray Pedro de Dios influyó en el espíritu del infante hasta el punto de hacerle dudar de su destino como heredero de la corona, o quizá el príncipe le confesó su inclinación mística y el fraile le mostró el camino del claustro. Cuando el rey lo supo, destituyó al confesor, aunque quizá demasiado tarde. No sé cuándo, en Barcelona o aquí, el infante debió de redactar un documento por el cual renuncia a la sucesión, rechaza el matrimonio y abraza la vida monástica, y lo debió de hacer ante testigos; Cecco Usai firmó y el padre Jorge consagró el celibato. Imagino que los mismos que torturaron a fray Pedro de Dios llegaron a este castillo y mataron al señor de Usai y al padre Jorge. Lo último que les queda por hacer es conseguir el documento.

—Bien —dice Guillermo de Erill, reflexivo, mientras señala a Ecart con su copa—. Me gusta. Me gusta cómo habéis discurrido. ¿Veis? Tenía razón cuando os vi y me dije: aquí tenemos a un hombre que puede ayudarme. Continuad así. Os pido un día más. Si mañana al atardecer no hay novedades, os dejo partir para que informéis al abad. Tenéis mi palabra. —Ecart reprime un suspiro que es a la vez de impotencia y aceptación. La obediencia es una virtud de la orden y el hombre que tiene delante es, de alguna manera, su superior, un gran maestre independientemente del nombre de la orden. El viejo cuerpo de Guillermo de Erill parece relajarse en la silla—. Podéis confiar en David ben Ruzafa, es un judío listo y discreto. ¡Ah! Y prevenios de esa serpiente de Vidal. Como habéis dicho, es sospechoso y está nervioso. La infanta ya ha llegado y el novio sigue desaparecido. Me ha vuelto a pedir que le mantenga al corriente de la investigación y que, por encima de todo, se le oculten al infante los detalles de las muertes. Me temo que ya ha escrito al rey para ponerle al tanto de la situación.

—Está aquí en su nombre para convencer al infante de que se case. Esa es su obsesión y las obsesiones suelen ofuscar.

—Y al que más perjudicaría que el infante Jaime abrazara la religión sería a él —completa el alcaide. Su semblante se oscurece—; es decir, al rey.

—¿Cuándo llegó Vidal al castillo? —pregunta Ecart.

—Tres días antes de la muerte de Francesco Usai.

—Con vuestra venia, me gustaría interrogar a sus dos silenciosos escoltas.

—Tenéis vía libre, pero me temo que son menos habladores que esta silla. Daos prisa en descubrir qué diablos significa el mensaje y qué abre esta llave. Por desgracia, soy un guerrero, no un intelectual. No os puedo ayudar mucho con este enigma. Os confieso que preferiría estar ahora mismo en campo abierto, tragando el polvo del camino y enfrentado a las saetas y al filo de la espada de los moros, que aquí, en esta ratonera de castillo, donde todo es confuso y nadie es de fiar, excepto vos… ¡Ah, y ese diablo que tengo por médico! La atmósfera se está enrareciendo, freire Ecart. Rezo para que llegue de una vez el infante, se encuentren los dos prometidos y se larguen del castillo cuanto antes mejor. —El alcaide se levanta y se acerca a la ventana para buscar el aire fresco y las vistas amplias. Sigue durante unos instantes las evoluciones de los dos caballeros con las espadas. Los golpes del acero contra el acero les llegan mezclados con los sonidos de otro día que despierta—. Supongo que los conocéis.

Ecart se acerca y aguza la vista.

—Pedro de Pomar y Blasco de Piniella. Me gustaría hablar con ellos también.

—Hacedlo. Yo lo intenté. Son desconfiados y susceptibles y algo engreídos, pero saben más cosas del infante de lo que dicen en voz alta. Vos sois más joven que yo. Quizá suelten la lengua. Buena suerte.

Capítulo 18

Domar a la dama

Ecart cruza el patio de armas y atraviesa la puerta soberana, que cierra el recinto del castillo antes de las terrazas amuralladas exteriores. En la primera explanada, las tiendas de la infanta ya registran actividad. Unos guardias avivan un fuego mientras las guisanderas acarrean cántaros y calderos. Entre la gente que viene y va, una figura se mantiene quieta y lo observa; la joven pelirroja que abordó por la noche a los dos nobles de la casa del infante ha cambiado el niño a cuestas por un haz de leña. No tiene el rostro congestionado por las lágrimas, pero lleva la tristeza en cada rasgo. Quiere que sepa que lo está observando. Tras un momento de turbación o duda en el que comprueba quién anda alrededor, la joven avanza hacia él.

—Buenos días, Ecart. —La voz de Blanca le sorprende a pocos pasos.

La dama de la princesa se cubre con un sencillo alquicel, libre de la saya ajustada y encordada de la noche anterior. Aunque lleva el pelo recogido, algunos mechones le caen sobre la cara. Tiene aspecto de haber dormido bien.

Él la saluda con una breve reverencia, tras comprobar que la joven pelirroja se aleja.

—Os he interrumpido, disculpad —dice Blanca intentando seguir el rastro de su mirada.

—En absoluto —responde Ecart—. Espero que hayáis pasado una buena noche.

—La tienda es cómoda, señor, pero lo que pasó ayer me ha quitado el sueño. ¿Y vos?

—No he parado de darle vueltas, me temo.

—¿Ibais a algún lugar?

Ecart señala hacia el muro que separa las dos terrazas.

—Quería preguntar a dos hombres del infante. —El choque de sus aceros llega cadenciosamente desde la lejanía—. Están entrenando en la explanada inferior.

—Pedro de Pomar y Blasco de Piniella. —Blanca pronuncia los nombres como si ya hubiera pensado en ellos—. Ayer por la noche, después de lo ocurrido, pregunté en la cocina a la servidumbre. Para los grandes son solo parte del mobiliario, algo a lo que no prestan atención, pero también tienen ojos y memoria, y mucho miedo, Ecart.

—¿De quién?

—No me lo dijeron. Intuyo que de los señores, de todos ellos, de todos nosotros.

—¿Qué queréis decir?

—Supongo que habéis visto la legión de pobres que malvive en los alrededores del castillo. Los sirvientes y criados son afortunados. Tienen el pan y el calor del hogar garantizados y un techo si llueve. Se conforman con las sobras y los rescoldos del fuego. Saben que si hablan y enfadan a los poderosos pueden acabar fuera de aquí o quizá mucho peor, como acabaron Cecco o el padre Jorge. Sin embargo, me enteré de cosas interesantes. —Hace una pausa de repente, como los juglares para crear expectación entre el público.

—Decidme.

—¿Os importa que os acompañe?

A Ecart la propuesta le huele a transacción o pacto. ¿Por qué lo ha de acompañar? Al único al que Guillermo de Erill ha dado potestad para investigar es a él y, no obstante, se siente a gusto al lado de esta mujer de carácter. Hace un intento desganado de disuadirla.

—¿No os requiere la infanta?

—Leonor duerme hasta tarde y cuando se levanta está de mal humor. Tengo tiempo.

Ecart acepta la explicación y le hace un gesto indicándole el camino.

—Y bien, ¿de qué cosas interesantes os habéis enterado?

—Los criados y guardias del séquito del infante suelen dormir en el suelo, a la puerta de la cámara de sus señores. La noche en que mataron a Cecco Usai, no había guardias ni criados, nadie. ¿No os parece sospechoso? Como si alguien quisiera dejar vía libre al asesino y evitar los testigos.

—¿Os han dicho quién dio la orden de despejar esas zonas?

Blanca señala con la cabeza hacia delante, a los dos caballeros que se ejercitan con la espada.

—Más que una orden fue una invitación. Mandaron poner otro tronco en la chimenea del refectorio. Se abrieron dos odres de vino y se repartieron hogazas para la servidumbre. Les dijeron que podían dormir allí. Los alejaron de la escalera que lleva al dormitorio.

—Un gesto de generosidad.

—Cualquiera pudo salir o entrar. Pero hay algo aún más interesante; adivinad quién pagó de su bolsa el vino y el pan: Vidal.

Cuando se acercan, los combatientes no detienen los golpes. Incluso luchan con más ahínco ante los nuevos espectadores. En el combate, despliegan sin recato toda la violencia y la fuerza de su juventud, una mezcla de temeridad y exhibicionismo.

—Siento interrumpir vuestra actividad —dice Ecart—, pero el alcaide me ha pedido que hable con sus señorías.

—¿Sobre qué? —pregunta Blasco de Piniella, jadeando y sudoroso, sin dejar de dar vueltas alrededor de su compañero con la espada en guardia.

A Ecart no le gusta su actitud, que sigan con la lid ante alguien que les ha preguntado con cortesía y que lleva el hábito del Hospital; pero se traga su orgullo de soldado y convoca al monje que lleva dentro de sí. No está aquí para crear un problema, sino para resolverlo.

—Sobre las muertes de Cecco Usai y el padre Jorge —responde con serenidad.

Blasco de Piniella baja su espada con lentitud. En su cara congestionada y sudorosa, unos ojos peligrosos parecen valorar qué hacer con el arma en su descenso. La hunde por fin en el suelo arenoso. Es de andar desafiante, de gesto despectivo. Simula ignorar a Blanca, cuando pasa tan cerca que ella puede oler la amenaza en el jadeo cálido y el sudor agrio que emana su piel. Echa mano de una jarra llena de vino junto a una estaca de madera, donde también descansan las lujosas vainas y los elaborados cinturones. Da un largo trago con la boca abierta. El alcohol le baña las barbas y gotea sobre la gonela. Absorto en su exceso, parece haber olvidado la pregunta. Se recrea en el frescor y en su silencio y, sin prisa, se seca la cara con la mano abierta.

—El propio alcaide nos preguntó —dice Pedro de Pomar, más conciliador. Enfunda su espada en la vaina y enrolla a su alrededor el cinto de cuero repujado y tachonado—. Ya hemos dicho todo lo que sabemos.

Blanca se acerca al cinto. Lo observa con curiosidad.

—¿Puedo? —pregunta a su propietario antes de pasar los dedos por las piezas de bronce en forma de pequeños pétalos. Luego presiona con fuerza la palma de la mano contra el cinto y se la muestra a Ecart. En su piel queda la forma del adorno metálico—. Es precioso. Os debió de costar una fortuna.

—¿Habéis interrumpido nuestro entrenamiento para hablar de cinturones? —pregunta Blasco de Piniella, indignado.

Ecart sabe que es hijo de un linaje de grandes ricoshombres de Aragón, gente de escudo y castillos que no están acostumbrados a que les digan qué tienen que hacer y cuándo. Que sea miembro del círculo del heredero a la corona lo pone muy arriba en la pirámide del poder.

—¿Quién estuvo con Cecco la noche de su muerte? —le pregunta Ecart.

—¡Tiene gracia! Solo lo llamábamos así los amigos. Ahora todos se creen con el derecho, incluso los que nunca le conocieron. Nombradlo por su título, si no os importa: señor de Usai.

—Así me referiré a él, si os place —dice Ecart con sequedad—. ¿Con quién estuvo el señor de Usai?

Pedro de Pomar se adelanta para responder:

—Con nosotros dos, el padre Jorge y el consejero Vidal. También estaban los freires del castillo, el alcaide y su halconero. Guillermo de Erill se fue a dormir después de la cena y nos dejó bebiendo.

—¿Hubo algo que os llamara la atención? ¿Un tema o una discusión que agriara el ambiente?

Blasco hunde un poco más la espada en el suelo.

—Se bebió y se cantó como siempre. Escuchad, freire. —Blasco se acerca desafiante a Ecart. Su aliento es demasiado vinoso para la hora tempranera—. El señor de Usai era brillante, ocurrente. La gente como él es más sensible que el resto de los mortales. Si ve el rocío por la mañana, puede echarse a llorar y componer un poema, y según cómo se le nuble el entendimiento puede saltar por una ventana. Eso es lo que pasó.

—¿Le conocéis una amante, una amiga?

—Cecco iba de flor en flor —explica Pedro de Pomar—. No se comprometía con nadie y, si tenía alguna aventura, no la contaba ni se pavoneaba.

—¿Tenía enemigos? ¿Alguien que le quisiera mal?

Pedro coge la jarra que sostiene su amigo y da un trago antes de hablar.

—Creo que en su tierra natal dejó viejas rencillas de familia. Aquí le envidiaban muchos. Era el precio que tenía que pagar por ser brillante. A veces podía ser cruel.

—¿A qué os referís? —pregunta Ecart—. He oído que siempre era amable con todos.

Los dos jóvenes muestran una amarga sonrisa al unísono.

—Cuando quería podía usar la lengua como un aguijón, pero ser el favorito del infante le daba inmunidad.

—¿No oísteis nada extraño durante la noche, un forcejeo, ruidos desacostumbrados? —pregunta Ecart—. Dormís en la misma sala.

—El vino nos hace dormir como benditos. —Blasco de Piniella desclava la espada con rabia y mira la hoja.

—Fuisteis muy generosos ofreciendo vino, pan y lumbre a los criados en el refectorio —dice Blanca—. ¿Cuál fue el motivo?

Blasco responde como si hablara solo con Ecart:

—¿Tiene que haber un motivo para que un caballero cristiano ejerza la virtud de la generosidad? Pronto habrá una boda real. Ricos y humildes han de gozar por igual.

—Cierto, y habla bien de vuestro gran corazón —continúa Blanca—. Lástima que no hubiera nadie a la puerta del dormitorio. Quizá se podría haber evitado la muerte de Cecco, perdón, del señor de Usai.

Blasco se apoya la espada a la altura del bajo vientre, de cintura para abajo distendido en una pose procaz. Sostiene la empuñadura con las dos manos apuntando hacia Blanca, como si aguantara un largo pene de acero. Le parece divertido y repasa a la mujer con detenimiento.

—No sé cómo. El desgraciado se tiró por la ventana. Lo hizo con sigilo. Nadie se enteró, nadie pudo impedirlo. Por cierto, ¿quién sois vos y con qué derecho preguntáis?

—Blanca de Bernués, para serviros, señor, dama de la infanta Leonor.

—¿No deberíais estar bordando con ella?

—Yo le he pedido que me acompañe —interviene Ecart.

—Pues atadla corta. No me gusta su tono. Es demasiado lenguaraz y atrevida para ser mujer.

—Controlaos.

—Yo os la puedo domar.

Blasco busca pelea con cada fibra de su piel. A Ecart le tienta cruzarle la cara de hombre a medio hacer, pero sabe que si se enfrenta con un noble de la influencia de Blasco lleva las de perder.

—Mostradle respeto.

—Que me lo muestre ella a mí.

—No creo que queráis provocar un conflicto diplomático. Me gustaría saber qué pensaría el rey. Yo os repito la pregunta: ¿por qué, precisamente esa noche, quedó vacío ese tramo del castillo?

Pedro de Pomar rompe el silencio. Titubea:

—La noche no se acaba con los brindis. Ya me entendéis.

Invitamos a algunas de las sirvientas a subir, sin testigos. A los criados mozos no les gusta.

—Sobre todo si son las novias —añade Blasco, que le dedica una mirada lujuriosa a Blanca.

Ella los mira con asco indisimulado.

—Ejercéis bien el derecho de pernada.

—A ellas les gusta —replica Blasco, encantado de haber revuelto el estómago de la insolente mujer.

—¿Les gusta u os obedecen? Como el campesino que ha de arrodillarse ante su señor. Eso es miedo, no deseo. No os vanagloriéis tanto. Creo que para ellas es más grande vuestro blasón que lo que os cuelga de la entrepierna.

Blasco se hincha de ira y se abalanza hacia ella con el puño en alto. Ecart se interpone en su camino.

—Un caballero defiende a una dama, no le pega.

—¿Una dama? —El joven escupe las palabras. Da un paso hasta encararse con Ecart. Mide la determinación del hospitalario y se traga el insulto que tiene en la punta de la lengua—. Jamás me ha hablado así una mujer, ni mi madre.

—Tengo otra pregunta para sus señorías —dice el hospitalario, firme, a dos dedos de Blasco—. ¿Por qué no habéis mencionado al consejero Vidal? Quizá estoy equivocado, pero he oído que fue él quien en realidad pagó el pan y el vino.

—Estáis equivocado y habéis oído mal y no me gusta cómo preguntáis. Que el alcaide os haya ordenado hacer pesquisas no os da derecho a inmiscuiros en la vida privada de un noble, miembro del séquito del heredero al trono. —Su compañero lo arranca de la peligrosa cercanía y Blasco se envalentona—. No tolero que encima sea una mujer quien me interrogue, como si fuera un inquisidor. La entrevista ha terminado.

—La dama ya no hará más preguntas, pero yo tengo una más para vos. ¿Qué relación tenían el señor de Usai y el padre Jorge?

—Ninguna especial —responde Pedro—. El padre Jorge oficiaba las misas.

—¿Ha manifestado el infante interés por algún documento? ¿Algo que quizá pudieran tener o conocer los dos muertos?

—Eso ya son tres preguntas.

—Os lo ruego.

—¿Documentos? Bromeáis, sin duda —responde Blasco, recogiendo el cinto y la vaina—. El infante don Jaime es el primogénito y heredero de la corona y, por si no lo sabéis, lugarteniente de su padre. Claro que habla de documentos. Diariamente. Lee y despacha cartas, proclamas y órdenes y también escribe. El señor de Usai solía estar a su lado. Sabía latín.

—¿Y griego?

—No lo sé.

—El infante escribió una carta al rey antes de partir de caza —afirma Ecart.

—Veo que estáis muy bien informado. Tened cuidado con las preguntas que hacéis. La correspondencia del príncipe es secreta. Vuestra curiosidad podría interpretarse como sospechosa. Aparecéis en el castillo de la nada. Nadie os conoce y os ponéis a hacer preguntas sobre cartas, sobre el infante y el rey y, encima, os acompaña una súbdita de Castilla. Alguien malpensado diría que sois un espía, una lengua. Quizá habría que interrogaros a vos.

—Tenéis una gran imaginación —interrumpe Blanca—. Sin duda también las debéis de seducir con eso.

—Habéis prometido mantener a la fiera callada —dice Blasco, blandiendo la espada.

—Os ha prometido que no haría preguntas —interviene Ecart— y lo que ha dicho no lo era.

El joven sonríe, se ata el amplio cinto alrededor de las caderas y enfunda el acero.

—Espero volver a veros pronto en otras circunstancias. Lo deseo fervientemente.

Ecart le devuelve el saludo. Piensa que nunca se había ganado un enemigo en tan poco tiempo.

Capítulo 19

Pasos ocultos

El día se levanta definitivamente. La niebla remansada en las hondonadas y en los márgenes del Ebro se disipa. Una barcaza llena de gente cruza silenciosa el río.

—¿Os apetece pasear? —propone Blanca ante la puerta de acceso al recinto amurallado—. Si no os es dificultoso.

Aunque ha tenido la delicadeza de no hacer referencia a su ligera cojera, Ecart sabe que nunca pasa inadvertida.

—En absoluto —exagera él. También sabe que la gente espera, en el fondo, una explicación, una historia detrás de la lesión, y Ecart ha aprendido a cortar rápido esa curiosidad. No quiere mentir—. Habéis sido muy perspicaz con el cinturón. La marca en la nuca de Cecco podría ser de un remache metálico.

—Si es así, tenemos un arma del crimen. Solo faltaría comprobar qué cinturón tiene los remaches con esa forma. —Blanca se observa la palma de la mano, ya sin rastro de la impresión.

—Ya solo quedaría encontrar la que acabó con la vida del padre Jorge: un puñal de hoja fina, un estilete.

—Un arma bastante frecuente: la puede llevar desde un noble hasta cualquier tahúr de taberna. Me he fijado sin ir más lejos en que algunos soldados la llevan encima ahora.

—Mostráis mucho interés por el caso —dice Ecart siguiendo la lenta trayectoria de la barcaza.

Por detrás de la loma donde se asienta el castillo se extiende un paisaje ondulado cubierto de pinos y encinas, en el que se adentran. El calor despierta los aromas del romero y la lavanda.

Blanca pasa las manos por una espiga.

—¿Os molesta?

—Guillermo de Erill me pidió que investigara y que mantuviese en el más estricto secreto cualquier novedad.

Blanca se detiene y se encara con Ecart. Sus ojos brillan con intensidad. Un leve rubor enrojece sus mejillas.

—Y yo os reitero mi discreción, como os prometí ayer. Mas si mi presencia os puede poner en evidencia ante el alcaide, me retiro y os pido disculpas. —Blanca hace una reverencia y el gesto de marcharse, pero Ecart tira con suavidad de su manga para retenerla.

—Disculpadme vos a mí. Demasiado tiempo viviendo en la austeridad militar me ha convertido en un hombre torpe y grosero.

Blanca dulcifica el rostro y alarga una mano que roza su hábito. El inesperado gesto de ternura emociona a Ecart. Se siente de repente frágil y expuesto.

—¿Desconfiáis de mí porque soy mujer? —pregunta ella, como si hubiera adivinado qué le perturba—. Creéis que mi esencia femenina va ligada al engaño, a la astucia y a la seducción, ¿cierto?

—No necesariamente. He conocido a muchos hombres engañosos y astutos.

—¿Y seductores?

—Si la seducción es el arte de encandilar a otra persona a través de cualquier argucia y no solo de los encantos físicos, entonces os podría nombrar a algunos. —Ecart mira hacia el castillo—. Vidal es un seductor.

Blanca lanza una carcajada. La luz entre los árboles incide en su rostro, cierra los ojos y se deja bañar por la calidez.

—Eso me lo tendréis que explicar —dice ella mientras siente el sol en la cara.

Ecart la contempla. Registra los párpados perfectamente convexos y la leve curva de los labios en una expresión de beatitud. Ella entreabre los ojos. Él carraspea y evita el extravío.

—Es un hombre engreído. Necesita demostrar su sabiduría en todo momento, su superioridad intelectual para que el resto del mundo se postre ante él y le diga lo listo que es.

—Sí, es cierto. Pero ya sabéis a lo que me refiero con seducción; la tentación de la carne. Vos pertenecéis a una orden militar. Hacéis del celibato un pilar de conducta.

—Reconozco que algunas enseñanzas hacen más fácil la abstinencia. Considerar a la mujer una fuente de pecados ayuda. Soberana peste es la mujer, dardo del demonio, dice Juan Damasceno.

—Esta no la conocía. —Blanca sonríe—. ¿Estáis de acuerdo?

—Creo que a Juan Damasceno alguna mujer le partió el corazón. Por eso habla así. Yo no siento su amargura. ¿Os satisface mi respuesta?

Ella hace un gesto aprobatorio.

—¿Habéis leído el *Libro de los engaños*?

Ecart asiente. Recuerda muy bien los cuentos.

—La malvada y lujuriosa princesa que se venga del virtuoso cortesano al que no ha podido seducir…

—Porque no ha querido ser infiel a su esposa —continúa ella—. Así que la princesa lo acusa de querer violarla. Os gustará saber que el libro está en el arcón de la infanta y que su aya lo hace leer delante de la princesa de vez en cuando. ¿No os parece gracioso? Dice su institutriz que la infanta puede aprender mucho si sabe usar las artes de la seducción y del engaño en un mundo de hombres.

—Se convertirá en una mujer poderosa y temible. Hablarán de ella las crónicas, sin duda. ¿Cómo es realmente la infanta?

—Solo una niña que empieza a comprender dónde está. Por naturaleza se inclina a la compasión y a la bondad, pero su aya la reprende cuando las muestra. En cambio, cultiva en su alma la ambición y la soberbia.

—Me pareció triste.

—No entiende el rechazo del príncipe. Para ella toda esta historia es un cuento que ha de acabar en boda. —Blanca se detiene. Su tono ha dejado de ser ligero y mide cada palabra que pronuncia—. Escuchad, quiero que entendáis que mi curiosidad con respecto a las dos muertes tiene que ver con la seguridad de la infanta. ¿Os puedo pedir que la discreción que me exigís sea recíproca?

—¿A qué os referís?

De repente, al crujido de sus pasos en la hojarasca se añaden otros que resuenan a su alrededor. El encinar se ha espesado. En la húmeda umbría, el paisaje adquiere un matiz amenazador. Ecart detiene a su acompañante. A veces, los mendigos, en su desesperación, se convierten en saqueadores y ladrones. Le indica con un gesto que guarde silencio y desenvaina su espada lentamente, con todos los sentidos puestos en el sonido de los pasos ocultos. Un caballo resopla entre el follaje y Ecart empuña la espada con las dos manos.

SEGUNDA PARTE

«En realidad, es un gran consuelo en esta vida tener a alguien a quien poder unirse en el abrazo íntimo del amor más secreto».

San Elredo de Rieval, *De spirituali amicitia,* siglo XII

Capítulo 20

Angelicus

Alrededores del castillo de Miravet, 20 de septiembre de 1319

De la espesura salen dos perros nerviosos que empiezan a dar vueltas, husmeando, alrededor de Ecart y Blanca. Después aparece un montero, un hombre de piel atezada y aspecto rústico que levanta una mano en son de paz. Junto a él, el infante a caballo, con la ballesta cruzada a la espalda, frena a su montura. Sus rasgos suaves y su largo cabello rubio podrían inspirar a un artista para pintar un ángel. Aunque su expresión es agradable, hay una sombra de ligero disgusto o angustia en su boca de labios gruesos, algo entreabierta, como si estuviera a punto de modular un sollozo. En las mejillas y en el mentón, el vello se convierte casi en barba. Detrás de él, su paje, Gonzalo García, espolea la montura para ponerse al lado del compañero y, azagaya en mano, la esgrime amenazador.

—Enfundad esa espada —ordena el paje— y arrodillaos, estáis ante el infante Jaime de Aragón.

Ecart y Blanca tardan un instante en reaccionar. Ninguno de los dos lo ha visto nunca en persona. Sin embargo, las descripciones que les han llegado encajan con el joven que los observa con aire relajado pero con cierto fastidio. Han oído que el príncipe era rubio y que en sus facciones hay mucho de la sangre francesa de su madre, Blanca de Anjou, o quizá de su abuela paterna, la reina Constanza, mujer de esa gran estirpe alemana de los Hohenstaufen. Dicen los observadores detallistas que de los Barcelona ha heredado la suavidad en la fisonomía, la nariz fina y larga y de puente alto. El infante, su rostro, sus brazos y piernas parecen tallados en estilizados y finos troncos de madera. Es mucho más delgado, más rubio, su piel más pálida y sus ojos más azules de lo que imaginaban. Los dos se arrodillan al unísono y Jaime respira hondo. Ya no es un cazador corriente, anónimo y libre. Así se ha sentido estos días entre las alucinantes peñas de la sierra de Beceite, lejos del protocolo y las miradas que siempre juzgan o halagan. Tan solo acompañado por el silencioso montero, duro y gran rastreador, y por Gonzalo García, su fiel paje. Creyó que podía engañar al destino y vivir así, despreocupado ante un fuego de campo, acostado bajo las estrellas. Ahora, la reverencia que le ofrecen desvanece de repente la ilusión y una nube oscura y breve cruza su mente si se representa todo lo que ha de venir. Vuelve a ser el primogénito de la corona de Aragón, una pieza en el tablero del poder que se halla en el centro de todas las miradas, conjeturas y elucubraciones. La sombra del padre se cierne sobre su ánimo, así como el coro de voces que le dicen lo que tiene que hacer.

—Sin ceremonias. Hemos salido de caza —dice el infante señalando los conejos que cuelgan del arzón y un jabalí atado a la grupa, un hermoso macho de poderosos colmillos que babea una sangre espesa y oscura. El gesto del príncipe hace visible una cinta atada a su brazo del mismo color carmesí y estampado que la encontrada en el lecho de Cecco Usai—. Veo que sois caballero del Hospital. Admiro vuestra orden, vuestro modelo de vida. Ojalá toda la nobleza siguiera vuestros ideales. Si no tuviera un compromiso matrimonial, de buena gana tomaría el hábito de vuestra orden.

—Sois muy amable, mi señor —contesta Ecart.

—¿Puedo saber vuestros nombres? —pregunta el infante.

—Blanca de Bernués, dama de la infanta, mi señor.

—¿La infanta ya está en Miravet? —El príncipe parece haber recibido la noticia de una defunción—. ¿Y cómo se encuentra mi señora?

—Con ganas de veros, mi señor.

—No os recuerdo entre las damas de compañía.

—Me uní al séquito en Pascua de este año, mi señor. Hace cinco meses.

Jaime, incomodado, rehúye la mirada por un instante. ¿Cuánto tiempo hace que no visita a su prometida?

—¿Y vos, caballero del Hospital?

—Freire Ecart, mi señor.

—También os alojáis en Miravet, entiendo.

—Así es, mi señor.

—Habéis conocido ya a la gente del castillo, supongo —dice el príncipe.

—Apenas un intercambio de saludos. Hablé con el alcaide.

—Viejo cascarrabias —añade el infante.

—Y con Vidal.

—Mi ángel de la guarda.

Blanca y Ecart sonríen. Ahí tienen al infante. La casualidad ha querido que se encuentren a solas en el bosque, lejos del protocolo y la ceremonia. El hospitalario sabe que no encontrará mejor momento para averiguar aspectos del caso que le ha encomendado Guillermo de Erill.

—¿Qué os ha traído a Miravet? —pregunta Jaime, que espolea su montura, y todos se ponen en marcha en dirección al castillo.

—Tenía el encargo de llevar al padre Jorge al monasterio de Santes Creus por orden del abad.

—¿El padre Jorge? —El infante refrena su montura.

—Así es, mi señor.

—¿Con qué motivo?

—Según parece, el abad de Santes Creus tiene interés en cierto documento del cual el padre Jorge podía tener información.

El infante mide con sus azules ojos al hombre que le acaba de hablar. Hay un repentino nerviosismo en su porte, hasta ahora relajado.

—Supongo que entendéis que necesitaréis mi permiso.

Ecart hace una reverencia.

—Naturalmente, mi señor.

—He de hablar con él. ¿Cuándo queríais partir?

—Desgraciadamente, el padre Jorge murió ayer, mi señor. —El infante se queda sin palabras. Ecart espera antes de continuar—: Y no ha sido la única calamidad. Uno de vuestros pajes, el señor de Usai, falleció hace tres días. Vos quizá sabéis…

Jaime ya no oye el amago de pregunta que le lanza Ecart. No ve a nadie ni nada. Espolea el caballo con rabia y se pierde al galope en dirección al castillo, seguido de su escudero.

Capítulo 21

Memento

Los cuerpos descansan amortajados en el interior de los ataúdes. El frío de la cripta los conserva bien, aunque los rostros han adquirido un nuevo tono marfileño. Las vendas que les sujetan las mandíbulas y les oprimen la boca dibujan en los labios apretados de ambos una extraña sonrisa, como si compartieran un último comentario solo conocido por ellos y no exento de gracia.

El infante contempla los cuerpos con la mirada vidriosa y la expresión pasmada. A su alrededor se apretuja su círculo íntimo de amigos: Gonzalo García, Blasco de Piniella, Pedro de Pomar y los tres hombres con más autoridad en el castillo por debajo del infante, el alcaide, Bernardo de Sarriá y Vidal. Tras unos minutos de silencio atronador, Jaime logra articular palabra.

—¿Qué ocurrió?

Guillermo de Erill se adelanta a Vidal:

—No está claro. Parece que el barón de Usai cayó por la ventana. El cuerpo se encontró a los pies de la torre.

—Cayó por la ventana —repite Jaime, hipnotizado.

—Y el capellán se quitó la vida con un cuchillo —continúa el alcaide.

El infante se acerca al cadáver de Cecco. Lo observa con detenimiento. Un mechón de su cabello sobresale de la mortaja y lo remete con cuidado ante la mirada incómoda del resto.

—¿Por qué? —La pregunta del joven heredero es casi inaudible—. ¿Por qué?

—Señor —Vidal se abre paso hasta el joven—, es difícil en estos casos saber los motivos que llevan a un hombre a actuar de tal modo…

—He ordenado que se hagan pesquisas —interrumpe Guillermo de Erill— para aclarar y despejar cualquier sombra de duda.

¿Duda? El infante se vuelve. Quiere leer en los rostros qué esconden estas palabras.

—El barón de Usai era miembro de una ilustre familia sarda —aclara Vidal—. Merece una explicación. Es más, nos la pedirá.

—Vosotros estabais con él —dice el infante dirigiéndose a Blasco de Piniella y a Pedro de Pomar—. ¿No visteis nada? ¿No oísteis nada?

—Todos bebimos mucho, mi señor —dice el primero—. Nos acostamos y nos dormimos rápido. Lo sentimos.

Pedro de Pomar se arrodilla de repente a los pies del infante, abatido. Blasco le imita.

—Lo sentimos en el corazón. Si hubiéramos sabido, intuido… —Los dos le cogen la mano y el príncipe se la deja besar. Se produce un silencio interminable que nadie quiere romper.

—Dejadme solo ahora —pide el príncipe, finalmente.

Tras la puerta cerrada, Jaime libera dos grandes lagrimones, hasta entonces retenidos. Debería estar desolado, aplastado por la pena, pero lo único que aflora es un difuso sentimiento de decepción, casi de traición, como si los difuntos lo hubieran abandonado a su suerte sin consultarle. La quietud eterna de Cecco le parece escandalosa en un hombre que era todo vitalidad, un insulto, un despilfarro absurdo.

Lo recuerda recién llegado de su Cerdeña natal apenas con diez años para criarse en la corte del príncipe; extremadamente guapo, deslumbrante y cortés. Su presencia en la corte aragonesa formaba parte de la gran estrategia de su padre para crear vínculos y lealtades entre la nobleza sarda y sus nuevos señores, los reyes de Aragón. Francesco Usai provenía de una estirpe de ilustres aristócratas emparentada con sangre azul genovesa, pisana y bizantina. Llevaba en sus facciones los rasgos milenarios de la belleza grecorromana, en sus grandes y azules ojos la herencia germánica y en el tono oscuro de su piel algo del misterioso Oriente. Pronto congeniaron y se hicieron amigos con una intensidad fraternal. Cecco fue el hermano de verdad que nunca tuvo. Alfonso empezó muy pronto a jugar el papel que su lugar en el árbol genealógico y su padre le tenían reservado. El protocolo y el ceremonial los convirtieron en extraños. Otros, como Juan o María, partieron pronto lejos de la corte, sacrificados a la gran partida de ajedrez que se viene jugando entre reyes desde tiempo inmemorial. En cambio, Cecco siempre estaba cerca; el compañero de juegos, el confidente en los buenos y los malos momentos, el guardián de los secretos inconfesables. Poseía una manera alegre y ocurrente de ver la vida que le fascinó y que compensaba el hermetismo propio, una mezcla de timidez y de autocoacción impuesta por la severidad del rey que secaba cualquier forma de espontaneidad. Cecco brillaba con luz propia en la beatona y tacaña corte de la casa de Aragón y confortaba su espíritu melancólico.

A su lado, el padre Jorge muestra aún algo de su carácter vehemente y enérgico en la barba levantada por la mortaja. ¿Cómo es posible que de repente le asaltaran tantos remordimientos al hombre que les había enseñado el camino? De pronto los piensa vivos y se da cuenta de que jamás volverá a ver los ojos azules de Cecco ni a oír su voz con el leve acento extranjero del que nunca se desprendió del todo. Se acerca al cadáver: una vez más, una última vez. Acaricia su piel helada y levanta su párpado, pero solo se encuentra con el blanco monstruoso, la mirada ciega de la muerte. Y entonces le asaltan la lucidez, la realidad inevitable y la verdad desnuda y se arrodilla junto a él para rezar una plegaria imposible. El llanto se convierte en desgarrador. Tras la puerta, el lamento conmueve al cortejo, pero también lo incomoda. Es el quejido de un niño desconsolado lo que oyen, no el dolor viril y templado de un príncipe heredero. ¿Será este lloriqueo lo que tendrán que aguantar los súbditos cuando el futuro rey reciba noticias de una derrota militar o de la muerte de un allegado?

—Creo que es mejor que lo dejemos con su dolor —dice Vidal. Nadie discute la propuesta.

—Que se desahogue ahora —comenta Bernardo de Sarriá con la misma expresión adusta y airada que exhibe desde su llegada— y que esté listo para recibir a la infanta como es debido… ¡Hoy! —recalca la última palabra con una vehemencia que le hace temblar la barba.

—Lo estará —afirma con contundencia el consejero real.

—Lo estará si le place al infante —interviene Guillermo de Erill—. El príncipe es el segundo en el reino, no un monigote que se mueve al antojo de nadie. —Se cruzan algunas miradas de desprecio. La cercanía en la estrechez del pasadizo, el vaho de los alientos y el llanto desbordado de fondo están tensando los ánimos—. ¡Vámonos! —ordena el alcaide.

—Sugiero poner una guardia de protección en la puerta. —Vidal hace una seña a sus dos hombres, al otro lado del corredor.

—La tendrá —responde Guillermo de Erill con todo el aplomo de su autoridad—, pero será de la guarnición.

—Os recuerdo que los soldados que me han escoltado hasta aquí fueron elegidos por el propio monarca, no solo para mi protección, sino para la del príncipe. Si le ocurriera algo al infante, Dios no lo quiera, vos tendríais que responder ante el rey.

—Vidal —dice el alcaide, encarándose con el consejero real—, no paráis de recordarme quién sois y a qué habéis venido. Aunque estoy viejo y fatigado, os aseguro que tengo una excelente memoria. Este es mi castillo y yo digo quién monta guardia y quién no. Ahora, decidles a vuestros hombres que se vayan.

El consejero hace una reverencia contenida y lenta. Su piel brillante bajo la antorcha parece exudar veneno.

Capítulo 22

Ad usum delphini

—No olvidéis nunca quién sois y quiénes fueron vuestros padres —dice Sancha de Velasco. Las cejas altivas y la boca contraída en infinidad de arrugas alrededor de los labios le alargan aún más la cara. Frente a ella, la pequeña borda un castillo sobre la tela tensada en el aro de labor, mientras Blanca le recoge el pelo en una trenza—. Mostraos ceremoniosa y protocolaria ante el infante. Nada de acercarse demasiado ni sonreírle, que ni él ni los de su corte puedan atisbar una flaqueza vuestra, que no puedan entrever en vuestros gestos algo parecido a la solicitud o la diligencia. —Señala una imagen hierática y sedente de la Virgen y del niño Jesús en una esquina de la tienda—. Como la santa madre de Dios; quieta y majestuosa. Que si él es hijo de reyes, vos también y venís de Castilla, la mejor tierra y la de más nobles hombres que haya creado Dios, ¿comprendéis?

Leonor da una puntada y se queda pensativa.

—¿Cómo eran mis padres?

—Fueron grandes, muy temidos y poderosos reyes —contesta Sancha de Velasco, solemne.

—Me refiero a su aspecto. No los recuerdo.

Blanca se adelanta a la descripción:

—El rey, vuestro padre, era de rostro bermejo, pelo castaño y lacio y fuerte de miembros. Vuestra madre era de piel blanca, poseía un bello rostro y una dulce sonrisa que nunca perdía ni en los momentos más amargos.

—He oído que mi señor Jaime está muy triste —dice Leonor volviendo al bordado. Para ella, el matrimonio en ciernes con el infante es algo natural, un tema con el que ha convivido desde que tiene uso de razón, y siente cierta excitación a medida que se acerca la fecha para que se haga realidad—. Ha muerto un amigo suyo, el señor de Usai. Yo lo conocía. ¡Pobre Cecco! Siempre tenía un verso preparado para todo el mundo. Si me quedo seria y hago como decís, aya, puede que se entristezca aún más. Le sonreiré como lo hacía mi madre y le invitaré a jugar con los perros.

—Mi señora. —El aya se remueve en los cojines, nerviosa, hasta que encuentra la postura—. Pensad qué y a quién representáis. Lo hemos hablado muchas veces, mi señora. No sois una niña. Sois el honor y la dignidad de Castilla, representáis a vuestros difuntos padres, los reyes don Fernando y doña Constanza. Sabed que, ahora, vuestra abuela doña María y vuestro hermano Alfonso, futuro rey, si a Dios place, os están observando.

—¿Cómo? —pregunta Leonor—. Castilla está muy lejos.

Blanca sonríe.

—Con un espejo, mi señora —dice Sancha de Velasco con el gesto agriado—. Un ángel les lleva la imagen.

—¿Un ángel? —La infanta arruga la frente, como siempre que tiene preguntas—. Tendría que ir muy rápido para ir y volver.

La mirada del aya se oscurece. Blanca interviene.

—Es un ángel tan tan rápido que si lloviera entre aquí y, digamos, Sevilla, si es que vuestra abuela aún se encuentra en esa ciudad, volaría entre uno y otro sitio con tal rapidez que no le mojaría ni una gota. ¡Imaginaos!

Leonor se abisma, fascinada. El aya carraspea. Indica con la cabeza el bordado, el castillo a medio hacer.

—Pronto descubriréis el poder del que goza una reina y entenderéis por qué os hago bordar tanto. —Leonor levanta la vista de su tarea con curiosidad. Sí, eso quisiera saber; esta insistencia en bordar y coser, en anudar y sacar hilos—. Gobernar es como bordar, mi señora. Necesitáis paciencia, el pilar de la constancia: cada punto parece insignificante, pero uno al lado del otro acaban formando el dibujo. Es menester determinación de propósito, que es tener en la cabeza lo que queréis que aparezca en el bordado, aunque aún no haya una puntada. El trabajo es discreto y silencioso, no a la vista de nadie ni entre grandes expresiones. Así nos ha hecho Dios a las mujeres; discretas pero diligentes. A los hombres ha dado la fuerza; el escudo y la lanza y el mando sobre toda mujer. Ellos gritan y dan con el puño en la mesa, juran y sentencian, pero a nosotras nos concedió la sutilidad para persuadir, y, si los súbditos se arrodillan ante el rey rodeado de guardias y maceros, timbales y estandartes, vos yaceréis junto a él a solas y cada noche oiréis su respiración y llegaréis a conocer qué le aflige o qué le place. A ellos concede el Señor el poder de plantar la semilla en nuestro vientre, mas nosotras la llevamos en las entrañas nueve meses y parimos a los hijos con dolor y con sangre. —Sancha de Velasco posa con vehemencia sus dedos retorcidos por la edad en la barriga de la niña—. Es la misma sangre la que mancha a la madre y al hijo y los gritos de ella se mezclan con el llanto del recién nacido. ¡Los hijos son nuestros! Nada, ni un juramento ni una ley sellada por el rey, ni un edicto del papa unen más que ese momento y nada lo puede disolver a lo largo de la vida. Así, daréis a luz a príncipes sobre los que podréis gobernar. Ellos llevarán el cetro, pero la voz de su madre les hará bajar la testuz. Ese es vuestro poder, ¿comprendéis, mi señora?

Leonor asiente. Es una niña poco habladora.

—Estaréis muy guapa para el infante con este peinado que os estoy haciendo —interviene Blanca—. Creo que podéis ser amable con él. Mostraos natural, tal como sois, si queréis ganaros el afecto no solo del príncipe, sino de cualquier persona. —Aunque evita mirar al aya, sabe que la está atravesando con sus ojos siempre juzgadores—. Ser cortés no significa ser servil y no os quita lo que ya sois: una princesa, hija de reyes, gentil y amable.

—Bien se ve que no debisteis abandonar el convento —dice Sancha de Velasco con la voz ronca por la amargura—. Jugáis al ajedrez, pero, sorprendentemente, ignoráis las reglas del juego de la realeza. Sabéis leer, pero desconocéis el lenguaje del poder. Hace un año que el infante no visita a su prometida. Cuando ella viene hasta donde está el príncipe, cosa inaudita que no sea al revés, él se marcha de caza y desplanta a la princesa cuando ella llega y él no está. Y así, desaira y deshonra a Castilla. Por fin, aparece hoy y lo primero que hace… ¿qué es? ¿Acudir de inmediato a la tienda donde su prometida espera desde hace un día? Pues no: corre a ver el cadáver de su paje. Decidme cómo debería la infanta recibir a alguien tan descortés.

Blanca señala en silencio lo inadecuado de la conversación con la infanta presente.

—¡No me hagáis gestos! —dice el aya, cortante—. Leonor ya tiene entendederas para comprender qué se juega aquí. Que nadie tome a una infanta de Castilla por imbécil. Además, vos habéis empezado contradiciendo mis recomendaciones. Os recuerdo que yo soy su aya y tutora, la encargada de su educación moral y de supervisar su conducta. Vos tañedle canciones y enseñadle latín.

Blanca encaja las palabras como si no las hubiera oído.

—El infante no me parece descortés. Tuve ocasión de conocerle esta mañana.

—Lo sé. —Sancha de Velasco fuerza algo parecido a una sonrisa reprimida y más arrugas aparecen alrededor de su boca—. Y sé que lo hicisteis junto al caballero al que tuvisteis el atrevimiento de presentaros ayer por la noche. ¡Qué falta de decoro! No os tengo que recordar que vos también representáis a la infanta y que vuestra ligereza afecta a la dignidad de su corte. Ayer desaparecisteis de la sala. Decidme adónde fuisteis.

—Salí a tomar el aire.

—Falso. Tengo más ojos de los que os pensáis. Os vieron con el caballero cojo y con el médico judío. ¡Escandaloso!

—Me los encontré. Acababan de descubrir el cuerpo del capellán.

Sancha de Velasco hace un aspaviento de incredulidad. La infanta ha dejado definitivamente el bordado y sigue con interés la discusión.

—No me gustáis.

—Lo lamento —responde Blanca bajando la vista.

—No me habéis gustado desde el principio. Me fuisteis impuesta por la mismísima reina madre y no acabo de entender por qué. Y andaos con cuidado porque os estaré observando. ¡Esos paseítos con el freire cojo del Hospital! Decidme. —Las palabras del aya se empiezan a deshilachar en una risa aguda—. ¿No había otro candidato que no fuera alguien que ha tomado los votos y que está lisiado?

Blanca no contesta. La infanta ríe también, contagiada por el chillido y el rostro congestionado del aya.

—Escuchadme a mí, mi señora —continúa Sancha de Velasco, que recupera la compostura avinagrada, dirigiéndose a la princesa—. No os dejéis pisar. No os dejéis agraviar. Recordad cada desplante de esta ingrata casa de Aragón y pesadlos todos en vuestra conciencia. Tiempo tendréis de retornarlos. Ya sabéis: paciencia, determinación, sutileza. Trabajad. Trabajad en el bordado de vuestro poder y los reyes comerán de vuestra mano. Ahora podéis dejar la labor. Se acerca la hora de encontraros con el infante. Haré entrar a las otras damas para que os vistan. Hoy llevaréis un tocado alto. Os dará más presencia y pareceréis mayor, a ver si al infante le cosquillea la entrepierna. Y vos, Blanca, haced vuestro trabajo: recordadle algunas frases en latín, para que todos vean que la infanta tiene entendederas.

Capítulo 23

El segundo enigma del padre Jorge

¿Por dónde empezar? Ecart contempla el trozo de pergamino durante un buen rato. Imagina al padre Jorge mojando el cálamo en el tintero, escribiendo las grafías. ¿Por qué dibujar una cruz? Si tenía prisa por huir, si se sentía en peligro de muerte, ni la palabra ni la cruz son casuales. Al fin, el signo guía los pasos de freire Ecart a la iglesia de forma natural: ¿Dónde hay más cruces que en un templo? La nave le recibe con una vaciedad interrogativa. Se arrodilla y reza una breve oración para que Dios perdone sus pecados y le proteja de lo que sea que acecha a los moradores del castillo. Ningún edificio como la iglesia resume mejor la esencia religiosa de la fortaleza, edificada cuando aún existía la orden del Temple. A Ecart le recuerda por su dimensión y forma a otras que ha visto en Oriente, en Siria y en España, como la de Monzón o la de Peñíscola; la misma nave abovedada, el ábside semicircular, el alabastro en las pocas ventanas que deja entrar la misma luz tamizada. En todas partes, la austeridad decorativa, la sencillez de formas que invitan a vaciar la mente y a la oración. La monotonía pétrea se rompe con las cruces, la mayoría pintadas en rojo y ya descoloridas, de la época en que Miravet fue templario. Otras, las menos, son negras y octógonas, más recientes, cuando el Temple fue disuelto y sus bienes pasaron a la Orden del Hospital. Antes de acabar la oración, unas marcas blanquecinas en el suelo llaman la atención del caballero. Se persigna con todos sus sentidos puestos en el nuevo hallazgo y se acerca a las manchas, tenues, apenas un contorno fragmentado que dibuja una leve pero distinguible cuña, la forma de la parte delantera de una suela. Comprueba que apunta hacia la salida. Quien dio los pasos en este suelo los dio de dentro afuera.

—Seguís dándole vueltas al enigma —dice David ben Ruzafa desde la puerta de entrada. Es solo una silueta oscura contra la claridad exterior. Su condición mosaica no le permite poner los pies en el templo, aunque la punta de su calzado cruza el umbral, desafiante—. ¿Harina? —pregunta.

—Efectivamente, como en las sandalias del padre Jorge.

—¿Sabéis? —añade David ben Ruzafa—. He hecho los deberes. He preguntado en la cocina, en el almacén y en el horno, donde se cuece el pan. Nadie vio al padre Jorge en estos lugares ayer.

—No sé dónde se manchó, pero merodeó por aquí. —Ecart señala las huellas en el suelo de la nave—. Parecen señalar hacia la salida. Quizá nos buscó. Al menos, dijo que se pondría en contacto con nosotros.

—Eso es lo que no entiendo —responde David ben Ruzafa—. A vos sabía dónde encontraros, en el refectorio, y, en cuanto a mí, conocía perfectamente que tengo el acceso prohibido a un templo cristiano.

—¿Os habéis fijado que no hay huellas de entrada?

El médico se arrodilla. Observa con detenimiento a ras de suelo. No tiene una explicación y aventura en voz alta:

—Quizá el aire las borró. Este castillo es ventoso.

—Entonces, las habría borrado todas —dice Ecart, escéptico. Vuelve a leer la palabra en el trozo de pergamino, como si pudiera darle la clave para desentrañar el misterio—. ¿No conoceréis a nadie que hable griego mejor que yo?…

—Al sabio rabino Abraham ben Semuel. —El médico sonríe, benevolente—. Sin duda nos revelaría el sentido de la palabra de inmediato. Lamentablemente, está en Teruel, así que al único al que conozco ahora es a vos.

—Creo que hay un significado que se me escapa.

—Permitidme aventurar una idea —dice David ben Ruzafa, que da dos pasos de entusiasmo en el interior de la nave—. Según vos, la palabra se puede traducir por «protección» o «amparo».

—Eso creo.

—Esta noche no he dejado de pensar en ella y mi cabeza me ha llevado de forma natural a buscar equivalencias en hebreo. —La mirada del médico adquiere un brillo especial a medida que despliega su argumento—. He encontrado varias que no vienen al caso. No os quiero aburrir enumerándolas. Sin embargo, otras me han hecho cambiar de perspectiva. ¿Y si el nombre no se refiere a un concepto abstracto, sino a un lugar? En la lengua judaica existe la palabra *miklatz*.

—*Miklatz* —repite Ecart intentando imitar el acento del médico.

—Quiere decir «asilo» o «amparo» pero en un sentido locativo; un refugio o fortaleza, también a veces «sagrario» o «zona sagrada», como el área más protegida. ¿Puede ser que también signifique lo mismo en griego?

Ecart comprende de repente. El entorno en el que se encuentra viene en su ayuda. Empieza a andar hacia la cabecera del templo. En el muro del ábside se abre un nicho. En su interior, la luz refulge en un cofre plateado.

—¡Claro! Eso quería decir el padre Jorge: un lugar. Asilo: el sagrario, donde se guardan los objetos sagrados para el oficio.

El cofre es de plata con añadidos de bronce en las esquinas. El trabajo de orfebrería muestra en relieve a Eva tentando a Adán y a Jesús en el desierto. El demonio, en forma de serpiente, acecha en las dos escenas, entrelazadas con motivos vegetales. Antes de introducir la llave en la cerradura, Ecart ya sabe que encajará. Se abre con un clic que resuena en la oquedad del templo. Levanta la lengüeta y descorre el cerrojo. La tapa es maciza y pesada.

—¿Qué habéis encontrado? —pregunta el médico, más atento a lo que pasa en el interior que a vigilar quién se acerca.

—Un copón y el corporal, la estola, un anillo pastoral. Un momento… —Bajo los objetos aparece otra llave, esta más grande, envuelta también, como la primera, en un trozo de pergamino—. Vaya, vaya —dice Ecart, exhibiéndola—. El padre Jorge lo tenía todo pensado.

—Quería huir, pero nos dejó las pistas para llegar a la respuesta, a la historia que quieren borrar, dijo.

—También está en griego: *«βρες τις αρετές σου στο σταυρό. Vres tis aretés sou sto stavró»*.

Ecart cierra los ojos y busca en la memoria los ecos de esas palabras. La última es la primera que reconoce de inmediato; *stavrós,* «cruz». La ha oído muchas veces en Oriente, en las islas del Mediterráneo. Repite las palabras varias veces hasta que propone una traducción llena de dudas.

—¿Busca, encuentra tus virtudes en la cruz?

—Con esta ya van dos —dice David ben Ruzafa, recordando la dibujada en tinta del pergamino.

Ambos miran alrededor, a las cruces que adornan las paredes, buscan espacios o resquicios cercanos, irregularidades en la superficie o en algún objeto, pero solo encuentran la desnudez decorativa, la solidez pétrea de formas sencillas en el altar y en las columnas que enmarcan la cabecera del templo.

—Tus virtudes —repite Ecart, que cierra la tapa con cuidado.

Una voz conocida los sorprende.

—¿Un judío en la entrada de un templo cristiano? —Vidal aparta de un empujón al médico.

—Consejero Vidal. —Ecart le saluda desde detrás del altar, las manos con las llaves bajo el hábito, mientras se mueve para ponerse delante del sagrario.

Aunque la tapa está cerrada, el cerrojo descorrido y la lengüeta levantada podrían alertar al recién llegado.

El enviado del rey valora en silencio la escena y a los personajes.

—¿Buscabais algo?

Intuye la impostura. Se acerca al hospitalario para inspeccionar mejor.

—Admiraba la belleza del templo. Con tantos acontecimientos, todavía no había tenido la oportunidad de visitarlo.

Vidal le concede una sonrisa paciente.

—Sí, posee la belleza de la sencillez y en lo sencillo está la verdad. Tenéis razón: demasiados acontecimientos. Esperemos que todo se sosiegue a partir de ahora, con el infante entre nosotros. ¿Alguna novedad en vuestra investigación?

—Nada, señor —responde Ecart mirando alrededor en la austera vaciedad del templo—. ¿Y vos? ¿Habéis hecho progresos?

—¿A qué os referís?

—A un documento. He oído que vuestros dos hombres no dejan de hacer preguntas al respecto.

Vidal vuelve a sonreír.

—Caballero del Hospital, no malinterpretéis mi discreción como mala voluntad. En realidad, os estoy haciendo un favor manteniéndoos al margen a vos y al gran maestre.

—Siento ser tan fisgón, pero el alcaide de este castillo me ha pedido que haga algunas pesquisas.

—El alcaide y el abad de Santes Creus, tengo entendido.

—Tenéis buenas fuentes de información.

El consejero se envanece brevemente.

—Es mi trabajo. Es fácil sobornar a los guardianes para que te digan quién entra y con qué salvoconducto se presenta en la puerta del castillo. ¿Un caballero hospitalario con el sello del monasterio de Santes Creus? Interesante. Me pregunto qué querrá el abad Pedro Alegre de este castillo.

—No lo toméis a mal, pero a mí también me obliga la confidencialidad.

Vidal entrelaza las manos antes de hablar.

—Ya sé que me creéis sospechoso de las muertes recientes, pero os aseguro que nada tenemos que ver ni yo ni mis hombres. ¿Me permitís que adelante una hipótesis? —Ecart hace un gesto de invitación—. Ya sabéis que el padre Jorge era griego, tierra de herejes, gente taimada y traicionera, alejada de la obediencia al papa. Por otra parte, el señor de Usai, sardo, brillante y bello…, ¿no son esos atributos del diablo?

—¿Qué queréis decir, señor?

—No descartéis algún tipo de hermandad satánica o de ritual demoníaco, un asunto sectario, más bien.

—¿Creéis que el maligno alienta entre estos muros?

—¿Por qué no? El mal puede habitar bajo cualquier forma. Supongo que no imagináis al príncipe de las tinieblas con cuernos y cola. Eso lo dejamos para el vulgo iletrado. Necesita imágenes impactantes para comprender lo sutil, y el demonio lo es, sutil y muy listo.

—Precisamente por eso, quizá habría que avivar nuestro celo y desvelar bajo qué cuerpo se esconde. Creo que si pudiéramos preguntar al infante, estaríamos en el camino para esclarecer el misterio.

Vidal mira a la bóveda del templo y coge aire, como alguien que va a repetir cosas por enésima vez.

—Me temo que no acabáis de comprender el alcance de los acontecimientos que están en juego en estos momentos. Decidme, freire...

—Ecart —completa David ben Ruzafa desde la puerta.

—Freire Ecart, ¿creéis que la historia es el despliegue del plan de Dios para la humanidad?

—Sin duda, aunque a veces me cuesta entenderlo.

—Está en las Escrituras. —El consejero muestra las palmas de las manos, como si las sostuviera de verdad—. ¿Conocéis las profecías del gran sabio Arnau de Vilanova?

—*De tempore adventus antichristi* —responde Ecart.

Vidal asiente como un profesor satisfecho ante un buen alumno.

—Entonces, estaréis al tanto de lo que dice: la llegada del anticristo. Algunos, como Bernardo de Sarriá, ya ven las señales en las plagas que azotan el reino. Yo creo al sabio Arnau de Vilanova cuando afirma que ocurrirá a finales de esta centuria. Según él, estará precedida por la aparición de un rey de la casa de Aragón que unirá la cristiandad y reconquistará los Santos Lugares. En el infante Jaime se une la sangre de ilustres dinastías que han regido el mundo desde tiempo inmemorial. Ocurre lo mismo con la infanta de Castilla. La historia la hace Dios a través de los reyes. ¿No os parece que nunca se ha expresado mejor ese plan divino como en la unión matrimonial? Es casi como si presenciáramos al Todopoderoso hilando el destino, la encarnación de su voluntad. Quizá será Jaime el monarca que anuncia la profecía, quizá un hijo suyo. —Vidal separa las manos y extiende las palmas hacia la bóveda—. En cualquier caso, estoy convencido de que la casa de Aragón tiene una misión grandiosa. Todos estos accidentes tan desagradables son absurdos contratiempos que pueden debilitar la determinación del príncipe en la alta misión que la Providencia le ha encomendado, ¿comprendéis?

—Trampas del diablo.

—¡Exacto! —exclama Vidal, complacido de que alguien siga su argumento.

—Pero me concederéis que el plan de Dios puede ser más sutil de lo que nos pensamos. Si, como tengo entendido, el infante muestra una inclinación mística, quizá estemos delante del *rex bellator* del que habla Ramón Llull, un monarca soltero o viudo consagrado a la guerra santa.

La mirada de Vidal brilla con el fulgor del reto dialéctico. Da dos pasos hacia Ecart, envalentonado por el desafío.

—¡Claro! El *rex bellator,* un rey guerrero sin otro afán que la conquista. Os reconozco que, al principio, erré como vos ahora. No olvidéis que tal figura ha de estar en el centro de la historia, actuando en el mundo y no encerrado en la paz del convento y fuera del siglo.

—¿Y cuál de los dos quiere ser el infante?

Vidal le ofrece una falsa sonrisa cargada de suficiencia.

—El infante, como todos los príncipes de la dinastía aragonesa, es un fervoroso creyente, defensor de la cruz con la espada y con la palabra. Es muy consciente de cuáles son sus obligaciones matrimoniales. Os aconsejo que no deis pábulo a las habladurías. Cejad en vuestro empeño. Es infantil y estéril.

Ecart hace una reverencia de acatamiento.

—Disculpad mi cortedad de miras, pero yo solo veo en el infante a un joven que sufre terriblemente por la pérdida de un amigo. Quizá él podría explicarnos qué le sucedió.

La expresión de Vidal se acartona.

—No puede explicarnos nada. Lo que le sucedió al señor de Usai únicamente lo sabía él y su torturada mente. La amistad es, sin duda, un noble sentimiento, pero la muerte de ese muchacho es un mero accidente en el plan que la Providencia tiene trazado. Siento de veras que tengáis una visión tan desoladora y pedestre de lo que es un príncipe heredero. —Vidal contempla una vez más las paredes y el techo, pensativo, como si buscara en su memoria algo que decir—. Sé que no os caigo bien y que me observáis con recelo, pero permitidme que os dé un consejo. No os fieis de Guillermo de Erill. Es ambicioso y nunca mueve ninguna pieza en el tablero si no sabe que hay algo para él.

—¿Algo para él? —repite Ecart.

—Una ganancia para fortalecer su posición como gran noble, una carta con la que negociar. La aristocracia está ávida de poder a costa de la monarquía. —Vidal se envuelve en la capa y mira instintivamente a su alrededor. Vuelve a ser consciente de la presencia muda de David ben Ruzafa—. Sí, judío, has oído bien. Puedes ir a tu amo y contárselo, aunque sabe muy bien lo que pienso de él. —El consejero ordena con un gesto que el médico retroceda a su paso. En el quicio de la puerta, se detiene y se dirige a Ecart antes de salir—: También sugiero que os alejéis de este judío. Se os ve mucho juntos y en lugares insospechados. Alguien podría pensar que quizá tenéis algo que ver con las muertes. El vulgo es crédulo e impresionable.

Capítulo 24

Encuentro

Sumergido en la calidez del agua, los sentidos se amortiguan y parece que las voces y las imágenes que le atormentan se diluyen. Ojalá pudiera quedarse ahí para siempre, no respirar hasta que llegue el cese de todo y convertirse en vapor, en nada, y olvidar. El olvido es la huida, el escape definitivo y la liberación de este dolor. ¿Pensó así Cecco, como él ahora, antes de lanzarse por la ventana? Cuando sale a la superficie, se demora en abrir los ojos, aunque puede sentir la realidad alrededor, el frío de la sala en la piel mojada, las miradas sobre él. El aire que inhala le quema en las entrañas. Sabe que su pequeña corte le rodea y espera.

—Señor. —Blasco de Piniella le ofrece un paño para secarse.

Pedro de Pomar le tiene preparada la ropa; la camisa, una saya encordada y un pellote de color azafrán con las armas del infante. A su lado, Gonzalo García sostiene el cinto y la daga ceremonial, un privilegio rotativo que hoy le hubiera tocado a Cecco. Vidal supervisa todo lo que sucede como un profesor severo. Los únicos que parecen ajenos son los soldados que se ha traído Vidal; los silenciosos y enigmáticos Hugo y Guerau, siempre con su peto de cuero, hieráticos, de movimientos lentos, casi gatunos, y parcos en las reverencias, incluso con el príncipe. Solo reciben órdenes del consejero. Sentados en el suelo en un rincón, mastican algo y miran al vacío.

—¿Se ha hecho inventario de las pertenencias de las víctimas? —pregunta el infante mientras se seca.

—Que yo sepa, aún no, señor —responde Vidal—. ¿Deseáis que se lleve a cabo?

—¿No es lo habitual?

El consejero hace una reverencia.

—Mandaré que se haga inmediatamente, señor.

—Aguardad —dice el infante ofreciendo los brazos para la camisa.

Sus pajes le rodean para vestirlo. Por un instante ha visto en el movimiento coordinado de los tres una maniobra hostil, un acercamiento más propio de una escaramuza que de un acto de asistencia. En sus rostros, la expresión de gravedad se vuelve torva. ¿Es su mente trastocada? Se siente solo. Bajo sospecha. Intenta centrar su atención en las cuerdas que Pedro de Pomar le está ajustando en el costado de la saya antes de hablar.

—Quiero estar presente. Quizá haya cosas personales que me guste conservar.

—Del barón de Usai, entiendo. —Vidal lo mira con interés.

—De los dos. —El infante apremia a Gonzalo García para que le ciña el cinto y la daga—. Supongo que, con la investigación, se registraron sus posesiones.

—Se hizo, señor —interviene Blasco de Piniella, que se encarga del calzado del príncipe, unas zapatas de cordobán.

—No se encontró nada significativo —aclara Vidal—. ¿Buscáis algo en concreto?

El infante aprieta el talón contra el suelo para encajar el calzado.

—Solo deseo que nada se extravíe. Eso es todo. Me gustaría hablar con el alcaide de los detalles de la investigación.

—Como gustéis. —Vidal da un paso hacia delante. Muestra una sonrisa comprensiva—. Sin embargo, el barón de Erill y gran maestre lleva, por desgracia, demasiada responsabilidad sobre sus espaldas. Ya sabéis que está enfermo y, en fin, el nuevo cargo y la llegada del séquito de la infanta han, digamos, desbordado al viejo guerrero. Informalmente, podríamos decir que yo estoy al mando de la investigación de estas muertes, señor.

Frente al espejo que le ofrece Pedro de Pomar, el infante se peina con los dedos el cabello mojado.

—He oído que es un caballero del Hospital quien hace las pesquisas. Por casualidad he coincidido con él cuando regresaba al castillo. Él fue quien me dio la noticia de las muertes.

—Así es. Y él nos informa a mí y al alcaide. Lo que él sabe lo sé yo.

El infante asiente. El reflejo ante él es un rostro alargado, demacrado y pálido. Los ojos hinchados delatan su llanto.

—Quiero hablar con él. —El príncipe sigue la reacción del consejero de su padre a través del espejo.

Vidal hace una reverencia leve y envarada.

—Así se hará.

Jaime ha de hacer un esfuerzo sobrehumano para contener la nube negra que le asalta otra vez. Si algo aprendió de su padre desde bien pequeño es a no expresar sus sentimientos. Mostrarlos nos hace vulnerables, decía, como un guerrero que baja el escudo y descubre el flanco. A su pesar, las lágrimas le queman en las mejillas. Hugo y Guerau siguen masticando ajenos a lo que ocurre en la sala. Podría estar muriéndose alguien y no moverían un dedo a no ser que su amo se lo ordenase. Sabe que el resto lo observa. Desde que recuerda, siempre ha habido alguien cerca, séquitos, cortejos, guardias, médicos, instructores de esgrima, sus pajes, su confesor.

Se acerca al espejo con lentitud casi sensual hasta que los labios rozan el cristal y se escruta con cierta fascinación, como si se descubriera por primera vez. «Este soy yo —le dice al reflejo—: El *rex bellator,* el redentor de la cristiandad», y lanza una risa asqueada que nadie comprende. Todo ha cambiado ahora. «¿Qué me aconsejaría fray Pedro de Dios? ¿Y Cecco?». Sabe lo que quiere su padre, el rey, Jaime cara de piedra.

—Montadla y preñadla —susurra para sí ahuccando la voz como si fuera su majestad, y el vaho de su aliento entela la imagen.

Todos le esperan. Los esbirros de Vidal se levantan lentamente.

—Mi señor… —Blasco de Piniella le ofrece el capiello cónico y la capa.

—Vamos a ver a la infanta que la Providencia nos manda, ¿no es cierto, *consiliarius*? —dice el príncipe mientras se anuda en el brazo la cinta carmesí.

Vidal encaja la pulla, pero no disimula ni finge como tantas veces con su máscara cortesana y su repertorio de sonrisas ensayadas. Ignora al príncipe y ordena a sus hombres que abran la puerta.

El pequeño cortejo del infante espera frente a la tienda de Leonor a que le permitan el paso. Vidal sabe que la demora es un gesto de reciprocidad por las constantes dilaciones de Jaime, un código diplomático que conoce y acepta, hasta cierto punto. El arte de utilizar el tiempo como arma requiere dosificarlo con maestría, saber distinguir entre el aviso correcto y la grosería, y el retraso empieza a deslizarse peligrosamente hacia la humillación. En la puerta entoldada, dos maceros de la princesa juegan a aguantarse la mirada con los hombres de Vidal, impasibles en su eterno masticar. Guillermo de Erill también ha traído a sus guardias para la escolta principesca. Hoy por hoy, no debe de haber nadie en el reino tan inaccesible como el infante, piensa Ecart desde la galería de la iglesia, tan protegido que parece aislado, un prisionero rodeado de sutiles círculos y barreras. A prudente distancia del joven prometido, de Vidal y el alcaide, aguardan los pajes del príncipe y el montero. A sus pies yacen en fila los trofeos de caza, el enorme jabalí, ya castrado, y los conejos. No hay ventana, terraza o almena en el castillo que no esté ocupada para presenciar el encuentro y registrar las imágenes en la memoria para algún día poder decir: yo estuve ahí, yo vi al infante, al futuro rey, y a su prometida, la princesa Leonor, y explicarlo al calor de la lumbre y así sentirse parte de la historia. Por eso las salas, los pasadizos y las escaleras del interior de la fortaleza quedan inusualmente desiertos y silenciosos, la ocasión ideal para que Saurina complete el ritual del *sihr.*

—Ahora —le susurró Ojo Gacho cuando se cruzaron entre la gente que ya se abocaba al exterior—. No pierdas tiempo.

La expectación volcada hacia la explanada le ha dado confianza para subir con determinación las escaleras que llevan al dormitorio noble, el mismo camino que recorría cuando eran amantes. Por eso, el recuerdo de esos días la asalta con amargura a medida que va ascendiendo, lejos del gozo de entonces. ¿No tienen los reyes amigas y amantes y las mantienen y quieren durante años? ¿Y no cuidan y atienden estos reyes a los hijos tenidos con sus amigas, incluso hasta el punto de otorgarles tierras y títulos? Una vez pensó que ella sería para él, aunque se casara con otra, claro, una mujer de alta alcurnia. Aun así, ese hijo en común gozaría de los privilegios asociados a su sangre noble. ¡Estúpida campesina!, se dice a sí misma. Ahora, es la venganza lo que le da fuerza. Abre la puerta con sigilo y se dirige al camastro de Blasco. Sin dilación, coloca el muñeco hechizado debajo del jergón. Le llegan las voces del exterior, los vivas al infante y a la princesa castellana. «¡Aragón y Castilla!», gritan, y Saurina sonríe, triunfante, como si la algarabía la jaleara a ella, como si ya lo hubiera matado. Y si no lo mata la magia de Ojo Gacho, lo matará ella con su lengua. Sabe que el caballero hospitalario busca respuestas y la dama castellana también. Se lo dice un sexto sentido. No tendrá luces, será una sirvienta boba e incauta, pero ha visto en ella, en sus merodeos por el castillo, en el acercamiento aparentemente campechano a los sirvientes y en el coqueteo con el freire, el afán de descubrir los misterios que tienen en vilo a Miravet.

Los vítores no han alterado la quietud en el interior de la tienda, solo rota por el incansable jadeo de los perros de la infanta. Las alfombras esparcidas por el suelo y los tapices de las paredes sofocan el ambiente. El aire gastado parece espesar el tiempo hasta detenerlo. Leonor espera sentada, recta y hierática, entre altos cojines, como la talla de la Virgen, tal como le ha enseñado Sancha de Velasco. Bajo su estricta supervisión, las damas han hecho un laborioso trabajo con el tocado de la princesa. Leonor luce un alto y complicado capiello castellano, un alto armazón cónico de pergamino alrededor del cual se enrolla una larga banda de tela fina y rizada. Uno de los extremos pasa por debajo de la barbilla y otro le cruza por delante de la cara, cubriéndole la boca. Sentadas en almohadones más bajos, Blanca y dos criadas aguardan con las manos cruzadas en el regazo, como prescribe el protocolo.

Un «viva el infante Jaime» provoca que la novia niña vuelva impaciente los ojos en dirección al aya.

—Que esperen —dice Sancha de Velasco, impasible, la mirada altiva anclada en un horizonte que solo existe en su cabeza, un paisaje delirante de jerarquías y precedencias agraviadas, de honras sin restañar.

A su lado, Bernardo de Sarriá aprieta el puño sobre el mango de la daga. No le gusta que una mujer, por muy aya que sea, decida cuándo se abre o se cierra una puerta y menos ante él, almirante de la flota aragonesa, él, que ha rendido escuadras enteras de los Anjou, obligado a ejercer de guardadamas de un gineceo. Si no fuera porque es ambicioso y el alto honor de encargarse de la infanta significa estar cerca del futuro poder, habría pedido que se le relevara hace tiempo. No se siente cómodo entre tanto bordado y de buena gana ensartaría a los malditos perros que ahora le olisquean los pies. Cuenta hasta diez e indica al macero que abra. La luz y una bocanada de aire fresco barren el interior de la tienda. Carraspea y sale con lentitud ceremoniosa. Una ola de aplausos se eleva en el aire desde todas partes.

—Alteza. —Bernardo de Sarriá se inclina ante el infante con brevedad para no parecer servil y le ofrece pasar—. Vuestra prometida os aguarda. —Tras él, entran Vidal y Guillermo de Erill.

Leonor tiene el impulso de levantarse en cuanto lo ve, tan alto, tan guapo… La mano de dedos rapaces de Sancha de Velasco la refrena con un tirón de la ropa.

Y tan delgado, casi desgarbado, piensa la infanta, pero su cabellera dorada por la luz es la de un verdadero príncipe.

—Mi señora —saluda el joven Jaime con la mano en el pecho, y Leonor se inclina levemente tal como tiene ensayado.

Su gesto es coreado por el resto y la tienda se llena con el leve crujido de los ropajes. Le gustaría hablar como hace cualquier muchacha de su edad con otros compañeros. Sin embargo, sabe que ella no es cualquier niña: es una princesa y pronto será reina. Así que calla y sigue las instrucciones de su aya. Siente su aliento detrás, imagina su rostro severo. Los perros se encariñan con el recién llegado, que sonríe. A Blanca, el infante le parece cansado y triste, una persona muy diferente de la que ha conocido por la mañana en el bosque.

—¿Habéis tenido buen viaje? —pregunta él.

La infanta ha cambiado algo desde la última vez que la vio, hace casi un año, pero sigue siendo una niña de rasgos anodinos con sus belfos y su mirada ojerosa de ojos glaucos e inexpresivos, de manos aún regordetas.

—Sí, mi señor, aunque nos llovió algunos días. Los carros se atascaban en el camino y todos nos llenamos de barro. Fue divertido.

El infante levanta las cejas, fingiendo interés. Los perros dan vueltas entre sus piernas y saltan en busca de caricias. Jaime ha de hacer un esfuerzo para encontrar más preguntas intrascendentes. Sancha de Velasco parece cómoda en el silencio.

—Y ¿estáis a gusto en la tienda? El castillo no está preparado para albergar a mucha gente, me temo.

—Muy a nuestro placer, mi señor, y según el momento del día entra una luz muy bonita.

El alcaide se ve forzado a intervenir por alusiones:

—Por supuesto, podemos habilitar un espacio dentro si lo deseáis.

—Esta tienda contiene todo lo que necesita su alteza —interviene Bernardo de Sarriá—. Os damos las gracias por la hospitalidad.

Al infante le parece que la infanta sonríe. A pesar de que la cinta de tela le cubre la boca, sus ojos se rasgan ligeramente. Podrían ser buenos compañeros. Jugaban juntos hace años. Él la llevaba a caballo. Cecco también estaba entre los muchachos que corrían por los patios y pasillos del palacio de Balaguer o en los jardines del Palacio Real de Valencia. Comparten algunos recuerdos, sin duda. Jaime rememora la primera vez que la vio, de la mano del rey, su padre, en Calatayud. Leonor debía de tener tres años y apenas sabía caminar.

—Esta es tu prometida —le dijo—. Ella es la paz con Castilla, hijo.

Entonces solo eran palabras de los mayores, pero nada trascendente para unos muchachos que solo querían jugar, incapaces de ver más allá del día siguiente. Duda que ella se acuerde de ese momento.

—He oído que Cecco ha muerto. —Las palabras surgen de la princesa sin boca.

—Sí —murmura él. Que ella también se refiera a su amigo con el apelativo familiar lo conmueve. No quiere llorar ante el aya. ¿Es un leve aire de satisfacción lo que se dibuja en su rostro de harpía?

—Siempre nos hacía reír —continúa Leonor mientras uno de los perros se sube a su regazo y empieza a acariciarlo—. Cuando yo estoy triste, ellos me consuelan. Siempre están contentos. ¿Queréis cogerlo?

El príncipe declina con un gesto y pretende ahogar inútilmente el llanto en una sonrisa. Las lágrimas le nublan la visión por un momento y las enjuga con rabia, como si le ordenara al dolor que desapareciera. Leonor sigue con el perro en alto. Sancha de Velasco le ofrece su mejor mirada de desprecio.

El infante se llama al orden. Imagina que es su padre. Algo de él debe de tener. Es sangre de su sangre. Quizá la valentía y la determinación. Pero ¿cómo lo hace el viejo cara de piedra para parecer siempre mayestático y lejano? Su voz le retumba en la cabeza: «Controlad vuestras emociones, mostraos solemne ante vuestros súbditos. *¡Volumus et mandamus!* Si el pueblo ve en su monarca a alguien que se comporta como cualquiera, ¿por qué va a querer un rey, de qué le sirve si le recuerda a su vecino o a su tendero?». El calor se vuelve sofocante en la tienda. La frente del infante se cubre de pequeñas perlas de sudor. Una gota se desliza por su espalda. Siente la urgente necesidad de escapar.

—Mi señora —dice, al fin—, me gustaría mostraros unas piezas cazadas por mi mano en vuestro honor. —El propio Jaime abre la puerta e invita a Leonor a salir con todo el séquito detrás.

En el patio, la infanta es recibida con un júbilo atronador. Blanca distingue a Ecart en la terraza de la iglesia. Al hospitalario, el despliegue le parece un gran tablero de ajedrez. Piensa que

Blanca está en la posición del alfil y que él es una torre. Se saludan con una leve sonrisa e inclinación de cabeza y Ecart se regocija con la intrascendente complicidad. Comparten una partida, un ligero coqueteo y una investigación.

Uno al lado del otro, el infante es mucho más alto que su prometida, que arrastra su largo vestido por el suelo polvoriento, como si se deslizara sin pies. Las moscas zumban y se arremolinan en la herida del jabalí y los falderos de Leonor ladran y aúllan excitados por el olor que desprende la presa.

—He oído que me llevabais a caballo a veces —dice la infanta, que acerca su índice al colmillo del jabalí, como lo hacen los niños, con aprensión y curiosidad a la vez.

—Sí, mi señora.

—No recuerdo el momento, pero ahora que vamos a casarnos, os podré montar de nuevo. Será divertido.

Un aliento de incomodidad recorre a los presentes, aunque a algunos se les ha escapado la risa. Vidal, detrás del infante, muestra en su rostro severo una sonrisa descolocada e inquietante. ¿Estará viendo en la reunión a la Providencia en acción? Otros susurran comentarios procaces al oído del vecino.

Quizá la monta él…

Por un momento, Jaime la imagina en el lecho nupcial, desnuda, ofrecida a él con sus formas a medio hacer, las manos y los dedos gordezuelos y pequeños buscando su cuerpo de hombre. «Señor, mira desde el cielo y ve». Siente una repentina repulsión ante esta niña que lo observa con rostro inexpresivo. El perro que le olisquea se abraza de repente a su pantorrilla y empieza a frotarse con rapidez. Leonor señala y ríe. Sancha de Velasco muestra una sonrisa mellada que se contagia. Recorre la explanada. Trepa por las galerías y ventanas. La voz del rey, su padre, retumba otra vez en la cabeza de

Jaime: «¡Montadla y preñadla! Ella es la paz con Castilla». Las moscas zumban con más rabia en la herida del jabalí castrado y la náusea y el vértigo lo dominan de repente. Levanta la mano pidiendo silencio, una tregua. Quisiera desparecer, no existir más, si ello significara dejar de sentir esta pena inconsolable, abandonar esta prisión de la que no hay escapatoria. Se deshace del perro, pero este vuelve a abrazarse y a restregarse en su pierna. Ve los rostros; divertidos algunos, compungidos y violentados otros. El empecinamiento lascivo del animal le nubla la cabeza de ira.

¡Basta!

Con todas sus fuerzas le propina una patada al perro, que salta por los aires y choca contra el suelo con un aullido lastimero. Jaime da unos torpes pasos hacia atrás.

Ya no hay risas.

El silencio cae a plomo sobre la escena, únicamente roto por el zumbido de las moscas en el bajo vientre del jabalí. En el rostro semioculto de la infanta solo hay desconcierto.

Todos los músculos de Bernardo de Sarriá hablan el lenguaje de la afrenta y Sancha de Velasco escupe las palabras, su voz ronca de ira:

—Es un insulto, un ultraje inaudito.

El infante masculla una disculpa y se abre paso entre el corrillo de cortesanos.

—Mi señor. —Vidal le suplica mientras lo agarra del brazo para retenerlo.

Jaime se desembaraza de mala manera. Hugo y Guerau esperan una orden de su señor para frenar al príncipe.

«Dejadlo», dice con un breve gesto mientras el infante corre hacia el castillo rodeado de los suyos.

Capítulo 25

Un testigo

Castillo de Miravet, poco después de tocar a completas

—Inaudito, inaudito… —repite Sancha de Velasco dando vueltas en el interior de la tienda.

La infanta llora con el perro lastimado en brazos.

—¡El rey ha de saber esto! —Bernardo de Sarriá fulmina a Vidal y a Guillermo de Erill con la mirada. Su puño se agita en el aire frente a los dos—. Le escribiré inmediatamente para que llame al orden al infante si no quiere abrir una crisis diplomática.

—Creo que se ha roto algo —interrumpe la infanta, que acaricia a su mascota mientras las damas se afanan en liberarla del artificioso capiello—. Cojea, el pobrecito. ¿Por qué lo ha hecho?

Nadie le responde. Para los adultos hay cosas más graves que un perro tullido.

Vidal muestra sus manos de dedos largos en expresión de paz.

—Tranquilizaos, almirante. Su majestad conoce perfectamente el estado anímico del infante, pero sabe, y yo también, que el príncipe cumplirá con sus compromisos. Así lo ha manifestado. No hay, pues, por qué alarmar a nadie con cartas que solo van a añadir más confusión.

Un ataque de tos precede a la voz profunda y cavernosa del alcaide.

—En estas circunstancias creo que sería mejor para ambas partes abandonar Miravet. Las muertes recientes no contribuyen a la armonía.

—Estoy de acuerdo —interviene Bernardo de Sarriá—. Pero el honor de la infanta exige un gesto de desagravio, público y claro, para que no quede duda ante nadie de las intenciones del príncipe. Una estancia tan corta dará un mensaje nefasto tanto a la corte de Castilla como a la aragonesa.

Vidal da unos pasos largos y reflexivos por la tienda. Piensa en el rey Jaime y en su reacción si le llegaran las noticias del lamentable incidente. Su habilidad para cumplir el mandato real quedaría en entredicho. Recuerda la orden del rey, su mirada de hielo: «Usad todos vuestros recursos». «Los estoy usando, majestad, los estoy usando…».

—¿Qué os parece una justa y un banquete? —propone el consejero real—. ¿Un combate entre caballeros en honor de la infanta y futura reina de Aragón y un festín para confirmar la armonía entre los dos?

Bernardo de Sarriá está conforme y a Guillermo de Erill se le escapa un suspiro de hastío. ¿Por qué no se irán todos de su castillo de una vez? Cuando llegó con su escolta militar y su médico, Miravet le pareció el lugar ideal para reponer fuerzas y organizar su nueva vida como gran maestre de Montesa. Sus salas y pasajes semivacíos y silenciosos invitaban a la reflexión. Los dos hombres esperan su respuesta.

Guillermo de Erill acepta con un gesto de su mano llena de venas y manchas.

—Daré las órdenes para que mañana se empiece a montar la liza. La explanada más alejada del castillo será ideal. Los trabajos tardarán todo un día.

—Perfecto —dice Bernardo de Sarriá frotándose las manos. La perspectiva del ejercicio militar despierta su alma guerrera y atenúa su indignación—. La justa tendrá lugar pasado mañana y el banquete al día siguiente. Tres días más darán otra impresión.

—Me alegro de que hayamos llegado a un entendimiento —dice Vidal—. En cuanto se den cumplidas satisfacciones a la señora infanta, el príncipe Jaime partirá con su corte. Sin embargo —el consejero se detiene delante del alcaide—, es posible que mi partida se demore algún tiempo.

—¿Y a qué deberíamos el placer de que se alargara vuestra estancia en mi castillo?

Vidal exhibe una amplia sonrisa.

—Hay, digamos, algunos flecos en torno a las lamentables muertes que hemos sufrido.

—¿Podríais ser más concreto, *consiliarius regis*?

Vidal se encoge de hombros.

—Sí, consejero —interviene Bernardo de Sarriá—. Sed más concreto, si os place y si tiene que ver con el estado mental del infante. Decidme qué ha pasado ahí fuera. Todos lo hemos visto, demasiada gente, por desgracia. Un infante de Aragón que patea los perros de su prometida ante las dos cortes. ¿Me podéis jurar que no está loco?

—El infante está perfectamente cuerdo, señor —afirma Vidal, categórico.

—¿De verdad? —interviene la infanta. Nadie espera sus palabras, ni el tono frío y seco con el que las pronuncia. Sus rasgos infantiles adquieren una dureza desconocida para todos—. ¿Quién hace algo así sin estar mal de la cabeza?

—El infante está dolido por las muertes en el castillo, mi señora —aventura Blanca, aunque las damas de segundo rango como ella no están autorizadas a hablar cuando hay dignatarios presentes, a menos que se les pregunte.

—¡Os ordeno que calléis! —brama el aya blandiendo un índice amenazador ante la mujer—. ¿Cómo os atrevéis a hablar ante estos altos señores? Nadie quiere oír vuestra opinión.

—Mis disculpas, señora. Solo quería tranquilizar a la infanta.

—Marchaos. Abandonad la tienda, ahora.

Blanca espera la reacción de Bernardo de Sarriá. Es el superior jerárquico en la corte de la infanta, pero no está dispuesto a contradecir al aya y a enfrentarse a ella. Sabe que gasta malas pulgas y que tiene agarraderas en Castilla. Las damas y el día a día que rodea a la infanta son su competencia.

—Que se quede. —La orden de Leonor sorprende a todos. Su voz de mando no es ficticia ni las palabras memorizadas. Las lágrimas de hace un momento se han secado pronto.

Sancha de Velasco enrojece, como si un fuego invisible la consumiera por dentro y muy rápido. Su boca arrugada tiembla.

—Señora… —alcanza a pronunciar, finalmente.

Blanca hace una reverencia a la princesa.

—El aya tiene razón. Con vuestro permiso, me gustaría ausentarme. Este calor me está sofocando.

Cuando sale al exterior, el aire fresco le hace bien. Viene de las montañas y disipa la humedad que sube del Ebro. En el horizonte, un sol a punto de ponerse recorta profundas sombras en el paisaje. Ha sido una jornada extraña marcada por la desagradable escena ante todo el mundo. La alegría se esfumó de pronto y las dos cortes se recluyeron, uno diría que se escondieron para evitarse: el príncipe, en sus austeros aposentos de la fortaleza; la infanta, en su ostentosa tienda.

Alguna luz llamea ya en las pocas ventanas de la fortaleza y los muros proyectan poderosas sombras sobre la explanada frente a ella, detrás de ella. Observa a su alrededor cómo la penumbra altera las formas con rapidez. Por un instante tiene la sensación de que algo acecha muy cerca y todos sus sentidos se ponen en guardia. Alguien ha matado dos veces en muy poco tiempo y lo hace rápido y bien. Alguien que vive en el castillo. Probablemente se ha cruzado con él o con ellos y quizá ella es su próxima víctima. Por eso escruta a su alrededor y sus pasos son cautos de regreso al resplandor de la tienda principesca. Una sombra le hiela la sangre. Una voz surge de repente muy cerca.

—Señora. —Blanca da un salto hacia atrás, en guardia—. No os asustéis.

Saurina sale de las sombras con su hijo en brazos. El leve vaivén lo tiene tranquilo, absorto y deleitado en el rostro de la madre. Blanca aguarda, desconfiada.

—¿Qué quieres?

A la joven madre le tiembla la voz. Sabe que es arriesgado acercarse a los señores, que puede que jueguen a favor de los pajes del príncipe y que su intuición con la dama sea errónea. Piensa en el muñeco de cera bajo el lecho de Blasco y en las humillaciones de los últimos días, en el revolcón en la mierda de caballo. ¡Al diablo con él! Es posible que lo que diga ahora sea más efectivo que la magia negra de Ojo Gacho, y se santigua para coger fuerzas.

—Hablar con vos de lo que le ocurrió al señor de Usai.

Blanca coge a la joven del brazo y se alejan de la tienda hacia la oscuridad que proyecta la muralla.

—Te escucho.

—Yo lo vi todo, señora, la otra noche. Cuando los señores se levantaron de la mesa, nos dejaron dormir junto al gran fuego y pusieron guardias en las escaleras que llevan al dormitorio. Luego oí ruidos, golpes y voces.

—Un momento. ¿Qué hacías tú y por qué pudiste ver y oír todo lo que me estás contando?

—Mi hijo se despertó con hambre. Me desvelé y me acerqué a la cocina para comer un poco de pan. Desde ahí se pueden ver las escaleras. Me pareció raro que dos soldados las guardaran y que fueran, además, recién llegados; los que ha traído el consejero del rey. Me dan mucha grima, señora. Se pasean callados con esa cara de nada, como si estuvieran vacíos por dentro. Me agazapé para observar. A Blasco de Piniella lo dejaron pasar. Uno de los guardias le dio su cinto. También subió Pedro de Pomar. Entonces oí los ruidos y las voces. Me extrañó que los que custodiaban la escalera no hicieran nada, porque ellos lo debieron de oír como yo o mejor. El último en subir fue el consejero del rey. —Saurina permanece ausente por unos instantes al rememorar la escena—. Luego todo quedó en silencio, señora, un silencio extraño porque era como si no respirara un alma, como si todo estuviera quieto en el castillo, ¿me entendéis?

—Lo que me dices no prueba nada —dice Blanca—. No sabes lo que pasó puertas adentro.

—Señora, al cabo de unas horas encontraron al señor de Usai reventado contra las rocas. Haced cuentas.

De repente, un triángulo de luz se abre en el suelo. Guillermo de Erill y Vidal salen de la tienda de la infanta y cruzan la explanada silenciosos y cabizbajos en dirección al castillo. Las dos mujeres esperan.

—Cuéntame más —continúa Blanca—. ¿Qué pasó luego?

—Con ese silencio tan raro, el consejero del rey salió de la habitación. Llevaba el mismo cinto con el que había entrado Blasco de

Piniella. Se lo dio a sus hombres, que le siguieron, y ahí acabó todo. Nadie habló. Nadie hizo un gesto. Yo volví a dormir hasta el día siguiente, ya sabéis, cuando encontraron el cuerpo. Entonces me asusté.

—¿Qué me puedes decir del padre Jorge?

—De eso no sé nada, señora. Aparte de que el señor de Usai y el padre Jorge se llevaban bien. Andaban juntos con frecuencia, quizá porque eran de fuera. Cuando hablaban lo hacían en un idioma que no entendía.

Blanca espera a que diga algo más.

—¿Por qué me estás contando todo esto? —Saurina no responde. Es solo un aliento en la oscuridad. Blanca acaricia al niño con suavidad—. ¿Quién es el padre? Blasco de Piniella, ¿cierto? He oído cómo lo llaman.

—Blasquillo —dice Saurina como si pronunciara un insulto.

—¿Sabes que la venganza se lleva mal con la justicia?

—Yo no sé quién se lleva mal con quién, señora. Solo os digo lo que vi. Creo que al señor de Usai lo mataron ahí dentro entre muchos. Otros vieron y oyeron lo mismo que yo, pero tienen miedo.

—¿Y tú no?

—No tanto. Es una mala persona, ¿sabéis? Tiene que pagar.

—¿Por lo que te ha hecho a ti?

—También, y por lo que le hicieron al señor de Usai. Era amable y gentil. Nos trataba como si fuéramos damas, ¿lo sabíais?

—¿Por qué crees que lo mataron? —Saurina guarda silencio—. Vamos, si quieres acusar a Blasco, tengo que saber el motivo del crimen.

La joven madre sale de las sombras. Sus ojos brillan y escrutan el rostro de Blanca de Bernués con cierta fascinación, como si no comprendiera su ignorancia.

Vuelve a haber movimiento en la explanada y la conversación se interrumpe. Alguien avanza desde el cuerpo principal del castillo: unos sirvientes acarrean heno en dirección a las caballerizas. Cuando se alejan, Saurina ya ha desaparecido.

Aunque mayor, Sancha de Velasco ha tenido suficientes reflejos para retirarse con rapidez felina tras la puerta de la tienda, desde donde ha estado observando con tanta emoción que le cuesta respirar.

—Vaya, vaya… —murmura para sí.

El extraño encuentro le confirma sus sospechas: Blanca de Bernués no es trigo limpio, piensa, satisfecha de su sexto sentido, que nunca le falla. Ahora tiene preguntas, muchas. Sabe que algo trama, pero ¿qué? ¿Por qué la cita con la criada? El hospitalario cojo no debe de andar lejos de toda esta historia. De eso está segura. Sea como fuere, algo le dice que lo que ha presenciado puede ser el fin de la odiosa dama, la intelectual y escandalosamente soltera Blanca de Bernués. La anticipación de su ruina le quema en la boca del estómago.

Capítulo 26

Cruces

La luz del ocaso se refleja en el alabastro de la larga y estrecha ventana del ábside. La oscuridad pronto inundará la nave y Ecart quiere aprovechar este último momento de claridad para indagar.

Busca tus virtudes en la cruz.

Empieza sistemáticamente desde la entrada lateral hacia el ábside y pasa la mano por encima de cada una de las cruces; rojas y descoloridas, las de la orden del Temple, negras y octógonas las del Hospital. Es el resumen pintado de una terrible historia. Cuenta tres de madera: dos en los laterales y una en la pared del ábside. Resigue con los dedos la piedra pulida. A la luz del candil, los bloques muestran las marcas del cantero que la talló: estrellas de David, triángulos y círculos. Golpea y empuja los sillares con la vana esperanza de encontrar puertas ocultas. Cuando llega a la cabecera se disuelve el último halo de claridad. Acerca la luz de aceite a la cruz de madera. Es sencilla, de pino: dos listones con el brazo vertical más largo que el transversal. La única capa de pintura deja ver las vetas y el color natural. Se gira y contempla la negrura de la nave. El vacío le confronta con el enigma sin respuesta: «Encuentra tus virtudes en la cruz». Conoce perfectamente cómo construían los templarios. Sabe que nunca dejaban nada al azar y que sus edificios se orientaban a la inexpugnabilidad y a la resistencia de tal manera que cualquier fortificación como Miravet es en realidad dos o tres o incluso cuatro castillos, uno dentro de otro y cada uno conectado con los demás por corredores secretos por los que huir o refugiarse y evacuar tropas. Se dice incluso que Miravet posee un camino bajo la montaña que desciende hasta el Ebro y que serviría tanto para acarrear agua en caso de asedio como para sorprender al enemigo por la retaguardia o escapar. Un ruido cercano le urge a decidir. No le gustaría volver a encontrarse con Vidal. Intuye que no lo pierde de vista y que sus soldados le siguen discretamente. Se gira de nuevo hacia la cruz y acerca la llama a la superficie de piedra. La luz recoge el claroscuro vibrante de los golpes de cincel y otra marca de cantero; una n. Pasa el índice una y otra vez por encima, alrededor, palpa como un ciego para encontrar una respuesta. Observa el suelo que pisa en busca de otra marca coincidente.

Una tos profunda reverbera en la oscuridad.

De entre las sombras aparece el alcaide. Va vestido de gala, con un pellote forrado de piel y un lujoso cinturón de cuero repujado del que cuelgan su bolsa y una daga ceremonial.

—¿Alguna novedad?

—No lo sé —responde sinceramente Ecart.

—Esta llave que encontrasteis en el sagrario —Guillermo de Erill da unos pasos hacia el altar. Bajo la llama del candil sus ojos muestran el velo acuoso de la vejez— no abre ninguna de las puertas del castillo. Nada. Tomadla ahora, pero tenedme al tanto de cualquier novedad. Solo yo puedo saber qué abre, ¿entendido? —Ecart asiente, en silencio—. Recordadme el segundo mensaje.

—Encuentra tus virtudes en la cruz.

—Encuentra tus virtudes en la cruz —repite el alcaide. Repasa con el índice las junturas. Toca la cruz—. ¿Por qué ese griego del demonio tuvo que ser tan oscuro?

—No quería ponérselo fácil a los asesinos, supongo.

—Sí, claro…, cosas de monjes, ¿eh? Imagino que hay más en este castillo de lo que parece. No podía ser de otra manera siendo una construcción templaria. —Guillermo muestra una sonrisa cansada y fija su interés en Ecart, en su aspecto y en la cruz octógona que luce en el pecho—. Veo que habéis trabado amistad con una de las damas de la infanta. No me toméis por un viejo cotilla, pero todo el mundo con ojos, oído y lengua puede ser un espía. Sed discreto y no compartáis ningún nuevo hallazgo excepto conmigo, ¿entendido?

Ecart hace una reverencia, aunque ya es demasiado tarde. Blanca sabe casi tanto como él. Guillermo le palmea el hombro.

—Bien, Ecart. Ya habéis visto la escenita durante la recepción. No os tengo que decir cómo están las cosas en estos momentos y cómo pintan de cara a la boda. Siento reconocer que el infante es un joven torturado. Hoy ha dado una imagen deplorable. —El alcaide espera en vano algún comentario de su interlocutor—. Os lo digo porque pronto las dos cortes abandonarán Miravet y vos quedaréis liberado del compromiso en el que os he puesto. Podréis volver a Santes Creus e informar al abad.

—¿Y la investigación de los asesinatos?

—Me temo que la fuerza de los hechos se impone, freire Ecart. No puedo retener a las dos cortes ni tengo pruebas para arrestar a nadie, y si pudiera, es probable que el sospechoso esté aforado y protegido. Lo entendéis, ¿no?

—¿Sabéis cuándo parten los dos cortejos?

—En tres días. El de la infanta lo está deseando, pero un encuentro tan breve entre los príncipes daría una imagen lamentable.

Por eso las dos cortes van a alargar la estancia. Se va a celebrar un torneo y un banquete en honor y desagravio de la infanta. —Guillermo de Erill observa la corpulencia de Ecart—. Estaría bien que participarais en la lid y nos mostrarais vuestras habilidades.

—Hace tiempo que no me ejercito con la espada, señor.

—¡Bah! Será una exhibición deportiva, un pequeño espectáculo para quitar el mal sabor de boca de lo que ha pasado hoy, ¿comprendéis? Vos desenvainad esa exótica espada y dad algunas tajadas al aire. Eso gustará. En fin, el séquito del príncipe no tardará mucho en seguir al de la infanta, pero Vidal quiere quedarse. Espera algo, quizá a que aparezca el dichoso documento que todo el mundo busca. Flecos, dice él. No me fío de ese cuervo. Estad alerta, os lo ruego, y tenedme al corriente si encontráis alguna novedad. Ah, por cierto, mañana a primera hora se celebrará el entierro de los dos desafortunados. Nada de protocolo ni boato. En principio, siguen siendo suicidios. En fin, en el lugar donde ahora están el frío conserva bien los cuerpos, pero no podemos tener dos cadáveres insepultos demasiado tiempo. No es muy cristiano.

—Sí, claro. —Ecart se lo piensa dos veces antes de plantear el reparo. Sabe que a Guillermo de Erill no le gustan los matices ni las objeciones—. Sin embargo, perderemos la evidencia médica del asesinato.

El alcaide y gran maestre extiende los brazos.

—Lo sabemos nosotros: mi médico, vos y yo. Si queréis, podéis echar un último vistazo a los cuerpos. ¿Deseáis que os acompañe David ben Ruzafa? Ya habéis visto que es un hombre muy perspicaz.

—No creo que aporte nada nuevo a la investigación. Os lo agradezco. Solo pensaba en un futuro si se abre una pesquisa formal.

Guillermo de Erill se muestra sorprendido.

—Como alcaide y gran maestre, yo soy el juez, freire Ecart, y la pesquisa se ha iniciado. Vos sois, precisamente, mi agente judicial. Ya sé, ya sé; no hay informe ni citaciones oficiales, pero haceos cargo. La estrecha vinculación con la casa del príncipe aconseja que seamos discretos. En cuanto al padre Jorge, creo que su asesino es el mismo que el del señor de Usai, ¿vos no lo veis así?

—Sin duda están vinculados. Alguien quiso que no hablara, pero se llevó a la tumba un secreto que todos buscan. No tiene sentido que lo eliminaran.

—Bien —dice Guillermo de Erill blandiendo la segunda llave y el mensaje—. Quizá el asesino espera que vos lo descubráis.

Ninguno de los dos dice nada durante un buen rato. La llama del candil recorta luces y sombras en los dos rostros. El alcaide se ensimisma, como si le quedara pendiente algo más que comentar, y llena la vaciedad del templo con una tos espesa.

—Me voy a dormir, freire Ecart —dice al fin—. Pensar en todo esto me agota. Cuidaos y si descubrís algo no dudéis en despertarme, aunque sea de madrugada, ¿entendido?

Ecart contempla las paredes llenas de cruces. Le ha dado mil vueltas a la frase. Está en un callejón sin salida. Aunque Guillermo de Erill le ha dado permiso para regresar a Santes Creus, le invade una sensación de absurdidad y de fracaso: no solo no ha cumplido la misión que le encargó Pedro Alegre, sino que tampoco va a resolver los asesinatos de Francesco Usai y el padre Jorge. Se siente una pieza, el diente de una rueda de un mecanismo más grande, de una trama que se le escapa y que no controla. Lejos de compartir sus impresiones, hace una reverencia y calla, como le enseñaron hace mucho tiempo: eres dueño de tus silencios y esclavo de tus palabras.

Capítulo 27

Un laberinto

Bajo la majestuosidad de la noche estrellada, los problemas de los hombres parecen insignificantes. Ecart contempla el titilar silencioso de las constelaciones. ¿Está escrito en el cielo el destino de cada uno de nosotros? El de los desdichados infantes ¿será casarse y ser infelices? Si es cierto que hay un plan para toda la humanidad encarnado en los reyes y reinas y que los profetas pueden verlo con claridad, ¿es pecar de soberbia pensar que la divinidad tenga uno para él, una pobre e inane alma pecadora? Y, sin embargo, en noches como esta se niega a aceptar que es solo una hoja a merced de los vientos. Quiere creer que Dios le escucha y le ama y le tiende su mano invisible para que encuentre el camino. Si es así, entonces su llegada a Miravet precisamente ahora y la misión que le han encomendado no son, no pueden ser, fruto de la casualidad. Hasta el momento su destino ha sido huir, mudar de sitio antes de que el pasado lo alcanzara. Se frota la rodilla para atenuar la ligera punzada que siempre se lo recuerda. Blanca, a su lado, observa también las estrellas. Se cubre con un manto blanco que parece azul a la luz de la media luna. Las palabras que acaba de pronunciar todavía flotan en el aire. ¿Qué hacer con la confesión de Saurina? El primer impulso es contárselo a Guillermo de Erill.

—Hemos de pensar bien cómo actuar —dice Ecart—. Conozco el sistema y, por ahora, quien será interrogada es la criada. No os quepa la menor duda. Si la acusación, grave, llega a los sospechosos, estos negarán todo y la autoridad procederá como es costumbre: el tormento. El buen dolor que despierta la sinceridad, y os aseguro que la primera en probarlo va a ser la criada. Además, la chica solo vio gente entrando y saliendo de la habitación. Solo oyó ruidos. Nada concluyente ante un tribunal.

—¿No la creéis?

—Su afán de venganza le quita credibilidad, pero estoy absolutamente convencido de que dice la verdad. Cecco fue asesinado en esa habitación. Incluso podría asegurar que fue Blasco de Piniella quien lo estranguló. Cecco Usai lo humilló la noche del crimen ante todos los invitados. Apareció con una peluca roja y recitó un poema de despecho amoroso.

—Saurina…

—Alguien tan soberbio y violento como Blasco debió de tragar mucha bilis para contenerse. No descarto que las bromitas del ocurrente Cecco vinieran de lejos. Le tenía ganas.

—Pero nadie mata a alguien en tan alta posición sin el visto bueno de un superior.

—Vidal dio la orden. Primero había que alejar al infante, separarlo de Cecco. Por eso la expedición de caza. Luego decidieron cómo matarlo y cuándo.

—Si el consejero del rey dio la orden, entonces… —Blanca duda en continuar—. ¿Podemos deducir que el aliento real está detrás del crimen?

—Vidal es un hombre vanidoso y vehemente, convencido de su verdad. Eso lo hace decidido y temerario.

El silencio de la noche, punteado por un lejano búho, se

extiende entre los dos durante un largo instante. Blanca se vuelve hacia su compañero. En la oscuridad, su voz suena grave y cercana.

—Hay que proteger a esa chica, ocultarla durante un tiempo y lejos de aquí.

—No se me ocurre cómo ni dónde.

—Dejadme pensar.

—Sin el testigo a su alcance puedo pedirle al alcaide que confronte a los sospechosos con los hechos y ver su reacción, callando cómo hemos conseguido la información.

Blanca se envuelve en el manto buscando protección contra un peligro difuso e inconcreto, tan solo una sensación de amenaza que irradia la fortaleza.

—Tengo miedo, Ecart, por las implicaciones que para todos pueden tener los asesinatos, por la posible renuncia del príncipe a casarse y las reacciones aquí y en Castilla. Una guerra sería terrible. Me gustaría salir de este castillo, estar ya en campo abierto, en otro sitio. Estos muros son como una prisión.

—Un laberinto, más bien —dice Ecart. Piensa en el enigmático mensaje del padre Jorge, en los pasadizos que le mostró David ben Ruzafa y en los que, seguramente, siguen ocultos en las entrañas de Miravet.

Blanca mira hacia el cielo.

—Mañana se va a celebrar un torneo, ¿vais a participar?

—El alcaide me lo ha pedido.

—Tened cuidado, Ecart, esta noche, mañana. Si los asesinatos forman parte de un complot tramado por Vidal y todos ellos sienten que estamos cerca, no dudarán en tomar medidas. Creo que se sienten inmunes.

—Vos también. Guardaos. ¿Dormís con la infanta?

—Al lado. —Blanca señala otra tienda más pequeña—. No os preocupéis. Sé defenderme.

Ecart admira su seguridad. Está más cerca de ella de lo que ha estado de ninguna otra mujer en años. El silencio de la noche se rompe cuando varios carromatos similares a los que se cruzó a su llegada abandonan la fortaleza.

—Pronto marcharé —dice él mientras sigue el rastro sonoro del convoy en la oscuridad.

—Todos marcharemos. ¿Estabais de paso?

—No os he contado muchas cosas.

—Lo sé. No estáis obligado.

—El abad de Santes Creus me envió aquí. Debía llevar al padre Jorge al monasterio. Cuando llegué, Guillermo de Erill me pidió que investigara la muerte de Cecco Usai. El resto ya lo sabéis. Os doy las gracias por compartir la información, pero os ruego que mantengáis el silencio con vuestro séquito. Traicionaría la confianza del alcaide, ¿comprendéis?

En la oscuridad, la voz de Blanca tiene el halo de una sonrisa.

—Si conocierais a la gente de la infanta, no tendríais ninguna preocupación al respecto. Es un nido de avispas. —Posa la mano en el brazo de Ecart—. Es un secreto a voces que Sancha de Velasco informa al regente don Juan Manuel. Tengo que recogerme o ella sospechará de mí, aún más, si cabe. Cuidaos.

Capítulo 28

Hic est diabolus

—Os ruego sosiego, mi señor —dice Vidal intentando suavizar la petición con un tono melifluo—. Un príncipe debe dominar los sentimientos con el ejercicio de la razón. Pensad en el momento decisivo que protagonizáis y en el lugar donde la Providencia os ha puesto.

El infante Jaime levanta la vista del arcón de Cecco Usai. No le importa que Vidal lo vea bañado en lágrimas. Volver a ver y tocar las pertenencias de Cecco le ha abierto otras tantas heridas. Cada objeto es un recuerdo, una imagen del amigo muerto. Su llanto silencioso molesta al consejero.

—La Providencia se ha equivocado conmigo. No creo que haya nadie tan desgraciado como yo en todo el reino. Me cambiaría por cualquier campesino y os juro que me sentiría mil veces más libre que en mi piel ahora.

—No habléis así, mi señor —responde Vidal—. Vuestras palabras rozan la impiedad: la voluntad divina es infalible por definición. Tomad. —Le acerca una copa y se mantiene a su lado con la rectitud de un ángel guardián—. Bebed un poco. Es vino puro. Os serenará.

Jaime bebe un sorbo y cierra los ojos al notar el tránsito rasposo y duro del alcohol por su garganta, un instante durante el cual todos los sentidos han pasado por su boca y la mente queda en blanco. Mira en su interior y apura el contenido con dos largos tragos. Necesitaría un odre para calmar el dolor y la culpa.

—Cecco tenía cartas, documentos —dice revolviendo entre las posesiones de su amigo—. Sé que lo guardaba todo en este arcón.

Vidal se encoge de hombros.

—Quizá los quemó.

—O quizá se los confió al padre Jorge.

—Ya os lo he dicho. —Vidal, con algo de hastío en sus pasos, se acerca a la mesa donde se acumula el contenido del equipaje del difunto sacerdote griego; el cuchillo de doble filo, papel basto de mala calidad, una vejiga de cerdo llena de tinta, un desvencijado libro de salmos y un salvoconducto con el sello hospitalario con el que pretendería tener paso franco por donde fuera. El consejero coge los dos sueldos que también se encontraron en las alforjas—. Esto es todo lo que hay. Tampoco había mucho más en su celda. Muy decepcionante, si se me permite el comentario, la pobreza libresca del finado. Pero, decidme, mi señor, ¿buscáis algo en concreto?

—Solo respetar la memoria del señor de Usai. Si esos documentos eran privados, no pueden andar circulando por el mundo, pasando de mano en mano. Incumben al autor y a quien iban dirigidos, ¿no os parece?

A Vidal, la falsa pregunta final le llega con un acento demasiado afilado, una mezcla de cinismo y desprecio, como si lo tomara por imbécil. Sonríe, como siempre que se siente amenazado.

—Es comprensible, mas si no están donde deberían y no fueron destruidos, cabe colegir que alguien los robó. Solo se me ocurre pedir al alcaide que se registre cada rincón del castillo y a cada uno de sus residentes, si ese es vuestro deseo. Claro que, por otro lado, se alarmará a los huéspedes. Querrán saber cuál es el motivo de tantos desvelos. Preguntarán…

Las palabras de Vidal quedan colgadas entre la frente y los ojos azul pálido del príncipe.

El joven le devuelve la sonrisa mil veces más débil. Asiente, reflexivo.

—Está bien. Discreción. De momento decidle al caballero hospitalario que quiero verle.

Vidal inclina la cabeza y carraspea. Sabía que el príncipe lo volvería a mencionar y tiene preparada una respuesta. En buena medida, ese es su trabajo; adelantarse a las dudas, a las frecuentes veleidades y a los caprichos del que manda y saber dar la solución sensata, el enfoque claro que ilumine al príncipe. ¡Qué sabia es la mano divina que guía a los reyes, pero qué débil es, a veces, el espíritu del hombre, aunque este lleve corona!

—Mi señor, me temo que lo que os puede decir el caballero hospitalario es lo mismo que os puedo contar yo.

—¿Me temo? —El infante fija sus ojos cansados en el consejero.

—Mi señor, el tal caballero descubrió que, en los últimos días, Francesco Usai mostraba un profundo desasosiego espiritual, como si una gran culpa le remordiera la conciencia. Eso han afirmado los que con él hablaron. Incluso yo puedo testimoniar esta agitación, pues coincidí con él la última noche antes de que… —Vidal hace una pausa, fingiendo estar compungido— se lanzara al vacío.

—¿Por qué no me habéis contado esto antes?

—Reconozco que soy culpable de querer manteneros al margen de dichas conclusiones, precisamente en estos momentos, cuando deberíais estar entregado en cuerpo y alma a la futura unión matrimonial, durante tanto tiempo preparada.

El infante se levanta poco a poco, como si le costara digerir lo que acaba de oír. Alcanza la jarra y rellena la copa. Vidal lo observa mientras bebe.

—¿Sabéis qué le afligía tanto como para matarse? —pregunta el infante casi sin despegar los labios de la copa.

—Lo desconozco, señor.

—¿Y al padre Jorge? ¿Qué le atormentaba a él?

—Nunca lo sabremos.

—¿No os parece mucha casualidad? ¿Dos muertes en dos días?

Vidal calibra las palabras del príncipe con un ligero movimiento de cabeza.

—Algo de razón hay en lo que decís, mi señor. El breve lapso entre una y otra muerte resulta inquietante, tan inquietante que no quiero poner palabras a lo que pienso.

—¿A qué os referís?

El consejero mira a su alrededor como si temiera una presencia invisible. Se santigua antes de hablar.

—Veo la mano del demonio en estas muertes. *Hic est diabolus.* Algo unía a vuestro paje y al padre Jorge que ha despertado la ira divina y ha permitido que el diablo actúe a sus anchas. Lo siento entre estos muros, mi señor. Es como un aliento sutil que acecha por doquier. ¿Vos no lo habéis notado? —Vidal se vuelve a santiguar y el infante escucha, sugestionado—. Hay que enterrar los cuerpos ya y os sugiero que abandonéis Miravet en cuanto se celebre el torneo y el banquete. El castillo está maldito. Quizá su pasado templario sigue pareciéndole atractivo al maligno.

El infante se abisma, desconcertado, como si buscara en su mente recuerdos que encajen en la sospecha del consejero. Se frota la cara y los ojos, musita el inicio de una oración. Su confesor, fray Pedro de Dios, se la recomendó. ¿Cuándo empezó a ser como es?

No tiene un recuerdo concreto, más bien la sensación de que el monstruo siempre habitó bajo su piel hasta que un día le habló.

—Quizá yo seré el tercero en ser castigado —dice el infante, contemplándose las manos de dedos largos y delicados.

Vidal frunce el ceño.

—¿Por qué, mi señor?

—Sois el consejero de mi padre, no mi confesor. Tenía uno, ¿sabéis? Fray Pedro de Dios. —Su copa vuelve a estar vacía. Cuando se levanta a por la jarra siente un ligero vahído—. Traedme al caballero hospitalario, ahora.

Jaime vuelve a la cama sin rellenar la copa. Ha bebido demasiado. El vino puro, sin mezclar, no le sienta bien y quiere estar entero para la ceremonia fúnebre.

Vidal hace una reverencia y espera. Sigue atento los movimientos lentos y cada vez más torpes del joven infante. El somnífero que ha vertido en el vino está haciendo su efecto. Necesita al príncipe sereno y dormido. Tiene que sacarlo del castillo en cuanto acaben los festejos y distanciarlo de toda la información que rodea las muertes. Ha de cortar el hilo y liberarlo de la atmósfera de sospecha y conspiración que ya se está asentando en el espíritu del infante y, sobre todo, tiene que alejarlo del mal, de Guillermo de Erill y de su sabueso. Sin embargo, él precisa tiempo para descubrir el documento infame, la abominación que desataría la ira de Dios y el escándalo universal, sin duda.

—Sin duda —musita para sí. Jaime se deja caer con pesadez en la cama, aún con los ojos abiertos, pero vidriosos—. Descansad ahora, mi señor. Lo necesitáis. —Vidal se acerca a la copa y huele el contenido.

Espera no haberse excedido con la dosis de los mejunjes que siempre lleva consigo. El somnífero le dará unas horas quizá cruciales. Intuye que está a punto de encontrarlo, si no lo hace antes, claro, el alcaide, viejo ambicioso. Repasa mentalmente todas las medidas que ha tomado y las cartas que ha escrito. De las respuestas depende, en parte, el éxito completo de su misión.

Cuando se vuelve, Jaime duerme profundamente. Parece un ángel, con su melena rubia esparcida sobre la cama, su rostro delicado, pálido, casi traslúcido, y sus labios rojos y voluptuosos: *angelicus.* Sí, como un ángel. ¡Qué facciones tan dignas para un príncipe! Lo contempla con una mezcla de conmiseración y asco.

«Que Dios me perdone».

Y se santigua no muy compungido por su sentimiento. El infante no acudirá al sepelio y tanto el torneo como el banquete lo presidirá sedado, desde fuera sus lentos gestos parecerán solemnes, el abotargamiento será tomado por majestuosidad. Todos se ahorrarán otra escena de lloriqueo, otro espectáculo de patética debilidad de esta criatura con nervios de cristal, y en cuanto encuentre lo que busca y se dé satisfacción a la infanta, abandonarán de inmediato este maldito y funesto castillo. Corre lentamente la cortina que separa la alcoba del resto de la sala con la convicción de que todo va a encajar al final.

—Señor… —El rostro vacío de Guerau asoma por la puerta.

—¿Qué quieres? —pregunta, molesto, Vidal, como cada vez que alguien interrumpe la corriente de sus sublimes pensamientos.

—El aya de la infanta desea veros.

Sancha de Velasco entra en la habitación sin esperar el permiso. Sus enjutas mejillas muestran el sonrojo de la emoción.

—¿A qué debo tan alto honor, mi señora? —dice el consejero con una sonrisa en el rostro y el fastidio en el tono.

—He visto algo que no me ha gustado: una de las damas de la infanta, Blanca de Bernués, cuchicheaba con una sirvienta del castillo.

—Dos mujeres que hablan. No hay nada más normal.

—Lo hacían en secreto. Traman algo. Algo ocultan. Blanca de Bernués revolotea alrededor de ese hospitalario cojo que anda por el castillo haciendo preguntas.

Vidal afila la mirada, desconfiado.

—¿Y por qué no habéis acudido al alcaide? Él es la autoridad jurisdiccional competente.

—Porqué él le ha ordenado al hospitalario que husmee, ¿no es cierto? Y si lo sabe uno puede que le llegue a la dama.

El consejero real hace un gesto al aya para que tome asiento.

—Contadme más, os lo ruego.

Los dedos rozan el rostro dormido del pequeño Uguet del Castillo o Uguet de Miravet, aunque Blasco de Piniella sabe cómo lo llaman: Blasquillo; sonríe con el orgullo del cazador. Resigue su mejilla, la nariz, el cabello ensortijado con precaución para no despertarlo: «Es realmente mío», piensa, envanecido. Duerme profundamente, acunado por el leve crepitar de las brasas, como el resto de los criados y sirvientes, acurrucados al calor del fuego de la cocina, como Saurina, al lado de su hijo. Es aún apetecible. Durante un momento se deja arrastrar por la plácida oscilación de sus pechos, por los labios rojos invitadores, y evoca la turgencia y el peso del cuerpo bajo sus manos nerviosas y su boca lujuriosa no hace tanto tiempo.

—Saurina —susurra con dulzura a flor de piel. Cuando abre los ojos, él le indica que guarde silencio. Antes de que la chica pueda reaccionar, le tapa la boca con la mano—. No querrás despertar al resto —le murmura al oído. La obliga a levantarse con sigilo y la separa de su hijo—. Aquí estará bien.

Pedro de Pomar deja a Uguet en el suelo y los sigue entre la gente dormida.

—Hemos de hablar, ¿sabes? De muchas cosas. —Saurina asiente con el miedo desbocado en la mirada—. Hace tiempo que no conversamos como antes.

Ella se deja llevar escaleras abajo, por los corredores y las galerías que conducen al patio de armas. Aún es de noche. Le indica con sonidos que la libere del bozal que la sofoca.

—Si te suelto, gritarás. —Saurina niega, vehemente, y la mano de Blasco se cierra con más fuerza contra su boca, contra los dientes—. Sí: gritarás. Estás asustada y yo quiero hablar contigo a solas, bueno, con mi compañero Pedro. Ya sabes que somos como hermanos. Él también tiene curiosidad por saber de qué hablabas con la ramera castellana.

A medida que se acercan al portalón de salida, Saurina comprende, se resiste a dar un paso más, y la ira de Blasco crece con su terquedad. Se ha ido acumulando con cada palabra de reproche que les ha endilgado Vidal. Si esto saliera a la luz, decía con el tono agrio de un profesor ante sus alumnos ineptos, ellos serían los responsables. Los despachó de malas maneras, como si fueran vulgares sirvientes. «¡Solucionadlo!», fue lo último que les dijo. Se siente vejado, humillado, y todo por culpa de esta necia resentida, esta mala pécora. Saurina no se espera el puñetazo que le propina Blasco y que la deja sin aliento, vacía de toda fuerza. Pedro de Pomar aprovecha para meterle un trapo en la boca abierta antes de que pueda gritar. Pasan por delante del cuerpo de guardia, donde un soldado simula dormitar con los dos florines en la mano que los señores ya le han pagado para que sea sordo y mudo y deje la portezuela abierta. La arrastran hasta el exterior, hacia el encinar que hay más allá del camino, mientras Pedro de Pomar prepara una cuerda.

TERCERA PARTE

De la fuente de Tasnim,
del cordón de espaciadas perlas,
regado por la saliva,
en el momento de la sed,
sí bebe el sediento,
el que se abrasa, el que está enfermo de amor,
se apaga el ardor
en el acto.

MUHAMMAD IBN 'UBADA AL-QAZZAZ, siglo XI

Capítulo 29

Propter maleficia

Madrugada del 21 de septiembre de 1319

En el cielo, la oscuridad empieza a ceder lentamente en favor de una iridiscencia, una inminencia que anuncia el alba, pero que aún no es la luz del día. En este tránsito majestuoso y silente, el castillo despierta, como hace unos días, demasiado pronto. Otra vez chillidos, otra vez de Ojo Gacho, aunque esta vez sus gritos no son los del testigo horrorizado ante la visión de la muerte ajena, sino los del dolor propio. El gigante Hugo le retuerce el brazo con la indiferencia de un leñador que troncha una rama y la criada se dobla sobre sí misma, agónica, rabiosa. Lanza horribles aullidos que resuenan por toda la fortaleza y maldice a su torturador, maldice a los que la rodean, al otro guardia, Guerau, con su mueca permanente, a Vidal, a Blasco de Piniella y a Pedro de Pomar… Se revuelve como un animal salvaje y escupe en el rostro granítico de Hugo.

—¡Que un diablo te coma las entrañas! —brama con todo su odio—. ¡A ti y a todos vosotros! ¡Engendros de Satán! *¡Qad sami'a Allahu! ¡Qad sami'a Allahu!*

—¡Tapadle su fétida boca! —ordena Vidal alejándose, como si la prisionera fuera contagiosa.

Pronto la amordazan, la aherrojan con cadenas y la arrastran escaleras arriba hasta el dormitorio noble. Tras los gritos y el triste grupo viene el resto de los habitantes del castillo, conmocionados y curiosos a la vez. Los soldados apenas pueden contener la marea que se apretuja en la puerta. El tumulto despierta a los nobles: Bernardo de Sarriá, aunque somnoliento, esgrime una daga. ¿Vienen a por él? En Sicilia ha vivido conjuras que tienen el mismo sabor a nocturnidad que este remolino vociferante.

Saben dónde buscar. Bajo el catre de Blasco de Piniella encuentran el fetiche negruzco y pinchado. Nadie quiere tocarlo. Vidal desenvaina el cuchillo de su guardaespaldas de sonrisa ofídica y ensarta el muñeco.

—¡Aquí tenéis la explicación a los crímenes del castillo! —Su voz tiembla de emoción mientras exhibe la prueba en alto como un trofeo—. ¡Brujería!

Un lamento estremecido recorre a los presentes. Ojo Gacho, de rodillas, permanece silenciosa, pero no humillada, asomada al vacío de sus pensamientos con su mirada tuerta. Su cuerpo doblado se mueve cadenciosamente al ritmo de la respiración profunda, como un animal cansado, aunque no rendido. Hugo tira de sus cabellos hacia atrás con brutalidad.

«¡Ved el rostro de una bruja!».

—¿Qué diablos ocurre aquí? —Guillermo de Erill se abre paso entre los curiosos.

Vidal le muestra el muñeco ensartado muy cerca de sus narices y al alcaide le parece una provocación. Lo fulmina con la mirada furiosa y exaltada del viejo guerrero. Así debía de encarar a sus enemigos antes de atravesarlos. El consejero real tira a la cama el cuchillo con el muñeco y enlaza los dedos de ambas manos con lentitud frailuna.

—Esta mujer —dice con serenidad estudiada.

Sabe que es el centro de atención de casi todo el castillo. Recorre los rostros expectantes. ¡Ah, sí! Casi le delata una sonrisa de inmenso placer. Ahora podréis ver al gran jurisconsulto Vidal. Es aquí donde puede desplegar todas sus armas dialécticas y sabe que esta es la ocasión para exponer su caso y cerrarlo definitivamente. La Providencia ha venido una vez más en su ayuda. ¿Cómo si no explicar las revelaciones que los verdugos han arrancado a Saurina, el reconocimiento de la magia negra y la autoría del diabólico fetiche? Ahora el asqueroso muñeco le viene de perlas: sí, todo ha sido una gran conjura contra el círculo del infante y contra el propio príncipe. Si, como parece, la criada informó a la dama castellana y quizá al freire fisgón, también se encargará de meter a ambos en la gran trama criminal. Hugo tira aún más fuerte hacia atrás de los cabellos de la sirvienta. Ojo Gacho mira hacia el techo y en su garganta forzadamente tensa palpitan venas hinchadas. Ya es carne de hoguera.

—Esta mujer es la responsable de las muertes que han marcado la vida del castillo en los últimos días. Hemos encontrado esta figurilla, que quería propiciar la desgracia de uno de los pajes del infante, el señor de Piniella, aquí presente. —Vidal extiende su largo brazo hacia Blasco—. Su heroica actuación junto a don Pedro de Pomar ha desenmascarado a la bestia. Por desgracia, demasiado tarde. La bruja se cobró las vidas de nuestro querido señor de Usai y del padre Jorge.

—¿Me estáis diciendo —interrumpe el gran maestre— que esta mujer lanzó por la ventana, ella sola, a un joven fuerte como el señor de Usai y que acuchilló al…?

Vidal le pisa las palabras. Su voz resuena por encima de la del alcaide.

—Tuvo ayuda, una colaboradora, también mujer, claro, otra bruja, que, por desgracia, ha escapado. Su nombre es Saurina. —Otro rumor de la multitud enmudece al orador, que eleva el tono con teatralidad—. Os ruego, señor alcaide, en nombre de la vindicta pública, que mandéis a vuestros hombres a dar caza a esa alimaña.

Guillermo de Erill se acerca a la mujer. Recuerda el rostro deforme, pero nunca supo su nombre ni si tiene hijos o si está casada o amancebada. Una sirvienta más, alguien que viene y va con bandejas o con escobas. Ordena que le quiten el bozal, pero Hugo no obedece y mira a su señor, Vidal. Solo de él recibe órdenes. El consejero le hace un gesto nervioso e imperativo para que obedezca. El gigantón tiene suerte. Si esto hubiera pasado hace tan solo unos años, Guillermo de Erill le habría atravesado la garganta con su fino y afilado estilete. ¡Zas! Cien quilos de carne al suelo, desangrándose con rapidez, como un odre lleno de vino agujereado.

—¿Cómo te llamas, mujer?

—Pueyo —balbucea la prisionera.

—¿Es cierto lo que dice?

El llanto hambriento de un niño, el llanto de Uguet o de Blasquillo, rompe el silencio expectante. La mujer baja la vista. Asiente o niega con los movimientos erráticos de un loco. Se hunde sobre sí misma y empieza a llorar con un soniquete, una canción infinitamente triste y desesperada.

La patrulla en busca de Saurina no tarda en encontrarla en el encinar frente al castillo. Unos niños harapientos la han guiado hasta el cuerpo semidesnudo y ovillado entre la hojarasca, con la ropa hecha jirones, como si una garra bestial la hubiera rastrillado una y otra vez. Los mendigos que pueblan el bosque observan como sombras mudas tras la arboleda a cierta distancia. ¿Es ella? A los soldados les cuesta reconocer a la joven pelirroja en el rostro hinchado, en la mirada negra de sus ojos anegados en sangre y en lágrimas. Entre los pliegues de la tosca y sencilla falda descubren unos finos guantes de hombre y recuerdan que el señor de Usai llevaba unos iguales.

David ben Ruzafa la recibe en su morgue subterránea y el cuerpo queda encima de la losa fría, solitaria ahora, con los cadáveres de Cecco Usai y el padre Jorge ya en el camposanto a punto de ser sepultados. El médico murmura una breve oración en hebreo por el alma de la pobre chica.

Que Dios misericordioso la acoja bajo el manto de sus alas para siempre…

«No era tu hora, no era tu hora, pequeña», piensa mientras realiza una somera inspección ocular. Consigna los golpes en la cabeza, probablemente los desencadenantes de su muerte, y prefiere posponer el análisis del resto del cuerpo. Más que un médico, en los últimos días parece tan solo un receptor de muerte, un coleccionista de cadáveres, y se sienta, de repente cansado y triste.

El entierro del señor de Usai y del padre Jorge es austero, breve, casi furtivo, como corresponde a dos suicidas, dos almas en pecado mortal. Vidal, como representante del infante indispuesto, preside la ceremonia con la cabeza en otros asuntos que no le dan tregua. Tiene planes. Ha escrito otra carta al rey con su versión de los hechos. Espera noticias. A su lado, Guillermo de Erill parece hibernar dentro de su grueso pellote. Los tres jóvenes miembros de la corte del príncipe siguen el ritual con indiferencia. Todos tienen prisa, excepto freire Ecart, que se ha alejado con discreción del cortejo fúnebre. No ha parado de hacerse preguntas desde que conoció la terrible noticia. Por un momento se ha dejado arrastrar por la prueba del maléfico muñeco y el silencio inculpatorio de Ojo Gacho: un caso dentro de otro caso, quizá, pero sin relación alguna. La brujería no explica los asesinatos de Cecco y del padre Jorge ni, por supuesto, el de Saurina, aunque lo cierra a ojos de la mayoría, que no está al tanto de los detalles forenses. En cambio, está convencido de que la confidencia de Saurina a Blanca, acusando al séquito del infante y a Vidal, le ha costado la vida a la joven madre.

Tan pronto como la zanja con los ataúdes de sencilla madera de pino se cubre de tierra y los freires no militares murmuran un *requiescat in pace,* Guillermo de Erill se encara con Vidal y con los pajes del infante.

—Me gustaría hablar con vos y también con el infante y sus pajes.

—¿Y cuál es la ocasión, si puedo preguntarlo?

—Aclarar lo que está pasando aquí y dar una información puntual a todos.

Vidal sonríe, gratamente sorprendido.

—¿Le decís al infante lo que tiene que hacer? ¿No es un poco irregular que alguien, por muy gran maestre que sea, tenga el poder de convocar al heredero de una corona?

—He dicho que me gustaría. Estoy seguro de que estará encantado de asistir y de oír lo que va a decirse.

—El infante descansa.

—Me estoy empezando a preocupar por él, consejero.

—Ya os lo he dicho. Descansa. Ha estado sometido a mucha tensión emocional en estos últimos días. Sus nervios se han quebrado y es mi misión proteger su salud. ¿Os tengo que recordar la carta escrita y sellada por el propio rey?

—No tenéis que recordarme nada, pero me sorprende que no haya acudido al sepelio de su amigo, al que estaba tan apegado.

—Agradezco vuestros desvelos, gran maestre —dice Vidal dando ya unos pasos para seguir su camino—. El infante está bien y estará aún mejor y los terribles acontecimientos a los que hemos asistido hoy no alterarán la firme determinación de mostrar a todos la armonía de los futuros esposos. Mañana presidirá el torneo y pasado mañana el banquete. Podréis disfrutar de su presencia, pero no es seguro que quiera participar en vuestra reunión. A Dios gracias, ahora que hemos resuelto los crímenes, todos estaremos más seguros. —Vidal inspira profundamente—. ¿No notáis el aire más limpio esta mañana?

—Entonces, ¿el señor de Usai no se suicidó, como afirmabais? —pregunta freire Ecart.

Vidal sonríe, benévolo. La negra figura encapuchada le parece la encarnación de la muerte. Solo le falta la guadaña. ¿Juega a ser abogado? ¿Pretende confrontarlo con supuestas contradicciones? Sin duda es más hábil con la espada que asoma entre sus faldones que con la palabra. Retrocede y se acerca al hospitalario.

—Os hacía más avisado, freire Ecart. Ya veis que me he aprendido vuestro nombre. Entiendo que desconocéis las sutilidades del mal. El hechizo puede operar de dos maneras: bien sobre el cuerpo y sus fluidos causando la enfermedad, o bien sobre los espíritus hasta enloquecerlos. El señor de Usai se lanzó al vacío poseído por un *furor diabolicus.* Igual que el padre Jorge se hundió el cuchillo en el pecho. El mismo infante se contagió de este *aether maleficus* que ha apestado el castillo. ¿Cómo explicar si no su extraño comportamiento ante la princesa Leonor? Creo, sinceramente, que todo ha quedado aclarado hoy. Todos os damos las gracias, freire Ecart, por vuestros desvelos, pero si en algo hay que ser diligente en estos momentos es en aplastar el mal que ha convivido con nosotros demasiado tiempo. Hay que quemar a la bruja sin dilación.

—Habrá tiempo de todo —responde el alcaide con sequedad—. Por ahora, la sospechosa queda encerrada bajo mi autoridad y solo yo puedo interrogarla, ¿entendido? Hay que aclarar muchas cosas. ¿Por qué pudo salir del castillo la otra criada y quién la torturó hasta la muerte?

—Claro, claro… Encomiable vuestro celo, aunque el hallazgo de los guantes del difunto señor de Usai entre la ropa de la criada deja claro que también era una bruja. Fue esa prenda sobre la que realizaron sus conjuros satánicos.

—Curioso. ¿No estaban las pertenencias de los difuntos bajo vuestra custodia?

—Así es. Por desgracia, las infames hechiceras lo robaron. Me temo, gran maestre, que al final no os va a gustar lo que encontréis. Todo este asunto es más propio de un inquisidor, creedme.

—Os creo. —Guillermo de Erill se coloca bien el pesado cinturón y mira a Vidal de arriba abajo sin disimular su desprecio—. Creedme vos a mí también. Soy viejo y estos ojos han visto muchas cosas que no me han gustado. Podré aguantar una más. —El alcaide se vuelve sin esperar respuesta, seguido de freire Ecart.

—El perro detrás del amo —dice Blasco de Piniella a media voz, y lanza un ladrido. Una carcajada de los jóvenes pajes llena el aire aún neblinoso de la mañana.

Freire Ecart la siente como una puñalada en la espalda. Da gracias a Dios de que está lo bastante lejos para pretender no haber oído nada. Tiene en la cabeza el cuerpo desmadejado de Saurina, su mirada congelada infinitamente triste. David ben Ruzafa no fue locuaz, no hizo de médico, y la habitual bonhomía se había borrado de su rostro. Recuerda que habrá un torneo y anticipa el placer de la espada. Todo él se tensa con un ánimo determinado y cruel.

Capítulo 30

Perder un ojo

Los acontecimientos que tan temprano han despertado al castillo están ya en boca de todos, de los testigos que vieron y oyeron, de los que escucharon los desgarradores gritos de Ojo Gacho o de los que, ignorantes, reciben los detalles con el ánimo compungido. La naturaleza satánica del fetiche de cera y el hallazgo del cadáver de Saurina, extramuros y martirizado, junto a los guantes de Cecco Usai confieren a los hechos un aire esotérico, la evidencia clara de la participación del maligno. Pues ¿no habían oído muchos cómo una enloquecida Ojo Gacho lanzaba maldiciones en lengua mora? Hasta podían jurar que las pupilas de sus ojos desiguales y enfermos adoptaron durante el trance la forma del carnero, el animal preferido de Belcebú para aparecerse a sus brujas. Ya dicen algunos que Saurina, aprendiz aventajada de su maestra, voló por encima de las murallas y fue a morir en el bosque, pues sabido es de todos que las esclavas de Lucifer sienten predilección por las frondosidades que amparan y ocultan sus aquelarres. Si ha sido víctima de la propia Ojo Gacho o de alguno de los espíritus propiciados por ella es tema de discusión. El miedo se palpa en el ambiente, ciega las mentes y empuja a todos hacia la crueldad. La tesis de Vidal es atractiva y sencilla. Promete erradicar el mal de raíz por el fuego purificador.

En la tienda de la infanta, Sancha de Velasco no ha perdido de vista a Blanca durante todo el rezo, especialmente más largo esta mañana y con voces más intensas y desgarradas como mejor profilaxis contra el mal. También está atenta cuando salen a la explanada inferior, la más amplia del castillo, para que la infanta monte en la mula, una de sus aficiones favoritas. En uno de los lados del gran patio ya están instalando una gradería de madera para la justa de desagravio en honor a la infanta. No son imaginaciones suyas, en la joven dama se advierte un semblante más grave y triste.

Ella misma ha recibido la noticia de la muerte de Saurina con un vuelco de su duro corazón. Su delación a Vidal quería exponer a Blanca, no propiciar la muerte de esa desgraciada. ¿Era de verdad una bruja? Y si así fuera, ¿significa que Blanca trata también con cosas prohibidas? Su afición a la lectura y su deleite en conversaciones más propias de teólogos y sabios no indican nada bueno, sin duda. ¿Qué secretos compartía con la pelirroja? La pesadumbre ajena alimenta y vigoriza la curiosidad del aya, aunque se muerde la lengua para no espetarle que fue ella quien la vio, no por ahora, le dijo el consejero real. Había que estar atenta a lo que hacía, sobre todo si se acercaba al caballero hospitalario. Vidal le recalcó que cualquier novedad se la comunicara a él en persona. El galope repentino de la mula y la destreza de la pequeña infanta arrancan un aplauso entre las damas. Blanca parece ajena al momento.

—No os veo muy contenta, Blanca de Bernués. Tendríais que estar jubilosa: Bernardo de Sarriá ha obtenido del consejero Vidal la promesa de una disculpa formal del infante por los lamentables acontecimientos de ayer y, además, se han resuelto los crímenes.

—Pienso en esa pobre chica, el hijo huérfano que deja.

—Era una bruja, y, en cuanto al hijo, podéis estar segura de que por sus venas corre la sangre emponzoñada de la madre. Mal viento se lo llevara. Dicen que vos la tratasteis. ¿Cómo era?

—Casi una niña —dice Blanca con una nube oscura en la frente. El fantasma de la joven pelirroja la sigue y le pesa como una condena—. ¿Sabíais que el hijo que acarreaba es de don Blasco de Piniella?

Con su mirada acética, el aya valora en el rostro de Blanca la veracidad de las palabras. Siempre hay algo de incredulidad cínica en los ojos de Sancha de Velasco, pero la cree. Traga saliva y la piel descolgada de su cuello tiembla. Se obliga al silencio, a la ausencia de la réplica siempre agria o la amonestación que tan bien se le da. Incita a la dama a que continúe.

—¿Y bien?

—Saurina, así se llamaba la chica, era ignorante y estaba desesperada y dolida con el padre de su hijo. Ese fue su delito.

—Por eso recurrió a la magia negra. ¡Es una bruja!

—El muñeco que encontraron debajo de la cama es una superchería, nada más, y su compañera que está en prisión es tan culpable como cualquiera que lanzase insultos al viento.

—Estáis muy convencida, aunque ¿sabéis lo que creo? Que conocéis cosas y que os las guardáis y que más temprano que tarde tendréis que responder de vuestro comportamiento y de vuestra desvergüenza: acercarse a un hombre desconocido, primero. Hablar sin pedir permiso en presencia de señores de alto rango, ayer. —La cabalgadura de la infanta coge velocidad. El aya sigue las evoluciones con atención. «¡Niña imprudente! ¡Cabeza hueca!», piensa. Apremia a una de las damas para que vaya a frenarla—. ¿A qué esperas, boba? ¡Coge a ese animal por las riendas antes de que tengamos una desgracia! Ahora, encima de despechada tendremos una novia lisiada. —Sancha de Velasco se recoge la larga saya para no arrastrarla demasiado por el polvo y repasa a su odiada dama antes de alejarse hacia la infanta—. Bien, Blanca de Bernués. No dudéis de que hablaré de vos en la corte de Castilla. De momento podéis retiraros y adecentaros un poco. Estáis pálida y ojerosa como una plañidera.

Unos mozos de cuadra ya pasean a los caballos de los señores que participarán en la liza. En el castillo, Blanca distingue a freire Ecart en una de las torres. Le da la impresión de que la ha visto. Reprime el gesto de levantar la mano y saludar. Sabe que Sancha de Velasco no la pierde de vista, pero necesita hablar con él, saber a qué hay que atenerse a partir de ahora. Alrededor de la infanta al trote se arremolinan las damas y el aya, que fustiga con reproches a unas y a otras. Blanca hace una reverencia que nadie ve y se dirige con paso decidido hacia el recinto interior de la fortaleza.

El combate ha activado la vida de Miravet. En la herrería se pulen las armas o se reparan corazas y cotas de malla para que luzcan con dignidad ante los príncipes. Los criados acarrean gualdrapas y sillas de montar. El choque del metal, el brillo de las armas, los filos cortantes expuestos al aire de la mañana convocan a la lucha, quizá a la muerte, y llenan el espíritu de Blanca de malos augurios.

En la puerta de acceso al recinto del patio de armas, se encuentra de cara con Blasco de Piniella y Pedro de Pomar preparados para entrenar. El atuendo militar les hace parecer mayores de los que son e hincha aún más su soberbia. Llevan un perpunte acolchado y en la cabeza la cofia sobre la que lucirán el casco. Alrededor de la cintura exhiben los gruesos cintos de cordobán de los que cuelgan las espadas. Los ignora e intenta pasar de largo, pero ellos le cortan el paso, a un lado, al otro. Blanca se ha impuesto esquivar sus miradas, pero están tan cerca, sus alientos son tan provocadores que acaba encarándose. En los ojos turbios por el vino de Blasco de Piniella ve al asesino y se oye a sí misma pronunciar las palabras antes de pensarlas:

—Pagaréis por vuestros crímenes. Os lo juro.

Blasco de Piniella la coge por la cintura y la atrae hacia sí con fuerza. Se acerca a su rostro como si quisiera beber agua en él. El aliento vinoso le quema en la piel.

—No jures tanto y no hables tanto o te tendré que arrancar tu tierna lengua.

De repente, la mano de Ecart lo lanza al aire hacia atrás. La lucha es breve y fulminante y ha terminado antes de que se den cuenta del torbellino que los ha envuelto. El único en pie, espada en mano, es el hospitalario. Pedro de Pomar, ya de rodillas, incapaz de respirar, tiembla, pálido como la cera, con la mano en la boca del estómago. No ha visto el pomo hasta que lo ha tenido encima, hundido en el vientre. El golpe lo ha doblado. El dolor lo ha convertido en un guiñapo. Sin la protección acolchada quizá le hubiera reventado por dentro. Blasco rueda por el suelo en una nube de polvo, entorpecido por la espada enfundada, ridículo en su gesticulación de insecto patas arriba. Antes de que pueda levantarse, freire Ecart lo frena con la punta de la espada en la garganta y lo apacigua como si fuera un caballo nervioso o un niño llorón.

—Shhh…, suave… —Cuando lo tiene congelado como una estatua, hace vagar la hoja por el rostro congestionado: de la nariz a la mejilla, luego a los labios, de ahí a la frente, recorre su piel, la barba rizosa. Finalmente se posa bajo un ojo con la suavidad de una brizna de paja. El frío acero le roza el párpado, hinchado de rabia e impotencia. Los sonidos del trabajo se detienen. Ahora se han convertido en el centro de muchas miradas—. Moveos o gritad y perderéis vuestro ojo. Veo que sois muy valiente con las mujeres.

—Ecart hunde un poco el extremo de la espada en la piel. Una súbita gota de sangre corre veloz por la mejilla. La gente empieza a acercarse. ¡Un Piniella humillado así!

—Dejad que me levante —dice Blasco con la voz temblorosa.

—No queréis que os vean morder el polvo, ¿verdad? El orgullo y la soberbia son pecados terribles. El mío es la ira. Dad gracias a Dios de que me esfuerzo cada día y rezo para expulsarla de mi alma. —Ecart limpia el filo manchado en el perpunte de Blasco—. Sois un joven malcriado y alguien os tendrá que dar una lección.

Por un instante, Blasco cree que su vencedor le va a hundir la espada en el ojo. El hospitalario no tiembla ni está agitado por la escaramuza y su mirada amable se ha vuelto distante y fría. Esto lo ha hecho otras veces, piensa Blanca. Solo ha necesitado dos movimientos, uno para cada oponente. Blasco tiene de repente la certeza de que la espada que le amenaza ya se ha manchado de sangre en el pasado. Un pequeño empujón de la punta y su ojo saltará de la órbita como un renacuajo resbaladizo. Balbucea al borde de un abismo negro. Tiene miedo.

—Habéis tropezado, señor —dice Ecart en voz alta, y le tiende la mano para ayudarlo a levantarse—. Espero que no os hayáis lastimado.

Un hilillo de sangre sigue brotando del rostro de Blasco. La mira incrédulo en su mano. A sus pies, Pedro de Pomar vomita una baba biliosa.

Ecart enfunda la espada y hace una reverencia.

—Nos veremos en el torneo, supongo.

La reyerta ha llamado la atención del séquito de la infanta, que ha acudido al lugar.

—¿Ya ha empezado la justa? —pregunta la joven princesa.

—Me temo que sí —responde Sancha de Velasco con cierta satisfacción. El choque promete momentos interesantes. Da dos pasos hacia la dama. Cómo no, si se produce algún incidente, ella está en medio—. Blanca de Bernués, venid inmediatamente. Os ordeno que os recluyáis en vuestra tienda. ¡Ahora!

Capítulo 31

Lo que saben las paredes

Mazmorra del castillo de Miravet, madrugada del 22 de septiembre de 1319

Die lunis intitulata XVIII *mensis setembrii ano a nativitate Domini* Mº CCCº XIXº, *Pueyo Miraveti, ancula, testis citata jurata et interrogata sub tormentum in caput alienum…*

El freire escribano moja el cálamo en el tintero y espera.

—Pueyo de Miravet —dice Guillermo de Erill desde una esquina en penumbra. Su voz llena de oquedades resuena ya como una sentencia. A su lado, freire Ecart desearía estar muy lejos de lo que va a suceder—. ¿Has confeccionado o ayudado a confeccionar objetos propiciatorios del mal?

Pueyo guarda silencio. Atada de manos, fuerza la cabeza hacia el techo por la gruesa cadena al cuello que la fija a la pared. El verdugo, sentado en un taburete, espera las órdenes del gran maestre con los instrumentos de tortura: una jarra llena de agua y un paño de batista a sus pies.

—¡Responde!

La prisionera mueve la cabeza afirmativamente.

—¡Tienes que hablar alto y claro! —le ordena el alcaide.

—Sí.

—¿A quién querías perjudicar?

—Yo a nadie. Era la pobre Saurina, a la que habéis matado, la que quería hacer justicia.

—¿Llamas a eso justicia? ¿En quién?

—En el señor de Piniella, padre del hijo que ella trajo al mundo, por lo mal que la trataba.

La punta del cálamo evoluciona frenética sobre el papel.

—Pero tú la ayudaste. —Pueyo asiente—. ¡En voz alta!

—¡Sí! —exclama con orgullo—. Yo la instruí. Yo le dije todo lo que tenía que hacer.

—Y también cometiste actos de hechicería contra el señor de Usai…

—¡No! —grita la mujer, que se revuelve instintivamente y gime cuando la argolla le aplasta la garganta.

—¡Mientes! Encontraron unos guantes pertenecientes al señor de Usai junto al cadáver de Saurina. Los tenía porque lo embrujó.

—¡Falso!

—¿Para qué eran, si no? Y también acabasteis de ese modo con el padre Jorge. ¡Confiesa!

Pueyo intenta bajar la mirada hasta la altura de la voz que la interroga.

—Esos guantes se los colocaron a la pobre Saurina los que la mataron.

Guillermo de Erill valora el silencio de freire Ecart. Bajo la tenue luz de la lámpara de aceite que ilumina al escribano, el hospitalario está pálido y ojeroso. No le gusta la escena. No le gusta el ritual. Sabe que, a través del dolor, los verdugos pueden arrancar cualquier confesión. Da unos pasos hacia la prisionera.

—Di, Pueyo: ¿quién mató al señor de Usai y al padre Jorge? —Ojo Gacho guarda silencio, la mirada hacia el techo, como si se desentendiera ya de las preguntas. Ecart coge el retal de tela a los pies del verdugo y se aproxima a ella—. ¿Sabes lo que es esto? Te lo van a poner sobre la boca. Luego verterán el agua de esa jarra a través del tejido y algunas gotas te entrarán en el conducto por el que respiras. Toses tanto que la garganta te acaba sangrando. Te asfixiarás poco a poco.

—Si hablo, ¿me libraré de la hoguera? —pregunta la prisionera, absorta en su contemplación vacía.

—Sí —responde Guillermo de Erill de inmediato—, pero has de decir la verdad.

—Será un placer, si antes me podéis quitar esta argolla. Me está destrozando el cuello. —Guillermo de Erill le indica al verdugo que así lo haga. El escribano sigue transcribiendo las palabras, inclinado sobre el papel. Ojo Gacho se masajea la nuca con las manos engrilletadas y se encara por primera vez con sus interrogadores. Su ojo enfermo, encogido y lloroso, tiembla con un parpadeo nervioso—. Aquella noche todo el mundo bebió, los señores y los criados. Se oyeron ruidos en el dormitorio noble y gente subiendo y bajando y la puerta que se abría o se cerraba.

—¿Qué clase de ruidos? —pregunta Guillermo de Erill.

—Golpes y voces, o eso me pareció.

—¿A quién viste?

—A nadie. Saurina vio cosas. Vio a los pajes del infante y a Vidal entrar y salir. Ese Blasco de Piniella es un miserable, iba a decir que es un hombre, pero solo es un animal cruel y un asesino. Por eso la han matado. Pobre niña. Pongo la mano en el fuego por que fueron él y sus compinches quienes lanzaron al señor de Usai por la ventana y mataron al padre Jorge.

—¿Por qué los mataron? —pregunta Ecart.

El triste rostro de Ojo Gacho se tuerce en una sonrisa llena de amargura.

—Al pobre capellán no lo sé. Quizá fue testigo de todo, pero al señor de Usai lo odiaban. Era más listo que todos ellos juntos. Se reía de ellos y los ponía en ridículo. Además, no soportaban que estuviera tan unido al infante. —La prisionera calla para que los hombres que tiene delante imaginen, pongan las palabras. Rastrea sus expresiones—. Demasiado unido, ¿comprendéis?

Guillermo de Erill se acerca a la prisionera con pasos lentos, casi renuentes. Solo se oye el rasgar del cálamo sobre el papel.

—Deja de escribir —ordena al escribano.

Ojo Gacho recuerda las escenas. Ella solo es una criada, una don nadie que ni siquiera tiene nombre para ellos, para los grandes.

—Entras y sales de las salas y de las habitaciones y ellos ni se dan cuenta. Solo eres una jarra de vino o una manta que ellos recogen sin dirigirte la mirada, eres un tronco que pronto alimentará el fuego. Los vi en ocasiones, una vez juntos en la bañera. Se sonreían y se frotaban la piel, poco a poco, otra frente al espejo, compartiendo una cercanía que no les molestaba. Cuando me vieron se apartaron ligeramente, pero no se alarmaron ni se incomodaron y yo bajé los ojos como las criadas viejas siempre me han dicho que haga.

El gran maestre observa de cerca sus groseros rasgos de mujer de campo, su rostro demasiado curtido para su edad por el sol y el frío, el ojo repugnante. La mujer aherrojada a la pared sonríe, complacida ante el desconcierto de sus torturadores. Él la coge por la garganta, mide su cuello corto y grasiento y empieza a apretar lentamente. Ojo Gacho no se mueve, parece aceptar lo que le está sucediendo. Quizá esto es a lo que se refería el gran maestre cuando le ha prometido librarla de la hoguera, una muerte más rápida y menos dolorosa. Su rostro de campesina boba sigue sonriendo y la mano se cierra con más fuerza. ¿De qué te ríes, maldita bruja? ¿Le parecerá gracioso a esta ignorante lo que acaba de insinuar? Su rostro empieza a enrojecer.

—Señor… —La voz de freire Ecart lo saca de su arrebato. Casi había olvidado que no está solo. El hospitalario lo apacigua—. Dejadla. No tiene la culpa.

Capítulo 32

¿Qué ocurre en Miravet?

Palacio Real de Barcelona

El rey firma la última carta para el infante. La dobla y deja caer unas gotas de lacre que aplasta con el sello real de su dedo anular.

—Id lo más rápido posible hasta Miravet —ordena al correo, que guarda las misivas en la bolsa y hace una reverencia antes de partir.

Una galera con el gallardete cuatribarrado le espera frente a la playa: trece horas de navegación bordeando la costa hasta Port Fangós y de allí cuatro más al galope para alcanzar Miravet.

Luego, el monarca revisa todas las cartas que ha recibido de su eficiente consejero y se centra en la recién llegada del pontífice, de bellísima caligrafía, escrita en un pergamino blanco inmaculado y en un latín áulico magnífico. Desde una esquina junto a la ventana que recoge la primera luz del día, Elisenda de Montcada observa el vasto horizonte marino, por donde el sol está a punto de salir, aunque no se le ha escapado ningún movimiento de Jaime II.

—La carta del santo padre lo acabará de convencer, veréis.

—Sí, aunque lo que cuenta Vidal me inquieta. —Jaime II, candil en mano, se acerca a la mujer con las cartas que le ha enviado su consejero—. Guillermo de Erill es un viejo pundonoroso que desprecia a los juristas como Vidal. Le ha estado haciendo la vida imposible desde que llegó al castillo.

—Aquí dice que ha habido dos muertes —lee Elisenda—, la del paje, el señor de Usai, y la del capellán del castillo.

—El primero se lanzó por la ventana —completa el rey, adusto—. El capellán se hundió una daga en el pecho.

—¡Qué horror!

—Vidal habla de hechicería en esta otra. —El semblante del rey se oscurece—. El capellán fue templario en un tiempo. Dice que se trata de una conjura; un antiguo miembro del temple, seguramente sodomita, y brujas.

Jaime II no tiene nada más que decir. Deja que Elisenda lea las cartas. Es una mujer prudente, por eso se ha ganado la confianza del rey. Tanto uno como otro saben medir las palabras.

—Es confuso.

—Confuso —repite Jaime II.

—Vidal dice que el muchacho se suicidó. Se conocían desde hace tiempo, ¿verdad?

—¿Quiénes?

—El infante y él, claro.

—Desde que llegó de Cerdeña.

—Deben de ser días duros para vuestro hijo.

—Para mí también —responde el rey con brusquedad—. Os lo aseguro. Vidal confirma que todo está encarrilado y que el infante está dispuesto a casarse, tal como me escribió él mismo, pero esto me inquieta. —Señala en la carta la línea que Elisenda lee en voz alta.

—«Majestad, aunque el infante partirá pronto de Miravet, necesito demorar mi partida para proteger a vuestro hijo de un escándalo que pone en juego el prestigio de la dinastía y del reino». ¿Qué quiere decir?

El rey prefiere no opinar.

—Dios sabe que he intentado enderezarlo, hacerlo consciente de sus responsabilidades desde muy pronto en la vida. Recordáis el proceso contra el conde Ponce Hugo de Ampurias, supongo.

—Sí, claro. Quién no. —Elisenda aún no formaba parte del círculo del rey, pero todo el reino se hizo eco del juicio contra el conde de Ampurias, acusado de sodomía.

—Hice asistir al infante al juicio oral para que viera el despliegue de la justicia real. —El rey desliza su mirada fría por la sala y evoca el escenario, el mobiliario, los rostros—. Los escribanos tomando notas en las tablillas de cera, los ujieres montando guardia, para que me viera a mí como juez supremo sentado en todo lo alto de la tarima, con legistas y procuradores a mis pies. Él estuvo a mi diestra, especialmente pálido y taciturno, casi más pálido que los propios acusados y testigos, un niño débil y asustado. Le hice presenciar todo aquello. Quería que fuese un aviso... —El rey duda en cómo seguir.

—Entiendo. —La mano blanca y suave de Elisenda busca los dedos del monarca.

Él los retira de golpe.

—Jamás ha yacido con hembra, ¿comprendéis? —Las palabras se le escapan entre dientes, con rabia.

No quiere bajar a los detalles de lo que se dijo durante las largas sesiones en aquel juicio, las preguntas y las respuestas, pero recuerda momentos. A veces relee la única transcripción que ordenó y que guarda en los archivos reales: «Si el susodicho Ponce Hugo, conde de

Ampurias, yace dando o recibiendo»; «Dando la espalda a su amante»; «Cuál es el tamaño de su miembro»; «Tiene la cola grande», afirmaba un testigo; «Le gusta hacerse acariciar por dos hombres —decía otro que lo había visto por la ranura de la puerta—. Luego, cuando ya está excitado, elige a uno para realizar el acto».

Así uno tras otro. Sesiones sórdidas e interminables. El conde enrojecía como un melocotón. Los testigos confesaban, a veces bajo tortura, a la que también hacía asistir al infante. El maderamen del potro crujía y temblaba cuando el verdugo giraba el torno y el infante Jaime se tapaba los oídos para no oír el alarido de las víctimas.

Elisenda coge aire antes de hablar.

—Señor, quizá el infante siente una inclinación… —pronuncia las palabras una a una, como las gotas de una pócima amarga dosificadas con cautela.

El rey cierra sus labios con dos dedos a modo de bendición. Los mantiene presionados un buen rato, como si pudieran realmente segregar un lacre imaginario que sellara carne contra carne. No continuéis, le dice con ese gesto de autoridad. Ella no tiene ninguna duda de que se ha equivocado y despega los dedos reales con delicadeza.

—Si me permitís, mi señor —dice mientras ordena las cartas del rey y busca nuevas palabras—. No todos tenemos la misma naturaleza. Hay quien tiene una predisposición sanguínea y enérgica. Hay otros en los que domina la flema. Son más contemplativos y espirituales. El infante puede que posea una naturaleza tardía. Hay gente que despierta tarde al placer carnal.

—¡Naturaleza tardía! —repite el rey—. Los Barcelona dan reyes mujeriegos. Mi padre, el rey Pedro, lo era, y mi abuelo, el gran Jaime, el primero de su nombre, se dedicaba a perseguir mujeres con el mismo ahínco que ponía en conquistar tierra a los moros.

—¿Y vos? —pregunta Elisenda con un gesto coqueto—. He oído de vuestros alardes con las mujeres cuando erais rey de Sicilia.

—Hace mucho de eso. —El rey da una vuelta por la sala, impaciente, como si buscara algo, quizá acelerar el tiempo y estar ya en la iglesia hospitalaria de Gandesa el día de la boda. El sol empieza a salir, silencioso, solemne. El mismo que están viendo en Miravet. Le gustaría estar ahí. Conocer de primera mano el embrollo—. Naturaleza tardía o no, solo tiene que casarse con la infanta y cumplir los acuerdos para poder guardar las apariencias ante Castilla. Luego, quién sabe lo que Dios nuestro señor nos depara. Puede que ni siquiera haga falta que el novio se acueste con ella y rompa su absurdo celibato. Quizá muera antes Leonor, como mueren muchos. —Recuerda a su primera mujer, a Blanca de Anjou, fuerte, enérgica, fecunda como una coneja. Tras darle diez hijos, al fin murió de sobreparto. A María de Chipre, de la que vive alejado, repudiada, muerta en vida; triste, callada e irrelevante. Ha pasado por su vida como pasa un fantasma. Así puede ser la joven Leonor, aún una niña; una sombra, un nombre efímero en un árbol genealógico. El rey se vuelve hacia su amante—. Por edad, lo único que hoy por hoy podrá hacer el infante con ella en la cama es jugar a las damas o lanzarse almohadas a la cabeza.

—El contacto y la intimidad —continúa Elisenda, que se levanta y busca las manos del rey— despertarán el deseo del infante. —Hace una reverencia como si quisiera bailar con él. Su espalda y su nuca forman una grácil y larga curva—. Además, hay pócimas y bebedizos que hacen crecer el deseo.

Él lo sabe. Los usó para poder cumplir con María de Chipre, fea y hombruna. Ahí estaba él, con el real pene en ristre, pasando a la estancia de la reina para tomarla en la oscuridad como quien toma un castillo al asalto. Durante la breve incursión, ella fue solo un aliento cálido y mudo… Era estéril como una piedra.

De repente, otro pensamiento cruza su mente como un rayo. ¿Y si la muerte, esa gran igualadora, le llega a su hijo? Entonces, toda esta angustia y estos desvelos quedarían en nada. ¡Qué gran lección de humildad para comprender que nada pueden los hombres por muy reyes que sean y que todo depende del Altísimo! La idea se le presenta como una liberación para él, la solución al conflicto. Tiene otros vástagos, todos de Blanca; el segundo en la línea sucesoria es el afable y benigno Alfonso, conde de Urgel. Por un instante se aborrece cuando se ve a sí mismo con nitidez y la imagen le asusta: un hombre despiadado, frío y pragmático. «¿Soy un instrumento de Dios o del diablo?». No tiene respuesta y se deja apaciguar por los besos lentos y maternales que Elisenda le planta en las manos y en el rostro.

Capítulo 33

Silogismo hipotético

Sala del comendador del castillo de Miravet

El gran maestre vacía la copa de vino dulzón y especiado y se sirva otra. Bebe demasiado. ¿Cómo, si no, encarar la trepidación de lo que está pasando en su castillo en los últimos días? Vidal ha aceptado la reunión. Está nervioso y susceptible, pero quiere información. Sin embargo, a la luz de la confesión de Pueyo, sabe que tiene que replantear el encuentro. En primer lugar, hay que dudar de la palabra de la tuerta, alguien que realiza conjuros con muñecos de cera. Pero ¿y si es cierto? ¿Y si los crímenes giran alrededor del afecto contranatural entre infante y paje? Sabe por experiencia que lo que pasa en la vida no es bueno ni malo y que algo aparentemente negativo puede transformarse en ventaja. Lo ha vivido en carne propia en el campo de batalla. Cuando todo parece hundirse y el impulso enemigo parece desbordar la formación es cuando hay que aprovechar ese ímpetu para convertirlo en perdición ajena y arrancar la victoria en el último momento. Entonces hay que tener reflejos y actuar rápido. El día se gana o se pierde en minutos. Su primer impulso, estrangular a la prisionera con sus manos, fue infantil. Menos mal que ahí estaba el templado y adusto Ecart: tipo curioso, este mensajero del abad de Santes Creus que ahora arrastra su cojera frente al fuego. ¿Sabía ya lo que ha dicho la prisionera y finge? ¿Por eso le disuadió? En cualquier caso, la nube de ira pasó y entonces fue cuando vio el potencial que para su posición tenía poseer información tan sensible, tan escandalosa..., tan poderosa. Vacía la segunda copa de vino y se vuelve a servir. Sí, bebe demasiado. Se lo dice David ben Ruzafa. ¡Al diablo con la salud! Se siente como un jugador de naipes con la mejor mano. Levanta la copa ante los recién llegados; el *consiliarius regis* y Bernardo de Sarriá. Se pregunta cuánto sabe Vidal y por qué se empecina tanto en mantener al infante aislado de todo lo que está pasando.

—No veo a los pajes de la casa del príncipe —dice el alcaide cuando se cierran las puertas de la sala.

—Don Pedro de Pomar se encuentra indispuesto —contesta Vidal clavando sus rapaces ojos en el hospitalario—. Don Blasco de Piniella se ha quedado con él. Vuestra actuación de ayer, freire, es impropia de un caballero que ha consagrado su espada a Cristo.

—Fue tan solo un malentendido y un pequeño accidente —responde Ecart, quien se lleva la mano al pecho en señal de contrición—. Mis disculpas si he ofendido a sus señorías.

—Me temo que no será suficiente. Vuestro lamentable proceder mancilla también la dignidad del infante. Tampoco creo que, vistas las circunstancias —continúa el consejero dirigiéndose a Guillermo de Erill—, seáis el hombre indicado para llevar a cabo ninguna pesquisa de lo que ha sucedido entre estos muros, ¿no opináis así, gran maestre?

—¡Bah! Lances de caballeros. Vos, Vidal, sois un hombre de papeles y tinteros. No alcanzáis a comprender el espíritu de la caballería.

—Dudo que su majestad lo comprenda cuando le escriba al respecto.

—Tenéis una obsesión enfermiza por escribir cartas. ¿Descansáis alguna vez?

—Nunca —responde Vidal, tajante y amenazador.

—Hablando del infante —continúa Guillermo de Erill—, ¿dónde está?

—Descansa, se solaza en su círculo íntimo. Ya os lo he dicho. Estará presente en el torneo.

—Bien, Guillermo —dice Bernardo de Sarriá, visiblemente molesto e impaciente—, ¿a qué viene esta reunión? Todo ha quedado claro, ¿no es cierto? Que quemen a la bruja cuanto antes o la ensartaré yo mismo.

El alcaide extiende los brazos, conciliador.

—Vamos, vamos, Bernardo. Es solo un gesto de deferencia para con vos y vuestra corte. ¿Tan extraño os parece que dé información cumplida de lo que ha sucedido?

El representante de la infanta no responde y echa un trago de la jarra de vino sin pedir permiso. En la chimenea, un tronco se hunde sobre sí mismo y deja en el aire un sinfín de puntos de fuego. El hecho parece atraer la atención de todos y Guillermo de Erill se acerca para remover las brasas con el atizador.

—¿Y bien? —interviene Vidal—. Estoy ansioso por oír la, digamos, versión oficial.

—Supongamos —dice el alcaide— que esas dos desdichadas son las culpables de las muertes del señor de Usai y del padre Jorge y que también son responsables del estado melancólico del infante. ¿Estaríais de acuerdo con esa versión?

El enteco rostro de Vidal se expande ligeramente.

—Se corresponde con la verdad.

—Bien, esto es lo que vamos a escribir, ¿no es cierto, freire Ecart? —El hospitalario inclina la cabeza. Él mismo le ha sugerido la estratagema dialéctica—. Sin embargo, hay algunos puntos oscuros en todo esto: un documento.

—¿Un documento?

El alcaide le indica a Ecart que puede tomar la palabra.

—No dudo de que alguien tan docto como el *consiliarius regis* sabrá entender la argumentación del silogismo hipotético.

Bernardo de Sarriá se lleva la mano a la daga.

—¿Qué broma es esta? ¿Ahora estamos en clase?

—Calmaos —dice Vidal con visible interés. Ese es su campo de lucha, no la liza ni el choque de espadas—. Oigamos lo que freire Ecart tiene que decirnos.

—Os lo agradezco. La supuesta bruja ha confesado que los asesinos del señor de Usai son, al menos, dos. Repito que es solo su declaración.

—¿Y quiénes son, si podemos saberlo?

—El señor de Piniella y don Pedro de Pomar.

—Eso os puede llevar al patíbulo.

—Vamos, Vidal, tranquilizaos —interrumpe Guillermo de Erill con una copa en la mano para el consejero, que este rechaza—. Freire Ecart solo dice lo que ha confesado la mujer, transcrito por el escribano. Continuad, por favor.

—En mis pesquisas a petición del alcaide de la fortaleza tuve la oportunidad de hablar con el padre Jorge antes de que falleciera. Me dijo que los asesinos del señor de Usai buscaban un documento que tiene que ver con el infante Jaime. Luego, siguiendo el silogismo, el señor de Piniella y don Pedro de Pomar buscan un documento que interesa al infante.

Vidal sigue complacido la argumentación del hospitalario.

—Impecable.

—Sí, ¿verdad? —interviene el alcaide—. Por eso es tan importante conocer el tal documento. Sabemos que atañe al infante. Sabemos que la prisionera y la chica a la que encontraron en el bosque solo tenían interés en perjudicar a don Blasco de Piniella, el padre de la criatura que ahora queda huérfana. Son dos cosas diferentes, ¿comprendéis? Se han sobrepuesto una encima de otra, mismos días, mismo lugar, pero no lo son.

Bernardo de Sarriá se revuelve incómodo en la butaca.

—¿Y qué dice el endiablado documento?

—Creo que el *consiliarius regis* lo sabe —interviene Guillermo de Erill acercándose a Vidal. Aún conserva la corpulencia y el gesto arrogante del guerrero—. Lo sabe desde que habló, por decirlo de alguna manera, con el antiguo confesor del infante, fray Pedro de Dios. ¿Sabéis que fue asaltado?

—Primera noticia.

—¿Y torturado?

—Lamentable.

—Llegasteis aquí con una idea fija: haceros con el documento costara lo que costara y, aunque interesa al infante, parece que os empeñáis en mantenerlo ignorante. Estoy hablando hipotéticamente, claro.

Vidal lanza una sonrisa nasal. Suspira y se pasa la mano de dedos largos y finos por la abombada calva. A su lado, Bernardo de Sarriá no entiende nada, de momento. Calla y escucha. No es un académico, pero tampoco un necio. Tiene alma de conspirador como gran noble que es y ha olido el rastro de información de peso.

—Estoy impresionado, freire Ecart. No obstante, el silogismo que habéis propuesto se basa en dos premisas falsas: la primera es la declaración de una bruja que ha gritado su culpabilidad casi poseída por el demonio. No lo neguéis. Yo he estado allí. La vi transfigurada. Vi el objeto maléfico embadurnado de sangre. La segunda es dar crédito a las palabras del padre Jorge, antiguo templario y griego, ergo hereje, que se refugió aquí buscando la templanza del buen rey Jaime. ¿No tenéis más pruebas más allá de estas dos tristes declaraciones? Lo lamento.

—¿Seguís negando vuestro interés por dicho documento? —insiste Guillermo de Erill—. ¿Y si os dijera que lo tengo yo o que conozco su naturaleza?

Vidal se levanta con solemnidad.

—No os marquéis faroles, gran maestre. Admito el interés que despierta tal escrito en alguien curioso como yo, pero os he dicho hace unas horas ahí fuera y ahora os lo repito aquí que no os gustará saber de qué trata. Lo reitero; es un asunto más propio de inquisidores y tendréis que responder ante el propio rey si impedís o ponéis trabas a que esa fuente acabe en mis manos, ¿entendéis? Estáis advertido.

Capítulo 34

La justa de Miravet

Los tres pajes del infante, Gonzalo García, Blasco de Piniella y Pedro de Pomar, cruzan la explanada al galope y encabritan los caballos cuando llegan al extremo para volverse. La maniobra arranca los aplausos del palco desde donde los cortejos de los príncipes contemplan las evoluciones. El castillo se ha engalanado para la ocasión. De las escasas y austeras ventanas de la fortaleza cuelgan tapices y reposteros. En la explanada, los estandartes de colores que ondean al viento y la música contribuyen a contagiar el aire festivo y disipan el ambiente enrarecido de los últimos acontecimientos. Dos corderos asándose al aire libre en sendos espetos traen el aroma feliz de los banquetes. Todos procuran llevar las mejores galas ante la pareja principesca. Saben que después no solo se hablará de la pericia militar, sino de las ropas y el porte de cada uno de los participantes con nombres y apellidos. Los pajes del infante van enfundados en perpuntes acolchados y cubiertos por el almófar hasta la boca. Los cascos de buen hierro lucen los colores de los respectivos linajes. Montan a la jineta, a la manera morisca, y exhiben su destreza haciendo brincar y caracolear a los caballos de un lado a otro. Tras alinearse otra vez, Blasco lanza un aullido de guerra y todos al unísono espolean con furia a las monturas, que vuelan en un magnífico galope hacia las dianas, unos paneles de enea al final del campo. A una decena de metros frenan en seco, lanzan las cañas afiladas que se clavan profundamente en el blanco y fuerzan un giro repentino en un perfecto ejercicio de *tornafuye.* El galope levanta columnas de polvo, súbitos trallazos que siguen la dirección del viento y luego se disuelven con lentitud. La maniobra es recibida con una ovación de entusiasmo. La infanta está encantada. Ella misma es una buena amazona. Ahora se deleita ante el cortés trote que los jinetes le ofrecen cuando pasan por delante de los infantes. El siguiente terceto lo forman Bernardo de Sarriá, un joven noble a quien todos consideran su hijo natural y freire Ecart. Por debajo del largo hábito, el hospitalario se protege con una coraza de cuero endurecido forrada en su interior con láminas de metal. Una sencilla cofia acolchada enmarca su cabeza. Ecart es el único que carga a la francesa, bien sentado en la silla y las piernas rectas encajadas en los estribos. Con toda la fuerza de su tronco echado hacia atrás, lanza el proyectil, que atraviesa el panel de parte a parte, y regresa al trote. Ante el palco saluda a los príncipes y a Blanca de Bernués, sentada junto a las otras damas.

La luz del sol molesta al pálido y hierático infante, para quien todo lo que ocurre a su alrededor no tiene mucho sentido. En el brazo derecho sigue luciendo la cinta carmesí, de la misma factura que la que encontró Ecart en el lecho del difunto Cecco. Vidal, el gran controlador, observa los movimientos de unos y otros, como si de su atención dependiera el correcto desarrollo del acto, y hace frecuentes comentarios al oído del joven príncipe que este recibe como si no los oyera. «¿Acaso quiere hacernos creer el consejero real que el heredero de la corona está de verdad en cuerpo y alma?», piensa el gran maestre, vestido con el traje de gala de la nueva

Orden de Montesa. Mira de soslayo al príncipe y no puede olvidar lo que Pueyo le ha confesado. Por eso sigue el espectáculo sin mucho entusiasmo, con una copa entre las manos. ¡Juegos de niños! Los jinetes cruzan el campo y clavan las cañas en los blancos. Fácil sucedáneo de una batalla, se dice, y levanta la copa cuando alguno acierta en el centro. «¡Bravo!», grita a los caballeros con cinismo, aunque siente el elogio más para sí mismo. Ataviado con el lujoso hábito de cuello y mangas de armiño, alguien diría que está en la cumbre de su poder. No se puede llegar más lejos, sin duda, y en su alta posición no le queda otro remedio, aceptado con placer, que tomar parte en el gran juego de la política con mayúsculas, la que permite hablar a un noble como él con un rey como Jaime II de tú a tú. Siempre ha pensado que los reyes como el actual ansían un control excesivo en detrimento de ellos, la aristocracia, la savia del reino, y conviene de vez en cuando, como ya ha ocurrido en el pasado, plantarse ante la corona. Él mismo, de joven, formó parte de esta tradición política, cuando la nobleza formó la llamada Unión contra el padre de Jaime, el rey Pedro. Si este joven paliducho se convierte en rey y hubiera que presionar a la corona para arrancarle concesiones, Dios no lo quiera, ¿qué mejor carta que amenazar con hacer público el secreto del infante?

Los jinetes lanzan un par de cargas más y se retiran. En el margen del campo los esperan los criados con jarras de vino fresco. Los mozos de cuadra cepillan las monturas y aderezan las gualdrapas. Buen momento para desanudarse la babera que sofoca la boca y librarse del almófar y el casco. Aunque la pausa es una ocasión para comentar los lances, pocos hablan. Si las miradas matasen, hace tiempo que Ecart estaría muerto. Se suceden exhibiciones de tiro con ballesta, en las que participan soldados de la guarnición, miembros de la escolta de la infanta y, a petición de Vidal, sus dos silenciosos sabuesos. La parsimonia que siempre demuestran se transforma en movimientos rápidos y precisos a la hora de tensar, cargar y disparar. No fallan ningún tiro y todos los virotes dan en el centro. Los aplausos del público no les impresionan. Hacen su trabajo con indiferencia, como si estuvieran solos, masticando lo que sea que siempre mastican.

El heraldo vuelve a convocar a los jinetes. Las próximas vueltas las acometerán con un menor intervalo entre las dos oleadas y los escuderos aprovisionan a cada caballero con tres cañas. En cuanto los pajes lanzan su andanada parte el segundo grupo, que se cruza a toda velocidad con los que regresan. El polvo desdibuja las siluetas. Bajo su celada, Blasco de Piniella hace un gesto a Pedro de Pomar. Ahora o nunca. Lo han planeado con el puntazo de sangre aún abierto en el rostro del señor de Piniella y el estómago revuelto de su compañero. La polvareda será su gran aliada, la confusión de los que vienen y los que van los amparará. Los dos se inclinan sobre el cuello de la montura y al unísono lanzan el dardo hacia su víctima justo en el momento en que esta da la vuelta tras disparar. El hábito oscuro ayuda a definir la silueta en la turbiedad terrosa: el primer proyectil surge de repente y se clava en su pecho. La segunda caña la ve venir recta hacia su cabeza. Tiene suficiente habilidad para esquivarla en parte, pero le golpea el pómulo y le abre un rasgón en la piel antes de perderse en su trayectoria. Un súbito relámpago le ciega. Siente que las voces y el fragor se alejan de él y el mundo desaparece.

Un dolor palpitante en la cabeza, difuso primero, intenso y claro al final, le indica que sigue entre los vivos. Cuando abre los ojos, las formas borrosas se convierten poco a poco en el toldo de su tienda de campaña y en una mujer en claroscuro, iluminada por la luz de un candil. La débil claridad hiere su vista. Ella le sonríe. La conoce. Blanca de Bernués, quiere decir, pronunciar su nombre, pero aún está demasiado aturdido para hablar. Ella también guarda silencio, concentrada en limpiarle la cara con un paño húmedo. Lo enjuaga de vez en cuando, lo vuelve a empapar y sigue dibujando las formas de su rostro con pequeños toques, más precisos y suaves a medida que se acerca a la herida. De entre las sombras aparece un hombre menudo, un judío por la vestimenta.

—El héroe ha despertado. ¿Me reconocéis? —pregunta David ben Ruzafa.

Ecart asiente.

—Eso es buena señal —dice el médico, que observa de cerca la herida en el rostro—. Creo que he hecho un buen trabajo. Os he cosido, ¿sabéis? De momento no os aconsejo que os miréis en un espejo. Se os ha hinchado este lado de la cara como un odre viejo, pero os curaréis. Solo os quedará una cicatriz. Creo que eso os hará más atractivo entre las damas, ¿me equivoco?

Blanca de Bernués ignora el comentario.

—¿Qué ha ocurrido? —logra por fin articular.

—Os hirieron durante el torneo. ¿Os acordáis?

—Vagamente.

—Os trajeron a vuestra tienda en cuanto os caísteis.

—El golpe más peligroso ha sido el de la cabeza —interviene el médico—. Había astillas en vuestro cuerpo. Os las he sacado todas, pero habéis tenido fiebre. Lleváis un día durmiendo y con temperatura, pero estáis mejorando.

—¿Un día? —repite Ecart con dificultad. El torbellino de la realidad le envuelve de nuevo. Intenta levantarse, pero el vértigo le vence.

—Sosegaos. —Blanca le acaricia la frente húmeda—. Nosotros cuidamos de vos.

—Así es —continúa David ben Ruzafa—. Me temo que no ha sido un accidente, freire Ecart, pero aquí estáis seguro. Ya habrá tiempo de hablar. De momento necesitáis descansar.

—Os he traído comida. —Blanca indica una escudilla humeante y una jarra de vino—. Os dará fuerza.

—Gracias —dice el hospitalario. Coge la mano de su enfermera y la mantiene agarrada sin saber cómo soltarla sin parecer torpe.

—Gracias a vos. Me defendisteis ante Pedro de Pomar y Blasco de Piniella. Ahora tengo que volver con la corte. ¿Oís? —Blanca señala hacia el exterior, desde donde les llega un rumor festivo—. Están celebrando el banquete.

Capítulo 35

Mortificate ergo

Castillo de Miravet, noche del 23 de septiembre de 1319

Ecart dormita, desvelado por las voces y la música en el castillo. Prueba el caldo en la escudilla y el primer sorbo le despierta el apetito. Vacía el plato y la jarra de vino y se deja vencer por el sopor, la resaca de la fiebre y el dolor en el cuerpo, como si le hubiera pasado un carro por encima. La punzada de la herida no cesa y vienen y van los fantasmas, los del pasado irremediable, los del futuro incierto. En uno de sus despertares la cháchara ha cesado y el silencio se ha adueñado de la noche definitivamente. Recibe la visita de David ben Ruzafa varias veces, una de ellas acompañado del alcaide.

—Descansad. Mañana hablaremos —le dice Guillermo de Erill. Contempla reflexivo el rostro hinchado del herido, mientras da pequeños sorbos de su copa—. Esto se está volviendo demasiado peligroso. En cuanto mejoréis, tenéis mi permiso para regresar a Santes Creus.

—Todo ha sido en vano —dice Ecart con la voz ronca del convaleciente.

El alcaide se encoge de hombros y palmea en silencio al hospitalario antes de marchar con David ben Ruzafa.

Cuando Ecart queda solo, se sume en un sueño laberíntico. Repite hasta el vértigo la enigmática frase del padre Jorge en griego y las cruces y las marcas de cantero danzan sin sentido. Se pregunta qué abrirá la llave e imagina absurdos pasadizos. ¿Es la cinta carmesí el vínculo del amor entre Jaime y su amigo? Seguramente. ¿Cómo probar que Blasco de Piniella y los otros pajes, incluso Vidal, están detrás de las muertes, tres ya, de los últimos días? Aunque despierta de su frágil sueño, las mismas imágenes le persiguen en la vigilia. Pretende abstraerse y reza como le enseñó el prior de la orden, para recogerse sobre sí mismo y darse una tregua de voces y rostros, vaciarse y encontrar la paz, pero irrumpe la desazón y un vacío se abre en su estómago. Ahí está el rostro de Blanca otra vez. Rememora con avidez sus rasgos y su voz. Ella ha despertado emociones que creía sojuzgadas o muertas: el deseo carnal, la necesidad de resultar agradable a sus ojos. ¡Qué forma de tiranizar el alma en equilibrio! Y, sin embargo, con qué gusto se entregaría a la pasión. El diablo se ha apoderado de ti, Ecart. ¡Oh, sí! Blanca, como dijo Tertuliano de Eva, tú eres la puerta del infierno, la que quebró el sello de aquel árbol prohibido. La somnolencia le arrastra en medio de su delirio y llega un momento en que el sueño se mezcla con la vigilia. Es en ese vértice confuso donde distingue la sombra agazapada en la puerta. Instintivamente, empuña la daga con la que siempre duerme y sigue sus movimientos como si fuera un testigo de su propio sueño, mientras la silueta entra en el interior muy poco a poco. Puede oler su piel y sentir su aliento cálido y húmedo en la boca antes de que se convierta en Blanca. Su mano apacigua el puño crispado de él.

—No te asustes —le susurra al oído y se deja caer con suavidad sobre él.

Los dos se exploran con las manos, con los labios, con la lengua, y se embriagan con las fragancias del otro recién descubiertas. En la oscuridad, el tacto reconoce las formas, las concavidades y las curvas, la turgencia de los pechos, los pliegues delicados y mojados de la vulva, la dureza palpitante del pene. Ella descubre en las rugosidades de su piel antiguas cicatrices en la espalda, en las piernas, y roza apenas la herida tierna de su pómulo. Lo atrae hacia sus caderas y se arquea con un largo gemido. Ecart tiembla y se comba hacia delante. Sus pubis chocan y se frotan. Se empujan casi con cautela primero, con una cadencia más rápida y vigorosa a medida que los jadeos se aceleran. Entonces, Blanca se separa de él.

—Déjame a mí —vuelve a susurrarle con los labios pegados a su boca.

Sin dejar de besarlo, su mano busca el pene y empieza a acariciarlo hasta que Ecart se derrama con un espasmo. Se dan un momento de tregua silenciosa. Luego, ella coge con delicadeza los dedos de Ecart, los entrelaza con los suyos y los hunde en su entrepierna para guiarlos por dentro y por fuera. Él se deja arrastrar, fascinado, por la fuerza que emana el cuerpo femenino pegado a su lado, la agitación que la hace vibrar y que culmina con un grito ahogado y un largo estremecimiento.

Los dos se sumen en un agradable cansancio. El semen cálido que los ha manchado empieza a enfriarse y vuelve la incansable voz de los pensamientos. La humedad pegajosa es la prueba del pecado contra natura: la semilla desperdiciada, el pecado de Onán. Junto a Ecart, Blanca es un cuerpo cálido y trémulo que dibuja círculos sobre su pecho.

—No quiero traer hijos al mundo, ¿comprendéis? No aún. Hay algo que no os conté. —Se demora en las caricias mientras piensa las palabras—. Cuando nací, mi madre murió a raíz del parto. Tuvo que irse para que yo viviera. Supongo que hemos pecado esta noche.

—Doblemente. Yo he roto mis votos y los dos hemos fornicado.

—Es cierto… y me ha gustado. —Blanca se incorpora para encararse con Ecart. Perfila con su índice el contorno de su rostro en la oscuridad—. No creo que la continencia sea un bien en sí, sino más bien un acto contra natura.

—¿Contra natura?

—Ved la naturaleza. Observad a los animales. Dios nos dio esos órganos para usarlos, como nos dio manos y brazos y ojos.

—Claro, manos y brazos para trabajar o luchar, ojos para ver y los órganos sexuales para perpetuarnos.

—Manos y brazos para acariciar y abrazar, ojos para deleitarse en el placer… —Blanca vuelve a arrastrar la mano de Ecart hacia su pubis—. Si Dios lo reprueba, ¿por qué puedo sentir esto? ¿No creéis que la felicidad es un bien que hay que conseguir en este mundo, aquí y ahora?

—No lo sé —dice Ecart—. La felicidad: ¡qué concepto tan extraño! Nunca he pensado mucho en ella.

—Contadme de vos. —La voz de Blanca le susurra en la comisura de los labios—. ¿Quién sois?

—No hay mucho que contar.

—Solo alguien con una vida interesante dice eso.

—Nací en el seno de una familia de hidalgos. Abracé la cruz y la espada muy joven. He viajado y también he combatido. Estoy cansado de ambas cosas. Quizá tengáis razón.

Los dedos de Blanca bailan ensortijados en su barba.

—¿Sobre qué?

—Sobre la felicidad y este mundo. ¿De dónde habéis sacado esas ideas?

—No os creáis que en la corte de la infanta solo se borda. Hay viajeros. Gente que viene de aquí y de allá. Traen ideas. Hay filósofos que afirman tales cosas. No son descabelladas.

—Todo lo que decís fue condenado hace tiempo, Blanca. La Universidad de París y el obispo expusieron un índice de errores. El papa los confirmó más tarde. La finalidad del acto carnal ha de ser única y exclusivamente engendrar. Cualquier otra cosa es fornicar.

—Caballero Ecart, el obispo de París es hombre como cualquier otro, mortal y falible. ¿Creéis que me importa su opinión más que, por ejemplo, la vuestra? Decidme, ¿qué pensáis vos?

Ecart guarda silencio y busca sus labios en la oscuridad. ¿Qué piensa? Buena pregunta. Ni siquiera él lo sabe con claridad.

—Me educaron para que desconfiara de las mujeres, para que huyera de ellas.

—No aprendisteis muy bien esa lección.

—Oh, sí, demasiado bien y durante mucho tiempo. *Mortificate ergo…* Considerad, por tanto, los miembros de vuestro cuerpo terrenal como muertos, dice san Pablo en la Epístola a los Colosenses. Me consagré a la oración y a la espada, pero me desengañé. —Ecart siente cómo su compañera levanta la cabeza de su pecho con interés. Mejor, así no notará cómo se le ha acelerado el latido. Ella espera. Escucha con interés. Son dos alientos que se entrecruzan—. Blanca, nunca había hablado de esto, ni siquiera en confesión, menos ante una mujer.

—Os desengañasteis.

—La regla aspira a hacer de nosotros santos castos y guerreros, pero solo somos hombres de carne y hueso. Esa autodisciplina genera monstruos con el tiempo. Creo que fui un monstruo.

—No me lo parecéis. ¿Cómo os manteníais casto? Decidme.

—Oraba mucho. Nos inculcaban las sentencias de los grandes filósofos contra las mujeres.

—¿Os repugno? —Blanca recorre con su lengua los labios de Ecart.

—No —susurra él.

—¿Creéis que encarno el mal, creéis que, como dijo santo Tomás, cuando nace una mujer es porque el semen del hombre es débil? —Mientras le susurra, Blanca se coloca encima y empieza a frotarse, poco a poco—. ¿Creéis que somos hembras en virtud de cierta falta de cualidades, como decía Aristóteles?

—No —repite con la voz ahogada por el deseo.

—¿Que, como razón más débil, debemos someternos a la razón más fuerte, que es el hombre, según decía san Agustín? —Antes de que pueda responder, lo enmudece con un beso largo y profundo. Luego recorre su cuerpo, nota la creciente rigidez del pene contra sí y empieza a cabalgarlo, lentamente.

Capítulo 36

Revelación

Madrugada del 24 de septiembre de 1319

«Os repetiré, hermano, la cuestión, una vez más: ¿adoráis o habéis adorado vos o tenéis conocimiento de que otros hermanos adoren o hayan adorado a ídolos demoníacos?», pregunta la voz en la penumbra de una celda. El sol se filtra por una rendija en el techo y separa con tiralíneas la oscuridad de la luz.

Tiene paciencia. Mucha paciencia. Espera. Como el verdugo, que aguarda la señal, como el escribano, pluma en mano, como Ecart, en el potro, arrasado por el dolor que palpita en brazos y piernas mientras niega con la cabeza. Le cuesta pensar.

«¿Que ese ídolo demoniaco es al que llamáis... —duda en pronunciar el nombre sacrílego, casi lo murmura con temor mientras se santigua— Baphomet y que invocándolo a través de hechizos y rituales conseguís que convierta el yermo en vergel, que surja agua donde antes había un desierto?».

El prisionero saca fuerzas de su pecho sofocado.

«No». Cierra los ojos ante la inminente vuelta del verdugo. Se demora.

«Sed razonable. Podría haber solicitado el hierro candente o la garrucha, como se ha procedido con algunos de vuestros hermanos. Por desgracia, empecinados en no reconocer su herejía, varios han sucumbido al rigor del interrogatorio. Considerad, pues, las circunstancias. Ved el potro como una muestra de mi buena voluntad».

La voz se mueve y sale de la penumbra. Bajo la luz oblicua, el hábito dominico parece casi blanco. Pregunta con lentitud. Se inclina sobre el preso como si fuera un médico ante el paciente. Parece que por un momento se ha dejado vencer por la compasión frente al cuerpo torturado.

«¿Habéis cometido actos de sodomía con otros hermanos de la orden? ¿Tenéis noticia de tales acciones? Hablad. Dadme nombres. Confirmad lo que ya sabe el rey y os haré soltar».

«No puedo mentir», murmura el preso.

«¡Mentir, mentir!». El dominico se aleja asqueado. «¡El diablo os ha ensoberbecido tanto que ni siquiera podéis reconocer ya la verdad! ¿Es cierto que para entrar en la orden observáis rituales contrarios a la santa fe católica?». Su voz se ha acelerado de repente. La pluma del escribano intenta seguir la velocidad del inquisidor. «¿Entre otros el *osculum infame*? Describid a ese ídolo demoníaco. Posee tres caras y es negro, ¿verdad? ¡Hablad! ¡Hablad! ¡Hablad!».

El fraile hace un gesto. El verdugo gira la rueda, pero no demasiado. Conoce su oficio: un cuarto de vuelta al principio y el preso nota apenas un tirón, pero después de dos horas, los tendones del reo ya no dan más de sí: una vuelta brusca y el infortunado se desencajaría como un muñeco de trapo.

La cuerda se tensa. Todo el artefacto de madera cruje. Algo se ha desgarrado en su rodilla. El dolor le inunda. Quisiera escapar por la rendija, volar hacia la luz, morir.

«¡Sí, sí, sí! ¡Confieso! ¡Confieso!».

Ecart despierta en la oscuridad de su tienda con el corazón desbocado, como siempre que le asalta el mismo sueño. El dolor en la rodilla le recuerda lo que un día fue real, el de la herida en la cabeza le recuerda dónde está. El peso cálido y suave de Blanca sobre su cuerpo ha desaparecido. Palpa a su lado para confirmar la ausencia, pero se da cuenta de que hay alguien cerca. Hurga en la esquina donde guarda su equipaje y lo hace con cautela, moviendo las cosas con lentitud. Busca a tientas la daga en el suelo. Intenta, en vano, acostumbrarse a la negrura que lo rodea. Puede ser una rata: hay muchas en el castillo. Descarta que sea un perro. Demasiado silencioso. Se acerca a gatas hasta la entrada para abrirla y dejar que la luz de una fogata moribunda en la explanada dibuje lo que se oculta. Lanza hacia un lado el trozo de tela que hace de puerta y una sombra se abalanza con rapidez sobre él.

—¡Quieto!

La temblorosa voz de Blanca detiene la cuchillada de Ecart. Algo frío y afilado se apoya en su garganta.

—Soy yo —susurra Ecart.

Una claridad rojiza penetra en la tienda. Los ojos de Blanca brillan a pocos centímetros de los suyos. La hoja del cuchillo en el cuello de Ecart también. Se ha quedado quieto, a la espera de que ella baje el arma, pero sigue presionando.

—Bajad la vuestra. —Ecart se da cuenta de que la punta de su daga apunta al costado desnudo de Blanca.

—¿Qué hacíais? —pregunta él sin cambiar de posición.

—Alejad el cuchillo.

—Alejad el vuestro de mi garganta.

Los dos miden su determinación durante un largo segundo hasta que ella cede, poco a poco. En la penumbra, el tenue resplandor de los rescoldos llamea por un instante en la hoja de un fino y afilado estilete. Ecart la imita con la misma precaución. Blanca intenta escabullirse y salir de la tienda, pero él se interpone. La sujeta para que no vuelva a utilizar su arma. La zarandea.

—¿También os enseñaron en el convento a manejar el cuchillo?

—No, fue un viejo soldado con tantos chirlos en la cara como los que regaló.

—Vuestra arma.

—¿Qué ocurre con ella?

—Es sospechosamente parecida a la que le partió el corazón al padre Jorge.

—Os hacía más listo, Ecart. Bebíais vino conmigo cuando lo mataron, ¿recordáis?

—¿Quién sois?

—Blanca de Bernués. —Ecart presiona su muñeca. Le hace daño. No bromea—. Dama de la reina y enviada especial de la reina María de Castilla. —Él la interroga en silencio, incrédulo—. Me adscribieron al servicio de la infanta para que fuera los ojos de la reina en su corte. ¿Sabéis lo que es el sello de la Poridad?

—Vos me lo vais a explicar.

—Si me permitís. —Blanca pide que le suelte las manos. Está desnuda. Rebusca en la ropa hasta encontrar una carta—. Aquí lo tenéis —dice señalando un sello partido.

Ecart observa un pequeño sello de color escarlata con la efigie de perfil de un joven rey imberbe. La penumbra hace ilegible la leyenda alrededor.

—Yo os diré lo que dice. —Blanca se cubre con el manto antes de hablar—. *Ildefonsus rex Castillie et Leonis.*

—El sello del rey Alfonso, menor de edad.

—Sí, pero no es un sello normal. Pertenece a la secretaría de la Poridad; el departamento donde se tratan las cuestiones más delicadas, las que solo unos cuantos pueden conocer. El sello lo guarda en nombre del rey un secretario. Solo él, el rey y quien este decide pueden estar al corriente de lo que se habla y acuerda. Esta carta es de Juan de Avilés, el secretario. Me ordena por mandato de la reina María que investigue y descubra qué hay detrás de la actitud del infante.

—Y os acercasteis a mí porque soy el encargado de hacer las averiguaciones.

—Podía haber utilizado otras formas, si eso tranquiliza vuestro orgullo herido.

—Sin duda: acostaros con cualquier otro hubiera servido; con Blasco de Piniella o Pedro de Pomar o con Vidal. Ellos están muy cerca del príncipe.

El claroscuro dibuja una sonrisa cansada en el rostro de Blanca.

—No me toméis por tan ligera, freire Ecart. Que sea mujer y soltera no me convierte ni en una furcia ni en una perra en celo. Me parecéis un hombre interesante, alguien con quien colaborar. Sois discreto y sé que guardáis secretos de vuestro pasado. Vuestro misterio os hace atractivo. Eso es todo. —Blanca se arropa bien con el manto, como si no fuera suficiente para cubrir su desnudez—. Siento haber rebuscado en vuestras cosas y siento lo del cuchillo.

—Podíais haberme confesado vuestra misión desde el principio.

—¿Que soy una espía castellana? He estado a punto de hacerlo, pero no tenía garantías de que guardarais el secreto ante Guillermo de Erill o David ben Ruzafa. Quizá el médico es un espía también. No conozco hasta qué punto estáis en connivencia con Vidal o si alguno de ellos habla con Sancha de Velasco.

—La pieza del regente don Juan Manuel en la corte de la princesa.

Blanca vuelve a exhibir la carta.

—A la que también se me ordena que vigile para evitar que transmita información al regente que pueda soliviantarlo. Que el infante rechazara a Leonor le serviría de excusa para prender el fuego de una guerra, ¿comprendéis? Antes de llegar a Miravet intercepté dos cartas que nunca llegarán a su destinatario. Sancha de Velasco sospecha de mí cada vez más. Tengo que preservar mi identidad y no quiero acabar con mis huesos en una mazmorra. Supongo que precisamente vos lo entendéis.

—¿Qué queréis decir?

—Hablabais en sueños. ¿Era una pesadilla o un recuerdo del pasado? Os torturaron. —Ella señala las cicatrices en el cuerpo de Ecart.

Ecart rehúye los ojos felinos. En la incipiente claridad del alba se da cuenta de que también está desnudo y busca su ropa.

—¿Habéis encontrado algo interesante entre mis pertenencias? —pregunta mientras se pone el hábito hospitalario.

—Nada que tenga sentido a menos que me lo expliquéis: la llave escondida bajo el cinturón del padre Jorge, otra llave más grande, un cirio... Él era hospitalario como vos. Llevaba la misma cruz octógona. ¿Os quiso decir algo en un código secreto que solo los hospitalarios conocéis?

—Ojalá fuera así. Me pide que busque mis virtudes en la cruz.

—Mis virtudes... —repite Blanca, y resigue con los dedos la cruz bordada en la túnica de Ecart mientras enumera—: ¿Os referís a las virtudes cardinales: templanza, prudencia, fortaleza y justicia?

Ecart se observa el símbolo de la orden, la cruz octógona en la que cada brazo acaba en forma de horquilla: dos puntas por extremo, ocho en total. Una certeza difusa empieza a dibujarse en su cabeza.

—Creo que el padre Jorge se refería a las virtudes de la orden. Supuso que lo comprendería a la primera. Cualquier freire conoce el significado místico de cada uno de los extremos: las virtudes son las de la Orden del Hospital.

—Las ocho beatitudes. Me lo contasteis.

—Ocho preceptos como conducta de vida, ocho virtudes. —Ecart repite el número para sí varias veces. Lo hace en griego: *octó*. Un rayo de luz ilumina su mente. Coge de los hombros a Blanca, jubiloso—. Ocho en griego, ¿comprendéis?

—Me temo que en el convento solo me enseñaron latín.

—El mensaje no tiene nada que ver con el contenido, con las palabras, sino con el número. Las piedras de la iglesia están señaladas con marcas de cantero. Las hay de todo tipo; triángulos, estrellas, círculos…, pero me equivoqué. Me equivoqué con una. Ocho en griego se escribe con la grafía *eta*, cuyo signo es η. ¡La n bajo la cruz de madera en el ábside no es ninguna marca de cantero y no es una letra, si no un número; el ocho! —exclama en voz alta. En el exterior aun es de noche —. ¡Busca tus virtudes, busca el ocho en la cruz! Lo talló el padre Jorge e indica el lugar donde hemos de buscar.

Capítulo 37

Adelfopoiesis

Ecart y Blanca cruzan casi a tientas la explanada entre las tiendas del campamento de la infanta. El alba aún no perfila las formas del paisaje y el castillo sigue dormido. Suben por la escalera de madera a la galería del primer piso y entran en la iglesia.

—Aquí está. —Ecart señala la η grabada en la pared—. El ocho. —Resigue con el dedo las hendiduras en la piedra. Comprueba que las marcas fueron labradas hace poco tiempo.

—¿Os habéis dado cuenta de que el signo está alineado con el listón vertical? —Blanca toca la base de la cruz. El madero parece pegado al muro. Solo en la parte superior se inclina ligeramente hacia delante—. Mirad. No hay alcayata ni cuerda, nada con lo que sostenerla.

Ecart intenta moverla o desencajarla y tira del travesaño. Un chasquido en el interior de la piedra resuena en el templo. La cruz cede unos centímetros con la base fija en la pared.

—Una palanca —susurra Blanca, fascinada.

Ecart sonríe. Sí, los templarios… No esperaba menos de ellos. Habían aprendido muchas cosas en Oriente. El conocimiento les daba poder y el poder asusta. Por eso acabaron con ellos, con él, en parte. Tira con fuerza y se repite el chasquido, un ruido de engranajes y cerrojos cayendo, cediendo con pesadez. La piedra en la que el padre Jorge escribió la η se abre hacia fuera con un rugido de catacumbas y una bocanada de aire cerrado se escapa por la rendija.

—Busca tus virtudes en la cruz —dice Ecart mirando dentro. Se inclina y da unos pasos por el pasadizo—. Necesitaremos luz.

—Creo que os puedo ser útil. —Desde la entrada, David ben Ruzafa los saluda con una linterna—. Me acerqué a vuestra tienda para ver cómo os encontrabais. Os vi salir a los dos.

—Vuestros desvelos resultan providenciales —dice Ecart—. Entrad.

—¿Puedo sugerir que vayamos rápido? —dice el médico, que le ofrece la linterna al freire—. Pronto despertará el castillo y los hermanos entrarán aquí para cantar los maitines.

El pasadizo se convierte en una escalera de caracol ascendente.

—Estamos bajo la torre del comendador —dice David ben Ruzafa.

—¿Conocíais este pasadizo? —pregunta Blanca, que cierra la pequeña comitiva.

—Mi señora, nadie conoce del todo un castillo construido por los templarios, excepto los propios templarios.

—Y el padre Jorge lo fue. —Ecart se detiene ante una reja de gruesos barrotes de hierro negro. No duda de que tiene que usar la llave encontrada en el sagrario. Encaja perfectamente en la cerradura. La gira dos veces y se abre con un chirrido de las bisagras herrumbrosas. Antes de atravesar el umbral ya sabe lo que se va a encontrar. Lo ha visto en otros castillos—. La sala del tesoro. —Aún han de subir dos peldaños más para alcanzar el piso. Ecart deja la linterna en el suelo. La emoción por lo que tienen delante los deja mudos; multitud de cofres y sacos se alinean a lo largo de las paredes, algunos se apilan sobre otros hasta formar tres pisos.

—Mirad ahí arriba. —David ben Ruzafa señala una trampilla de madera en el techo—. Estamos exactamente debajo de la sala del alcaide. Sé que él tiene una llave para bajar aquí, pero dudo que conozca el acceso desde la iglesia. El padre Jorge consideró este lugar como el más seguro.

Ecart desata uno de los sacos y hunde los dedos en el interior; harina, como en el suelo, tapizado de blanco. Abren otros, llenos de trigo aún sin moler.

—Alguien está acaparando el cereal —dice el hospitalario.

Y solo una persona tiene acceso a esta cámara: Guillermo de Erill. Ninguno de los presentes se atreve a mencionar su nombre, pero Ecart intuye lo que transportan los carros cerrados que ha visto entrando y saliendo de la fortaleza.

—El padre Jorge se manchó las sandalias y el bajo de su hábito con esto —dice David ben Ruzafa. Su mirada ha perdido la ufanía acostumbrada.

—¿Es esto a lo que se refería el padre Jorge cuando decía que pertenecía al infante? —se pregunta Blanca.

Hay demasiados cofres. Abren uno al azar, lleno de monedas de oro andalusíes, libras francesas y florines italianos. Algunas vienen de lugares más remotos: besantes bizantinos y dinares egipcios. ¿Qué buscar y dónde?

Blanca coge la linterna y empieza a recorrer las hileras de cofres y sacos.

—Si se tomó la molestia de escribir esos mensajes para que llegarais hasta aquí, tiene que haber algo más—. La luz arranca destellos en el metal de los cofres, todos de diferente factura y tamaño.

—Me temo que el padre Jorge se complacía demasiado en envolver las verdades en enigmas —suspira David ben Ruzafa—. Quizá aún no hemos llegado al final.

En el baile de sombras, Blanca distingue una mancha oscura que sobresale por detrás de los sacos en una esquina. Acerca la linterna al hueco y descubre una bolsa de raso negra. La luz resalta el bordado de un águila bicéfala.

—*Basileia Romaion* —dice Ecart, fascinado—: El emblema del Imperio romano.

Conscientes de que la bolsa contiene algo importante, la dejan con cuidado en el suelo y los tres se sientan alrededor del hallazgo. De su interior extraen una tabla pintada, un icono en el que se representa el busto de dos jóvenes imberbes, uno junto al otro. Por la posición del cuerpo y la ligera torsión del cuello parece como si estuvieran cara a cara, y que, por un instante, se hubieran girado ligeramente para dirigir su mirada de grandes ojos llenos de serena alegría hacia el espectador. Está pintado al estilo griego, con colores vivos y planos, con la línea de los contornos muy perfilada. Entre las dos cabezas y por encima, el rostro de Cristo parece unirlos. El conjunto irradia paz y equilibrio.

—Sergio y Baco —dice Ecart leyendo los nombres en dorado bajo las figuras.

—No los conozco —dice Blanca admirando los vivos colores que llamean bajo la linterna.

—Su culto está muy extendido en Oriente —explica Ecart—. Ciertas ceremonias tienen lugar bajo su advocación.

—Ceremonias de consagración —susurra David ben Ruzafa—. Esto confirma que el padre Jorge hizo sacerdote al infante.

Ecart duda, se abstiene de opinar. Observa con detenimiento las formas pintadas en la tabla. ¿Eso es todo?, piensa. Vuelve a hablar con el padre Jorge: «¿Nos habéis traído hasta aquí para esto?». En vida le preguntó si conocía los rituales griegos, si estaba familiarizado con la veneración de ciertos santos.

—¿Quiénes fueron? —pregunta Blanca, seducida por la serenidad que emana la pintura.

—Dos santos guerreros de época romana; vivieron y combatieron juntos como hermanos de armas. Murieron como mártires de la Iglesia uno al lado del otro. Dicen que, aunque los enterraron separados, los cuerpos acabaron yaciendo juntos, de forma milagrosa.

Blanca pide sostener el icono. ¿Qué quiso decir el padre Jorge? Le da la vuelta. La fina tabla pintada está adherida a otra a través de cuatro clavos en las esquinas. Con los dedos puede ensanchar la ranura entre ambas.

—No tiene sentido —piensa Blanca en voz alta—. ¿Por qué añadir otra pieza?

Ecart la ayuda a extraer los clavos. Antes de sacar el último, algo cae al suelo: varias cartas, un pergamino doblado y sellado. Acercan la linterna al último.

—Es el cuño del infante Jaime —susurra David ben Ruzafa.

Un escalofrío de emoción recorre a los presentes. La llama que los ilumina corresponde con un breve y frenético parpadeo. Este es el documento que según el padre Jorge pertenece al infante.

Ecart lo abre. El documento está en griego e identifica la caligrafía del padre Jorge. Lee por encima con rapidez. Sabe que no disponen de todo el día. Aquí dentro no oyen el tañido de las campanas y la emoción diluye el sentido del tiempo. Las palabras le confirman lo que ha intuido con el icono, sobre todo cuando se topa con una.

—*Adelfopoiesis* —dice en voz alta. Necesita respirar para continuar, pero le cuesta llenar los pulmones.

Blanca y el médico esperan pacientes una explicación.

—Estábamos todos equivocados. —Ecart les muestra el documento—. El infante no se ordenó sacerdote. Esto es lo más parecido a un acta de matrimonio.

—¿El infante se ha casado? —interrumpe Blanca sin entender.

—Lo dice aquí.

—¿Con quién?

Ecart vuelve a leer las líneas para cerciorarse. No hay duda. Antes de hablar ya sabe que la voz le va a temblar un poco.

—Con Cecco Usai.

Hay un momento de desconcierto y de incredulidad.

—¿Estáis hablando en serio? —pregunta al fin David ben Ruzafa con una leve sonrisa nerviosa.

—Muy en serio.

—¿Qué palabra es esa: *adelfo*...?

—*Adelfopoiesis:* hermanamiento. Quiso formalizar la unión según una tradición de la Iglesia griega; la unión entre dos hombres, un compromiso para compartir los bienes materiales, para quererse y protegerse de por vida.

—Por eso el padre Jorge os preguntó si conocíais los ritos de la Iglesia oriental, la veneración de ciertos santos. —La mirada de David ben Ruzafa se aleja, intentando encajar todas las piezas—. ¿Y la cinta?

—La cinta, los cirios..., todo tiene sentido, todo forma parte de la ceremonia. El ritual tiene lugar bajo la advocación de Sergio y Baco. Es una manera legal de expresar la amistad entre dos varones, la solidez de su relación...

—Sodomítica —interviene Blanca.

—Ahora sabemos por qué mataron al joven paje y al padre Jorge —dice el médico.

—Mataron al cónyuge y al que los casó —continúa ella—. Y nosotros tenemos un acta matrimonial que prueba que el infante heredero de la corona de Aragón, a punto de casarse con la princesa Leonor de Castilla, hija de reyes, nieta de reyes, contrajo matrimonio con un hombre.

Abren las otras cartas, breves, casi notas para citarse cargadas de urgencia y pasión. Distinguen dos caligrafías diferentes, probablemente la del infante y la de Cecco Usai, aunque nunca se llaman por sus nombres, sino con apodos: mi gacela, mi impetuoso potro... Te espero. Distinguen varios poemas.

—Seguramente de origen andalusí —afirma Blanca, para quien los versos no son extraños—. En la corte de Castilla van de boca en boca, como el vino.

Tengo un amado, alto, blanco, rubio.
¿Has visto de noche la luna? Pues él brilla más.
Allí fuimos de broma y desenfreno,
ora con mozos, ora con mujeres;
corrieron copas y hubo lo que hubo...

—Supongo que vuestro secretario de la Poridad os cubrirá de oro si le mostráis esto —comenta Ecart, doblando los documentos.

—O de piedras. Sinceramente, no me siento muy segura en estos momentos, Ecart. Si trascendiera, el escándalo sería universal. Eliminarán a cualquiera que sepa lo que acabamos de descubrir aquí abajo.

—Eso no me tranquiliza nada —dice David ben Ruzafa—. ¿Puedo sugerir que salgamos de esta madriguera?

Capítulo 38

El verdadero rostro del gran maestre

En el pasadizo por donde han entrado, una luz que no es la suya alarga las sombras de la escalera. Una tos profunda detiene sus pasos.

Bajo el tenue resplandor del candil que sostiene, Guillermo de Erill parece otro hombre, más alto y corpulento, sus facciones más duras y frías. Pasea la mirada por las paredes, los sacos de trigo y los cofres. Hunde la mano en el que está abierto, como lo ha hecho Ecart hace un rato. Luego, observa a todos como si no conociera a nadie.

—Me cuesta dormir —dice al fin con una mueca que puede ser a la vez el inicio de una sonrisa o de un mohín de fastidio—. Paseo por el castillo, ¿sabéis? Me gusta recorrer sus pasillos vacíos. No tan vacíos esta noche. He visto luz en la iglesia. ¡Qué sorpresa! Así que había otra entrada a la sala del tesoro. El maldito padre Jorge conocía todos los agujeros de esta ratonera, ¿eh?

—Señor, hemos encontrado… —se apresura a decir David ben Ruzafa.

El alcaide le corta con un gesto vehemente de la mano.

—Habéis encontrado… demasiadas cosas. Freire Ecart, os advertí que no implicarais a nadie, excepto a mi médico, en esta investigación y que cualquier novedad me la comunicarais únicamente a mí.

—Todo ha sido muy precipitado, señor.

—Precipitado, sí, ya veo. No solo está presente una mujer, sino que además pertenece al séquito castellano. Me habéis desobedecido. ¡Os pedí discreción! —El viejo león ruge con la furia de antaño.

Blanca se adelanta:

—Señor, yo insistí en ayudarlo y lo hice por servicio a mi señora la infanta y a la reina regente de Castilla, de la que soy enviada.

Guillermo de Erill reprime un arranque de tos con la boca cerrada.

—Esto lo complica aún más, querida. ¿No es cierto Ecart? Estáis muy callado.

—Desconcertado, señor. Me pedisteis que descubriera quién es el asesino de dos hombres y el motivo.

Guillermo de Erill lo observa como si estuviera muy lejos y le sonríe.

—Estoy lleno de curiosidad, caballero, pero no me lo contaréis aquí. —Guillermo de Erill señala hacia el techo, hacia la trampilla que da acceso a la sala del comendador. Pensar que el padre Jorge deambulaba como un topillo afanoso bajo sus pies le revuelve el estómago—. Si salimos por la sala, los hombres de guardia en la puerta exterior no entenderán de dónde demonios ha salido tanta gente si no la han visto entrar. Regresemos por la entrada que habéis descubierto, la cerraremos y nadie hablará de ello. Jamás. ¿Entendido? Vámonos antes de que esto se convierta en una romería. Vos, freire Ecart, me acompañaréis a la sala del comendador. En cuanto a vos, señora, volved a la tienda donde os alojáis. Hablaremos luego de vuestra situación, pero os advierto que si decís algo de lo que habéis visto u oído os encadenaré en una mazmorra sin contemplaciones, y no me importa que seáis dama de la infanta o sobrina de la mismísima reina de Castilla. Y tú, matasanos del demonio —David ben Ruzafa hace una reverencia—, enciérrate con tus pócimas y calla.

Guerau es un hombre obediente, sigiloso y veloz. De pequeño, sorprendía hasta al más astuto zorro o la perdiz más cauta. Aprendió a imitar los pasos prevenidos del gato montés y los saltos y requiebros del gamo.

—No pierdas de vista al cojo y al médico —le ordenó su amo cuando se toparon con ellos en el dormitorio de los nobles tras la muerte de Cecco Usai.

Anteayer afinó con más razón el olfato, cuando hirieron al cojo durante el torneo. Como es un hombre de campo, puede dormir en cualquier rincón al raso, con el cielo por techo. Por eso se echó bajo la muralla en el lugar donde hay una buena vista de las tiendas, se arrebujó en la capa y esperó con el cuchillo desenvainado a su vera. Masticó más cecina de lo normal porque la carne salada despeja y ahuyenta la somnolencia, aunque a medida que pasaban las horas empezó a dar breves cabezadas de las que despertaba sobresaltado. Entonces escrutaba la negrura y el silencio solo roto por la abubilla y comprobaba que todo seguía en orden. No paraban de entrar el médico y la dama castellana, pero el hospitalario no se movió de la tienda en todo el día ni al día siguiente. ¿Por qué no matarlos a todos?, se preguntaba en el duermevela, ¿por qué tantos miramientos con todos ellos? Al final, siempre acaban hablando los cuchillos. Debía estar malherido el tipo para ni siquiera asomarse. Así que la segunda noche se confió. Se dejó arrastrar por el cansancio y durmió largo y tendido hasta que su intuición de cazador lo despertó con un sobresalto. Vio algo al fondo, más allá del perfil oscuro de las tiendas, una luz o el resplandor de una luz donde no debería haber ninguna: en la iglesia. El sabueso despertó de golpe y se puso en pie con todos los sentidos alerta.

En el templo, un escalofrío le ha recorrido el espinazo cuando ha visto el agujero en el ábside. Guerau, galgo humano, no se arredra cuando brillan los aceros, pero es supersticioso y que se abran agujeros donde antes no había ninguno evoca conjuros demoníacos, pactos inconfesables que prefiere no imaginar. «Esas malditas brujas no estaban solas», y se santigua una y otra vez. «Claro, este fue un castillo templario». Él era muy joven cuando la orden fue disuelta y sus líderes quemados en la hoguera, según el amo, por adoradores del diablo y sodomitas, gente siniestra. Sin embargo, por mucho tiempo que haya pasado, los muros y las esquinas oscuras todavía deben de estar cargados de maleficios. Los embrujos y maldiciones quedan para siempre, se dice. Los ruidos primero y el resplandor después lo obligan a esconderse tras la puerta de entrada al templo. «Vaya, vaya. Caza mayor». Casi esboza una sonrisa de verdad cuando la luz recoge los rasgos fugaces del hospitalario cojo y del judío y, tras ellos, ¡oh, sorpresa!, aparecen la dama de la infanta y el alcaide. Luego cierran la apertura y vuelve a quedar la pared, sólida y sin huecos, como por arte de magia. No espera más. No quiere arriesgarse a que lo detecten y corre a contarle la novedad a su amo con la excitación del sabueso que sabe que va a complacerlo. Cuando lo encuentra, Vidal está leyendo una carta frente a un correo real recién llegado, sucio y cubierto por la sal del mar y el polvo del camino.

—Mi señor —dice Guerau. El *consiliarius regis* ni siquiera lo escucha, absorto en su lectura que puntea con un bisbiseo de los labios—. Señor —repite y Vidal levanta por fin la vista de la carta con un brillo de éxtasis en la mirada—, creo que he encontrado algo importante.

Capítulo 39

Hundimiento

Tercera hora después del amanecer del 24 de septiembre de 1319

—Así que el infante escondió al principio su sodomía bajo la capa de la religiosidad —dice Guillermo de Erill siguiendo las grafías en griego del contrato matrimonial—. Luego decidió casarse con la infanta, aunque ya se había... comprometido con su amiguito. Enternecedor. ¡Qué sencillo es todo cuando se sabe la verdad! Siempre estuvo ahí, delante de mis narices. Ahora entiendo por qué quería perdonar al sodomita. De ninguna manera quiso que se le quemara, ¿sabéis?

Le pide a Ecart que se lo traduzca palabra por palabra y escucha con atención las fórmulas y las invocaciones. Es mucho mejor de lo que habría pensado. Tiene en sus manos un documento que puede poner de rodillas a la monarquía. Sin embargo, hay todavía una sombra que le persigue y le amenaza. La ve en el rostro del hospitalario.

—Bien, bien, excelente, freire Ecart. Entiendo que el padre Jorge ofició la ceremonia y por eso lo mataron, ¿cierto?

—Probablemente.

—¿Probablemente?

—No tenemos pruebas fehacientes, todavía.

—¿Qué otra evidencia buscáis? El padre Jorge dirigió la ceremonia. A ojos de los asesinos de Cecco Usai, es cómplice de un delito. Él pergeñó esto. —Señala con desprecio el pergamino—. La *adelfo*… como se llame.

—*Adelfopoiesis,* señor; hermanamiento. Lo que me sorprende es que los asesinos acabaran con él antes de tener el documento que tanto codiciaban.

—Sí, sí. Eso siempre os ha inquietado. —Guillermo de Erill se llena una copa con el vino de la jarra que siempre tiene lista—. ¿Y bien? ¿Qué sugerís?

—Es solo una hipótesis.

El gran maestre sonríe.

—¿Un silogismo hipotético?

—Algo parecido —continúa Ecart. Desearía más que nunca beber un poco de vino, pero su anfitrión no se lo ofrece hoy. Sabe que tiene que ir con pies de plomo. Intuye también que su interlocutor sabe lo que piensa—. El padre Jorge conocía el pasadizo secreto. Allí se escondió desde la muerte de Cecco. Parecía que se lo había tragado la tierra, dijisteis vos, y así fue, de forma literal.

—Por supuesto, también conocía la cámara del tesoro, mi cámara del tesoro —puntualiza Guillermo de Erill.

—Se encontró con los tesoros de la orden.

—¿Y?

Freire Ecart se encoge de hombros.

—Vio todo lo que había. Imagino que quizá cogió dinero. Quería huir.

—Lo robó. Me lo robó a mí.

—Lo visteis la noche de la velada, ¿verdad? En el establo, a punto de marchar. Seguisteis el rastro de harina. Supisteis que estuvo en la cámara del tesoro y os pusisteis nervioso.

—Cuidado, joven. Yo nunca me pongo nervioso. —Su mirada se vuelve lobuna—. El padre Jorge era un ladrón y un mentiroso. Si me hubiera confesado la existencia de este documento, yo le habría protegido de Vidal, de todos.

—Pero descubrió el trigo que acaparáis, contra las órdenes expresas del rey.

El gran maestre le ordena con un gesto que calle.

—Ese trigo ya estaba ahí cuando me hice cargo del castillo.

—Pero lo estáis sacando en esos carros blindados. Los hombres que los escoltan son vuestros. Ostentan el león rampante de vuestra casa.

—Sí, los Erill —dice el gran maestre henchido de orgullo—. En mi posición, todo se ve de forma diferente. Tengo una responsabilidad, ¿entendéis? La verdad, os hacía menos incauto, Ecart. Sabéis perfectamente que el precio del trigo se ha disparado. Hay mucho dinero en esos sacos y el dinero es poder. Poder para levantar tropas, comprar voluntades y orientar los acontecimientos en un sentido correcto. Por eso destruyeron a los templarios. Por eso los reyes de toda la cristiandad quieren controlar las órdenes militares y sus riquezas y debilitar a la nobleza. Vedlo vos mismo; vuestra Orden Hospitalaria, disminuida, refundida con la que ahora presido. Los monarcas de la casa de Aragón, con gente como Vidal a su lado, creen que son el poder y que pueden, mejor dicho, deben prescindir de nosotros y rodearse de leguleyos, letrados y demás chupatintas para regir los reinos. Eso no va a pasar. El rey no es nada sin nosotros y lo ha de saber.

—¿Queréis que el príncipe abdique?

Guillermo da un trago que paladea, como las palabras que pronuncia.

—Él mismo se ha cavado su tumba. Es un monstruo sodomita. En cualquier caso, si decide seguir adelante con la boda y esconder su vicio, la nobleza lo arropará y lo protegerá, como no podría ser de otra manera. Somos la sangre del reino. Gobernaremos en su nombre y, si no nos deja hacer nuestro trabajo, sacaremos a la luz este papel. —El alcaide exhibe el pergamino en griego—. Entonces le haremos renunciar y sentaremos en el trono a otro príncipe de la dinastía.

—Supongo que el padre Jorge se cruzó en vuestros planes.

—Algo así. Debería haber escondido los documentos en cualquier otro sitio. —El gran maestre golpea la mesa con el puño—. ¡Nada de esto tenía que haber sucedido!

—Pero vio lo que vio. No queríais correr el riesgo de que contara lo que encontró si, supongamos, se refugiaba en Santes Creus, donde reside su amigo fray Pedro de Dios. Podría hablar con el abad, hombre poderoso cercano al rey.

Guillermo de Erill levanta la mano pidiendo silencio. Las palabras le molestan.

—Interesante vuestra hipótesis. Entonces, resumiendo, al señor de Usai lo mataron sus compañeros con la connivencia de Vidal. Al padre Jorge, por listo, me acusáis de haberlo matado yo. De todas formas, no hay pruebas, solo suposiciones.

—Supongo que así es —dice Ecart con una reverencia. Los dos se ensimisman por unos instantes en las llamas del fuego—. ¿Por qué yo? ¿Por qué me encargasteis a mí investigar? Podíais haberos ocupado vos mismo. Tenéis toda la autoridad para hacerlo.

El alcaide observa al hombre frente a él con una mezcla de simpatía y pena.

—Vos erais el hombre ideal. Caballero hospitalario, discreto, comedido, acostumbrado a obedecer. En una palabra: un soldado. Pensé que mantendríais la discreción y la lealtad para conmigo.

Vidal busca algo, pensé. ¿El trigo oculto? Ya veis, Ecart, mi mala conciencia me traicionó. —Guillermo le da la vuelta al pergamino varias veces—. Ahora tengo claro que era este abominable documento. Decidme, Ecart, ¿qué haréis si os dejo marchar? Sed sincero. Yo lo seré con vos.

—Volveré al monasterio de Santes Creus para informar al abad.

—¿Y qué le diréis?

—La verdad. No puedo hacer otra cosa.

El gran maestre recorre de nuevo las líneas del acta de hermanamiento. Tiene lo que todo el mundo busca desde hace días. Ya habrá tiempo de usarlo. La política del reino proporcionará, sin duda, la ocasión.

—Bien, freire Ecart. Retiraos. Lamentablemente, por ahora permaneceréis huésped en el castillo.

Ecart piensa rápido qué hacer. La inacción, aunque sea momentánea, puede ser letal. Sabe lo caro que cuesta confiar en que sucederá lo mejor. Sabe que las tumbas están llenas de gente optimista. Se siente cercado. Tiene al viejo delante y solo. Si aún no ha dado la orden de impedir su salida, puede obligarle a firmar un salvoconducto... ¿Solo para él? También está Blanca, otra testigo, tan en peligro como él. Se lleva la mano a la espada. Otra vez huye, de nuevo un fugitivo perseguido por todos.

—No cometáis una locura —le advierte Guillermo de Erill. Su instinto de guerrero no le miente nunca. Empuña el estilete aún en la funda.

De repente, las puertas se abren de par en par. Vidal irrumpe con sus dos hombres. El consejero real lleva las manos llenas de papeles. Se acerca a la mesa con determinación, como si supiera dónde buscar, y aunque no lo ha visto nunca lo reconoce de inmediato. Está en griego, junto al icono de Sergio y Baco, tal como le confesó fray

Pedro de Dios entre alaridos después de marcarle el brazo por tercera vez con un cuchillo al rojo. Cuando va a coger el documento, Guillermo de Erill desenfunda su estilete con la rapidez de un tahúr de taberna. La punta se hunde ligeramente en el enteco cuello del consejero. Sus dos hombres y Ecart desenvainan también.

—Nada de esto será necesario —dice Vidal, inmóvil—. Mirad por la ventana, os lo ruego.

Guillermo de Erill arrastra consigo al consejero. En el patio de armas, una veintena de soldados a caballo bien armados espera formada. Uno de ellos sostiene el pendón real.

—Leed esto. —Vidal le ofrece uno de los documentos, una carta. Viene cerrada con el sello real: el rey con arnés completo cabalga espada en mano hacia una estrella en el cielo. *Jacobus rex Aragoniae.* Guillermo lo rompe y lo empieza a leer ante la mirada complacida de su rehén.

Ordenamus et mandamus... Concedimus dominium castri Miraveti... Concedemos la tenencia del castillo a... *fideli nostro...*, a nuestro fiel... Cuando lee el nombre de Vidal, un escalofrío les recorre la espalda. El rey le pide que haga entrega de las llaves y los sellos inherentes al cargo y que le acompañe, como manda el ritual, por todas las estancias del edificio y sea formalmente presentado a todos sus habitantes para solemnizar el traspaso. No le tiembla el pulso a Jaime II a la hora de ejercer su autoridad, incluso frente a uno de los grandes. Que la deposición sea a distancia y por escrito evita el roce directo, la tensión del cara a cara entre el monarca y un gran noble que lo ha visto crecer. ¡Cómo debe de obsesionar al rey lo que está sucediendo entre los muros de la fortaleza!

El gran maestre baja el estilete poco a poco. Vidal le muestra la otra carta, pero el viejo Guillermo la ignora. Parece ya muy lejos, enredado en sus pensamientos.

—Os revelaré lo que dice, si os place. —El consejero se aclara la garganta, tan recientemente amenazada—. Su majestad os manda que partáis hacia el castillo de Montesa, la sede de la orden. Una parte de esta tropa que veis ahí abajo os acompañará. El resto escoltará al infante hasta Tarragona, donde su padre desea verlo. —El relincho de los caballos en el patio de armas enfatiza el silencio en la sala. Vidal acaricia el preciado contrato en griego—. Os dije que este asunto era trabajo de un inquisidor, un caso de herejía repugnante, de monstruosa sodomía, el trabajo del demonio que ha querido emponzoñar el alma del infante.

De repente, Guerau propina una certera patada en la rodilla buena de Ecart, que se derrumba. Antes de que caiga de rodillas, Hugo le pone el filo de la espada en la garganta.

—Quedaos quieto o mi hombre os degollará como a un cerdo —le advierte Vidal.

La expresión vacía de Hugo le confirma que lo puede hacer sin problemas.

—¿No habla vuestro esbirro? —pregunta Ecart.

—Ya veis. Posee la virtud del silencio y de la obediencia. —Se acerca al gigante de nariz torturada y le palmea el poderoso hombro encuerado—. En el fondo, Hugo es un hombre espiritual.

—¿A qué viene esto? —pregunta Guillermo de Erill—. No olvidéis que aún soy el alcaide del castillo.

—Sin duda —responde Vidal poniéndose frente al hombre arrodillado. Le gusta mirar a los ojos a los acusados y ver cómo sus demoledoras palabras dibujan en sus rostros la expresión de la culpabilidad—. ¿Sabéis, freire Ecart? La Providencia viene siempre en ayuda de los justos. Sabía que nos habíamos visto en el pasado, pero no podía concretar cuándo ni dónde. Vuestra barba, los años pasados, los sitios donde he estado y la gente que he conocido, la verdad, habían oscurecido mi memoria. Dejadme que os cuente: esta noche pasada estaba leyendo las cartas recién llegadas del rey. En una de ellas su majestad me informa de la recepción en Barcelona de una solemne misiva escrita por el papa para convencer al infante de la bondad del matrimonio con la infanta. —Vidal eleva la vista al techo—. Entonces recordé. Fue como una epifanía en la que las palabras y las imágenes se enlazaron y me guiaron hacia la luz. Casi podría jurar que sentí un ángel mostrándome la verdad: el papa, Aviñón. De repente, volví a la corte papal hace diez años. Yo estuve ahí, entonces, y vos… también. —El consejero real levanta la voz, como si estuviera ante un jurado universal—: Eckhartus de Eppingen. Reconozco que el nombre latinizado que llevabais entonces me confundió. Ecart de Eppingen, caballero templario. Estabais preso en las mazmorras papales a punto de ser enjuiciado junto al resto de los miembros de la funesta secta satánica. Os vi fugazmente entre el gentío, mientras os llevaban cargado de cadenas ante el tribunal.

—¿Es cierto lo que dice esta víbora? —interviene Guillermo de Erill. Ecart guarda silencio.

—Claro que es cierto —continúa Vidal, envalentonado—. Os iban a entregar al fuego, pero matasteis a vuestro interrogador y escapasteis. Fuisteis condenado *in absentia.* Durante este tiempo os habéis hecho pasar por caballero del Hospital, habéis ido muy lejos, pero al final la justicia prevalece. ¿Tenéis algo que decir?

—La persecución de la orden fue una vileza. Todos éramos inocentes, empezando por el gran maestre, Jacques de Molay.

—¡No os atreváis a pronunciar ese pestífero nombre!

La espada en la garganta del prisionero se hunde un poco más.

—Vuestras palabras están asustando a vuestro espiritual verdugo —dice Ecart.

—No lo mates aún, Hugo —ordena Vidal—. Hay que interrogarlo a fondo antes de llevar a cabo la condena tanto tiempo pospuesta. De momento llevadlo al calabozo.

—No os atreváis a dar un paso u os juro que os haré ensartar por muy *consiliarius regis* que seáis —dice Guillermo de Erill blandiendo el estilete de nuevo.

—Os aconsejo vehementemente que moderéis vuestro lenguaje. No os he dicho algo. —Se acerca a Guerau con su enigmática sonrisa—. Mi escolta os ha visto salir a vos y a vuestro médico, al hereje Eckhartus de Eppingen y a una dama de la infanta por un, digamos, inesperado acceso. Yo mismo he acudido a la iglesia. He podido comprobar el diabólico y original mecanismo que la abre: ¡Una cruz palanca! ¡Típico de los templarios! Lucifer otorga el ingenio a los hombres para que le sirvan. ¡Es el instinto de las ratas que buscan la oscuridad y el ocultamiento! He entrado hasta el interior de la cámara y he visto lo que hay, gran maestre. Ahora me gustaría hablar con vos a solas. Os conviene escucharme.

Capítulo 40

La fuga

—Os ordeno que volváis a la tienda. —Sancha de Velasco tira de la manga de Blanca para que la obedezca, pero la dama sigue con la mirada fija en el patio de armas. Entre las tropas de caballería ha visto entrar a Vidal y a sus esbirros en la torre del comendador y poco después salir a Ecart, pálido y con el rostro hinchado, sujeto por los hombres del consejero en dirección a los calabozos—. Si no obedecéis, mandaré un macero para que os arrastre de los pelos. Vuestra curiosidad es malsana e impropia del cargo que ostentáis.

Los rumores corren por el castillo desde la llegada de la escolta a caballo. El arresto de Ecart no ha pasado inadvertido. Siguen descubriendo culpables. Se trata de un complot para embrujar al infante, dicen. ¿Por qué han venido tantos soldados? Ella conoce la verdad de primera mano. Han visto demasiadas cosas en la cámara secreta. Ahora se han convertido en una amenaza no solo para Vidal, sino también para el alcaide. El primero en caer ha sido Ecart, pero todos están en peligro. ¿Qué puede hacer? Las campanadas que marcan el paso de las horas anuncian un tiempo tasado.

Zigzagueando entre los poderosos caballos de los recién llegados, David ben Ruzafa parece más pequeño y frágil de lo que es. Le hace un gesto para que le siga y Blanca se libra de la garra insistente de Sancha de Velasco, atónita ante la desobediencia de la odiada dama.

—Señora… —El resuello entrecorta sus palabras—. Tenéis que marcharos de aquí.

—Decidme qué ha ocurrido. ¿Por qué han detenido a freire Ecart?

—He escuchado tras la puerta. Es un antiguo templario, un prófugo, ¿comprendéis? Vidal lo ha descubierto. Ahora él es el alcaide de la fortaleza por orden del rey. Mi señor ha llegado a un trato con el consejero, me temo. Lo siento. Lo deja partir a Montesa con una parte de esta escolta. Vidal no va a decir nada del trigo acaparado ni de la autoría de la muerte del padre Jorge. A cambio, Guillermo de Erill calla respecto al infante y le entrega al consejero real el documento de hermanamiento y las cartas de amor. —El médico coge con sus suaves y frías manos las de Blanca—. Por desgracia, vos y el caballero Ecart estáis en el trato, ¿comprendéis? Vidal no quiere testigos y mi señor, siento decirlo, tampoco.

—¿Y vos?

—No os preocupéis. Mi achacoso amo me necesita a mí y a mis brebajes. Además, no soy ninguna amenaza. Como judío, señora, mi testimonio es inválido ante cualquier tribunal. ¡Marchad ahora o acabaréis en la hoguera!

Las campanas dejan de tocar: la tercia ya pasó. Una nube pasa veloz y silenciosa y cesan las voces en la cabeza de Blanca. Entonces comprende lo que tiene que hacer.

Antes de entrar en la tienda ya sabe que algo va mal. Uno de los maceros hace guardia sentado frente a la puerta. En el interior,

Sancha de Velasco está hurgando entre sus pertenencias. Sostiene el sello de la Poridad. Hay cartas comprometidas por el suelo, abiertas, de Juan de Avilés.

—Lo sabía. Sabía que ocultabais algo y no me he equivocado. Os alegrará saber que he ordenado que os vigilen día y noche. Tendré que informar a Bernardo de Sarriá.

El bofetón que le propina Blanca le gira la cara.

—Cuidado con lo que haces, vieja.

El aya tarda en articular las palabras, aún incrédula. Un calor de horno le quema el rostro. Su tocado está movido, un mechón grisáceo asoma entre la urdimbre de tela y cartón, como agitado por un breve pero violento vendaval.

—Os juro que pagaréis muy caro por esto —sisea entre dientes. Sus ojos se anegan en lágrimas de ira—. Os voy a denunciar al nuevo señor del castillo y espero que os arranque la verdad con sangre, bruja.

Antes de que el aya salga de la tienda, la derriba desde atrás, amordazándole la boca con la mano. Nota la humedad de sus labios, la flacidez de la piel. El grito de sorpresa queda ahogado y el pánico se desborda por los ojos enrojecidos.

—Si no gritáis os dejaré vivir. —Blanca le muestra el estilete de cerca.

Con la rapidez de quien ya ha ensayado los movimientos, le quita el tocado lleno de cintas y le embute el tejido en la boca sin miramientos. El aya hace un gesto de dolor. Quizá ha sido demasiado brusca, quizá le ha quebrado alguno de los pocos dientes que le quedan. No importa; la decisión que ha tomado cambia el curso de los acontecimientos y por tanto las reglas del juego. La mirada de la preceptora la interroga en silencio. ¿Quién sois, en realidad?

Blanca se acerca a la entrada y mira por la rendija. El soldado sigue labrando el trozo de madera.

—Ahora os quitaré el tejido de la boca —dice susurrándole al oído—. Las dos nos acercaremos a la puerta y desde dentro le diréis al guarda que ya no hace falta que me vigile, ¿entendéis? Luego saldremos cogidas del brazo, como buenas amigas. No subestiméis mi determinación. En realidad, en estas circunstancias, para mí sois más un estorbo viva que muerta. O sea que a partir de ahora agradeced cada paso y cada aliento que deis porque me lo debéis a mí.

El macero obedece la nueva orden sin inmutarse y se aleja hacia un fuego cercano, donde sus compañeros están asando un conejo. Nadie se fija en ellas cuando salen al exterior.

—Imagino que os faltará tiempo para escribir a don Juan Manuel.

—Si no me matáis antes, por todos los santos que lo haré.

—¿Y qué le contaréis?

—Lo que está pasando aquí.

—¿Y qué está pasando aquí?

Sancha de Velasco la mira con desprecio.

—Aún no lo sé, pero una cosa es segura. No dudéis que le pediré que os cuelguen.

—Preocupaos ahora por vuestro cuello.

—¿Adónde me lleváis? —pregunta el aya—. Es hora de despertar a la infanta y siempre me encargo yo. Sospecharán si no me ven.

Blanca ni siquiera lo sabe con seguridad. Una posibilidad es hablar cara a cara con el infante, pero sabe que tendrá que pasar antes por su círculo de pajes. Quizá es cuestión de minutos que la detengan y no quiere meterse en la boca del lobo. La otra opción implica más tiempo y es posible que no lo haya para Ecart, pero confía solo, aunque resulte paradójico, en Vidal, en su soberbia. Imagina que no querrá para su prisionero una muerte oscura en la celda, sino un juicio con público ante el cual pueda lucir sus dotes oratorias, su infinita memoria y su vanidad. Los guardias plantados con picas a la puerta de la torre donde vive el infante la disuaden definitivamente. Gonzalo García departe con ellos. Reza para que no las vean.

—A las caballerizas —ordena al aya.

Pasan por delante de la tienda vacía de Ecart. ¿Un templario fugitivo? Entiende ahora sus silencios, su prevención a hablar de sí mismo.

—Ahora decidle a uno de los mozos que arree un buen caballo, el de Bernardo de Sarriá.

—¿Sabréis manejar una bestia así?

—No sufráis por mí. —Blanca muestra el mango de su arma bajo la ropa.

Sancha de Velasco obedece. Su expresión es impenetrable.

—¿Qué significan ese sello y esas cartas? —pregunta mientras preparan la montura—. ¿Quién sois?

—No os lo puedo decir. Ni vos tendríais que contar nada de lo que habéis visto en la tienda, pero no os puedo obligar ni os voy a matar, tranquilizaos. Saldremos del castillo y me acompañaréis un trecho lo bastante largo para que cuando volváis y deis la voz de alarma, yo ya esté muy lejos.

Cuando tienen el caballo preparado, Blanca ayuda al aya a montar primero. Luego se acomoda ella. En el cuerpo de guardia, los soldados apenas les prestan atención: dos damas de la infanta de paseo. Llegan por fin a la puerta principal, las grandes alas de madera cerradas, el rastrillo medio echado, y franquean el portalón abierto en uno de los lados. El guardia le ofrece una sonrisa lúbrica a Blanca, pero eso es todo.

No conoce con precisión la ruta, solo que tiene que marchar hacia el norte y alejarse del río. Sabe que tiene que adentrarse en el bosque. Al galope de vez en cuando para no agotar a la montura y descansando poco calcula que puede llegar en dos días a su destino, quizá en un día y medio. El caballo es un ejemplar formidable, pero el peso lo ralentiza. Tras media hora avanzando por terreno abrupto, entre encinas y pinos, el castillo es todavía visible. Blanca descabalga y ayuda a su rehén.

—Volved a la fortaleza.

—¿Vais a Castilla? —insiste Sancha de Velasco. La curiosidad la quema por dentro.

Blanca se acomoda otra vez en la silla. Bajo la ropa palpa el arma y el sello de la Poridad, lo único que la puede llevar con éxito hasta su objetivo. Espolea el caballo sin responder. Sancha de Velasco escupe en el suelo y la maldice, mientras la joven dama desaparece entre los árboles.

Capítulo 41

El amor más secreto

Gonzalo García hace una reverencia al infante y abandona la habitación. Hoy desea vestirse sin ayuda, estar solo por una vez, pensar por sí mismo y despedirse de Miravet. Sus estancias le han traído tanta felicidad como tristeza. El infante se observa el cuerpo desnudo, los miembros largos y delgados, nudosos, como los de un cristo de madera. ¿Cuándo empezó a ser como es? No recuerda un momento concreto para consignar la indiferencia que siente por las mujeres, por sus curvilíneas formas y sus ubres, esas grotescas excrecencias de carne. Aprendió pronto a imitar con las palabras y los gestos el deseo hacia ellas que mostraban los otros muchachos, sus pajes, los criados, los mozos de cuadra, a huir del encuentro con las cortesanas que fácilmente se le ofrecían aun en su edad impúber y a disimular la repugnancia de los labios y de los sexos húmedos. Sin embargo, tiene clavado en la memoria el primer encuentro con Cecco mientras jugaban. Las carreras por alcanzarse los habían llevado a un lugar apartado del bosque, un breve recoveco del roquedal donde uno atrapó al otro y forcejearon. Le gustaba notar las manos de su amigo rodeándolo, su aliento a bocajarro. Hubo un roce fortuito de sus labios que no pasó por alto ninguno de los dos, prudentes de repente, midiendo la reacción del otro. No necesitaron palabras para entenderse y volvieron a acercarse con cautela primero, con pasión febril a medida que iban emborrachándose el uno del otro. Ahora cierra los ojos y puede sentir aquel primer beso furtivo, la dicha y la culpa al unísono. Se entregaba al rezo y a la penitencia, al castigo de la carne y a la abstinencia, y pedía el perdón y la absolución de sus pecados, pero pronto surgía el deseo, el demonio poderoso siempre vencía y lo arrastraba hasta el lecho del bello Cecco. En cada sitio adonde su cortesana vida trashumante los llevaba perfeccionaron el arte de elegir lugares secretos para sus encuentros. Con el tiempo, aprendieron que podían disfrutar de largos momentos de intimidad: sabían perderse convenientemente durante las cacerías, se encerraban en las salas de calderas, donde gozaban durante horas entre vaharadas de vapor. Sabían que pecaban y que su vicio los llevaría al infierno o a algo peor si los descubrían y se enteraba su padre, el rey corazón de piedra, inmisericorde con los sodomitas. Por eso siempre acababa rezando y flagelándose. Decían en la corte que el infante había salido piadoso y así era de alguna forma, porque nadie oraba con tanta sinceridad como él, nadie sentía tanto la urgencia de redimirse como el que se sabe al borde del precipicio. Luego caía en el abismo del placer carnal más intenso y vivía en él hasta saciarse para volver a suplicar el perdón. Así una y otra vez hasta que llegó a ser dos personas; una pública a imagen y semejanza del padre y otra privada, vergonzante y temerosa de su infinito y monstruoso apetito sexual. Si Dios es todopoderoso, ¿por qué me ha hecho así? Esta enigmática pregunta se la formuló a su nuevo confesor, fray Pedro de Dios. A partir de entonces, empezó a abrir tímidamente su alma al monje. Era paciente y escuchaba. Nunca le juzgaba. Le proponía la abstinencia, el rezo, la renuncia a la carne, como muchos monjes ejercitan. Le dejó un hábito de franciscano. Nadie como el santo de Asís había practicado tanto la renuncia a los sentidos. Pero el infante le reconoció que la naturaleza de su pasión iba más allá de la atracción física. Había una dimensión espiritual. Estaba enamorado de Cecco Usai y el sentimiento era mutuo. Pedro de Dios escuchaba con el aliento congelado todas estas confesiones. Seguía, impotente, las caídas y las angustias del joven príncipe: la tentación de renunciar a la sucesión y hacerse los dos monjes para escapar del ojo público. El retiro del claustro les brindaría la intimidad que buscaban. «Pero eso contradice la voluntad de su majestad, vuestro padre, mi señor —decía Pedro de Dios—. Va contra los sacramentos desobedecerlo: honra a tu padre y a tu madre, dice el Deuteronomio, como Jehová, tu dios, te ha mandado». Barajó la posibilidad del suicidio. Había leído de qué noble manera se quitaban la vida los antiguos romanos, sajándose las venas en un baño de agua caliente. Así acabarían los dos, juntos, desangrándose lentamente, sumidos en un dulce sopor. ¿Cómo conciliar su impulso con su papel de príncipe cristiano? «Dios juega conmigo», le decía al confesor en sesiones febriles en las que las palabras destilaban frustración y rabia. «No, mi señor —le contestaba fray Pedro de Dios—, Dios no juega nunca. Nos pone a prueba y nos exige». «¿Y por qué, entonces, ha plantado en mí esta semilla si da una planta torcida y pútrida condenada por la Iglesia?». La Iglesia, sí, pensó Pedro de Dios. Consideró callar, pero intuyó que quizá había una manera de conciliar las dos almas del infante. Entonces le habló de las iglesias que él había conocido, de cómo en las lejanas tierras del imperio griego hay ciertos rituales que hermanan a hombres con hombres y que no están mal considerados. Se celebran bajo la advocación de santos y consagran la unión fraternal de los varones. Le habló del padre Jorge, al que él había conocido en Oriente. Sabía que había oficiado tales ceremonias.

¿Sería válida una de tal tipo? Pedro de Dios creía que sí, pero le sugería que fuera al castillo de Miravet, donde el padre Jorge ejercía de capellán.

Podía casarse en secreto con su amado y mantenerlo siempre cerca. Podía salvar las apariencias y esposarse con la infanta para satisfacer al mundo. «¿No sería fantástico tener la certeza de que Dios guarda en su seno un sitio para nosotros y que nos ama?», le dijo a Cecco en un momento de entusiasmo, pero debió comprender que forzaba demasiado las leyes de Dios. De alguna manera que no acaba de entender, Miravet se ha convertido en un foco de perversión, una puerta al infierno: ¿generado por él y por su empeño? Quizá, sin saberlo, el ritual del padre Jorge es una invocación al diablo, como afirma Vidal. Lo cierto es que ha habido actos de brujería contra uno de sus pajes. ¿Fue, del mismo modo, Cecco Usai víctima de las dos brujas? ¿Enloqueció y se lanzó al vacío bajo el influjo del hechizo? Ha visto el muñeco de cera ensangrentado y un escalofrío le ha sacudido de pies a cabeza. ¿Y si es el documento de hermanamiento la fuente que irradia el mal? Lo tuvo en las manos, admiró las bellas grafías en griego el día de la ceremonia. Luego, el padre Jorge lo ocultó tan bien que el secreto se ha ido con él a la tumba. Le hubiera gustado conservar ese testimonio de su amor eterno por Cecco Usai, como el que se profesaron Sergio y Baco. Se anuda la mitad del cinto carmesí que los enlazó durante la ceremonia y le parece oír la sonora voz del padre Jorge en la cripta una vez más:

—... *kai tú pnéumatos haguiu, amén.*

«... y del Espíritu Santo, amén».

—Ahora podéis entrar... —dijo volviéndose solemnemente hacia los contrayentes. Luego empezó a recitar—: Dios todopoderoso que fuiste antes del tiempo y serás por todos los tiempos, que te rebajaste a visitar a los hombres a través del seno de la madre de Dios y Virgen María, envía a tu santo ángel a estos tus servidores Jaime y Francesco para que se amen el uno al otro…

Rememorar esos momentos le agota y mira por la ventana: la escolta que le ha preparado Jaime corazón de piedra espera. Lee otra vez la carta, escueta, fría y conminatoria, que le ordena que se ponga en marcha *sine mora* hacia Tarragona, donde le espera. Todo está marcado y sentenciado: se casará con la infanta, como prometió. Sin el hombre al que ha amado a su lado, nada importa. Lo podrían casar con un asno y aceptaría sin rechistar, si esa es la penitencia que ha de cumplir para purgar la culpa que siente. Antes de ponerse la camisa, empuña el flagelo, discretamente oculto bajo la cama, cae de rodillas y empieza a azotarse la espalda. Los trallazos abren las cicatrices aún frescas de la última mortificación, y el dolor, como una gran zarpa, le envuelve poco a poco.

Capítulo 42

Un pacto perverso

Los primeros en visitar a Ecart en la estrecha mazmorra son Blasco de Piniella y Pedro de Pomar. El prisionero está bien atado, encadenado de manos y por el cuello, como corresponde a un extemplario y, por tanto, peligroso hereje, sodomita y adorador de ídolos diabólicos, además de prófugo y asesino. No tienen ganas de hablar. Solo han venido a ajustar cuentas. El primero le propina con todas sus fuerzas una patada en el lado hinchado de la cara. La herida vuelve a sangrarle profusamente. Pedro de Pomar hace lo mismo, pero en el estómago. Golpe por golpe. Blasco de Piniella se desabrocha la camisa. Se va a emplear a fondo con el hombre semiinconsciente a sus pies.

—Trae agua —pide a su compañero—. Hay que despertarlo. Si no, no tiene gracia.

—¿Qué diablos estáis haciendo? —Vidal irrumpe entre los dos.

—Lo interrogamos —responde Blasco.

—¡Fuera!

—Debo recordar al consejero real que nos trate con el debido respeto acorde al rango y a la dignidad que ostentamos.

La mirada carroñera de Vidal se demora en el rostro del señor de Piniella.

—Debo recordar a sus señorías que es este consejero real quien les está salvando la vida tras sus múltiples torpezas. Haced algo útil. Buscad a doña Sancha de Velasco. Retiene a Blanca de Bernués en la tienda. Con discreción, traed a la joven a mi presencia. ¿Podréis hacerlo?

Los dos jóvenes tragan saliva y con ella su orgullo. Callan y obedecen. En los últimos días han visto más cerca que nunca la posibilidad de ser acusados y, aún peor, que la sospecha llegara a oídos del infante. Toda su suerte de pajes depende desde la tierna infancia de la estrella del primogénito. Una vez coronado, ellos serán sus ministros y administradores, sus jefes militares. Sus excentricidades religiosas les quitaron el sueño. Todo se podía derrumbar muy rápido. Toleraron la relación sodomítica con Cecco si mantenía el compromiso matrimonial, pero aprendieron a odiar intensamente al paje sardo, su protagonismo y sus ocurrencias impertinentes. Fue un placer verlo expirar poco a poco, mientras apretaban el cinto alrededor de su cuello. Si el infante descubriera el complot que acabó con el gran bujarrón, como llamaban en privado a Cecco Usai, su caída sería segura.

—Mis disculpas —dice Vidal cuando quedan a solas y espera pacientemente a que Ecart se recupere de los golpes—. Lo que ha pasado es inaceptable.

Ecart nota el sabor ferroso de la sangre en la boca. El dolor de cabeza vuelve a despertar. Así que este era el plan de Dios para él: traerlo a Miravet y quemarlo en la hoguera. El final del viaje emulará el de su gran maestre, el llorado Jacques de Molay, martirizado por la vesania del rey de Francia, mil veces maldito. Y el feliz encuentro con Blanca de Bernués, la promesa de algo indefinido todavía, pero nuevo, no es más que un giro de innecesaria crueldad. ¿Qué sentido tiene todo? Morir ahora es más duro que hacerlo hace una semana. Pensar que ella también puede caer le enloquece.

—Soltadme —dice Ecart, babeando sangre—. No estoy bajo vuestra jurisdicción.

La sonrisa de Vidal es casi tierna.

—Oh, sí que lo estáis. No sois un templario. La orden dejó de existir hace tiempo y las propiedades pasaron a la corona. Yo soy su representante ahora. Tampoco sois un hospitalario. Os habéis hecho pasar por uno durante estos años: usurpación. Eso, en sí, ya es un delito.

—Hablando de delitos. Os veo muy tranquilo con vuestra conciencia: torturasteis al antiguo confesor del infante. Os reveló su secreto. Luego ordenasteis matar al señor de Usai.

—Fue una ejecución —dice Vidal, con sequedad—. Era un miembro pútrido de la corte. Le ahorramos al miserable el suplicio del fuego y acallamos el escándalo. El interrogatorio a fray Pedro de Dios, por desgracia, era un medio para alcanzar el fin justo.

—No podéis soportar la realidad, ¿verdad? ¿Cómo encaja la inclinación del infante con el plan de Dios para la casa de Aragón?

—Encaja perfectamente. El infante se está curando ya. La sodomía es una infección, una pestilencia contagiosa. El joven príncipe cayó embrujado por un degenerado. Por suerte extirpamos el mal aquella noche. Fue interrogado, se le pidió que confesara dónde guardaba el infame documento. —El consejero arrastra las palabras con un gesto de inmenso desprecio—. Esa aberración en griego escrita por el mismo diablo, que se sirvió de un griego herético, el despreciable padre Jorge. Por desgracia, se fue al infierno antes de hablar. Sus compañeros fueron demasiado vehementes, y el señor de Usai, demasiado débil.

—Al infante no le gustará saber lo que ocurrió.

—El infante sabrá la versión oficial: un terrible acto de brujería que enloqueció al paje del infante y al capellán. O quizá este último se quitó la vida antes de que lo detuviéramos. Ya veremos cómo quedan los detalles. En cualquier caso, se condenará a la hoguera a la sirvienta de nombre Pueyo y a vos.

—Eso es absurdo.

—¿Absurdo? —Sonríe Vidal con suficiencia—. Un abogado como yo sabe cómo vincularlos. ¿Oís? —Los gritos y las arcadas de Ojo Gacho se hacen audibles desde la celda contigua—. Mis hombres la están interrogando en estos momentos para que reconozca el complot y a todos los implicados. Los cuerpos del hereje Jorge y de la bruja Saurina serán quemados también. Me preguntáis por mi conciencia, freire Ecart. Estoy totalmente en paz con ella. Sé que conmigo está la razón de las Escrituras y de los doctores de la Iglesia. Conmigo está la luz. En cambio, vos sois el error, la heterodoxia. Los templarios erais eso: la tibieza moral, la aceptación de ideas ajenas. Coqueteabais con la filosofía de los paganos, os gustaba la cábala judía y el esoterismo del islam. —Vidal señala en dirección al cinto sin espada del prisionero—. Como esa espada que lucís, esa extravagancia curva impropia de un caballero cristiano. Demasiado tiempo conviviendo con ellos en Tierra Santa, imagino, os infectó. Ese documento, esa justificación de coyunda sodomítica lleva el hedor del pecado.

—Si solo era eso, un papel herético, ¿por qué la obsesión por tenerlo a toda costa?

Vidal se acerca al prisionero. Observa su rostro machacado.

—*Scripta manent,* Ecart. Lo que está escrito permanece. El documento tiene el valor del ritual, de la sacralización. Posee la fuerza que se le quiera dar. Imaginaos que sale a la luz que alguien en el seno de la Iglesia concede, acepta, transige con algo así. Ya lo hace en tierra de griegos, según parece. Ahí están rodeados de paganos, búlgaros y tártaros, pueblos salvajes y deleznables. Imaginaos que la plaga llegara hasta nuestros reinos. En realidad, ya ha intentado enraizar. ¿Sabéis que otro monarca, Eduardo de Inglaterra, pergeñó algo parecido con su... amigo, un tal Piers Gaveston? ¡Qué precedente nefasto marcó en el futuro! Afortunadamente, el amante murió por la espada.

—Olvidáis al gran maestre. Sabe todo lo que ha sucedido.

—No me olvido de él. Nunca me olvido de nada, Eckhartus de Eppingen. No hablará, porque sabe que le puedo exponer ante el rey.

—El trigo —completa Ecart. Se limpia el rostro ensangrentado con el dorso de la mano.

—El trigo y el padre Jorge. Os ha abandonado, me temo. Ya os lo advertí, el barón de Erill es un noble despiadado y ambicioso. Vos sois el lacre que sella el pacto de silencio entre él y yo. Habéis conseguido ser molesto para ambos, como esa entrometida dama, Blanca de Bernués. Pronto estará aquí. —Ecart se hunde. Una profunda pena le deja sin más palabras—. Preparaos para el interrogatorio. Os aconsejo que confeséis vuestros delitos cuanto antes. Evitaréis un sufrimiento innecesario. Mis hombres son eficientes, pero no tan meticulosos, vamos a decir, quirúrgicos como el verdugo que os quebró la pierna hace diez años.

Capítulo 43

El fantasma de Saurina

Hora nona del 24 de septiembre de 1319

En la espesura de un bosque que nunca se acaba, Blanca avanza con lentitud de pesadilla. En un claro intenta orientarse por la luz del sol que se filtra entre las copas de los árboles. El momentáneo parón le trae la agitación del carrascal, de otros pasos que no puede localizar de forma precisa y que a veces oye cerca y a veces lejanos, pero que la acompañan desde hace rato. Dicen que los que no se escuchan son los peligrosos y los dos pajes son buenos cazadores y mejores jinetes. Fue una suerte que Sancha de Velasco los encontrara a medio camino mientras regresaba a pie. Ellos las estaban buscando, siguiendo la información de los guardias en el portón. Blasco de Piniella y Pedro de Pomar han descabalgado a prudente distancia y se abren paso con cautela entre el sotobosque. Gonzalo García no ha querido tomar parte en la expedición, demasiado tibio, demasiado pusilánime. Solo se prestó a arrancar al infante de la compañía de Cecco para llevárselo de caza y poder perpetrar el crimen. Si no es uno de los suyos, ya se lo harán saber en el futuro, a la hora de repartir cargos y prebendas. Cuando la localizan, a caballo, escandalosamente ruidosa, se acercan aún con más precaución, midiendo cada paso que dan, mirando el suelo para pisar en blando. A pocos metros la asaltan a la vez desde lados diferentes. Aunque encabrita el caballo, es fácil derribarla. Blasco de Piniella se le echa encima. Este era el acuerdo. Primero la probará él, luego Pedro de Pomar. Volverán al castillo con la fiera bien domada y vejada. Ella se revuelve, pero Blasco es más fuerte y el peso la aplasta. Le retuerce la mano y aprovecha ya para sentir su cuerpo, sus pechos cediendo contra el suyo. Recorre su rostro con la lengua y nota la súbita y violenta erección con una expresión triunfal. El zarpazo que le propina Blanca todavía lo excita más y la coge del cuello para estrangularla: la misma congestión del rostro, la ligera protrusión de los ojos, la mirada cada vez más neblinosa y opacada que vio en Cecco Usai mientras le llegaba la muerte.

—La quiere viva —le recuerda Pedro de Pomar, ya con los calzones bajados.

—Solo la castigaba un poco, para amansarla, como al toro.

Aprovecha su aturdimiento y se desnuda con premura de cintura para abajo. Contempla a su presa y le levanta la ropa hasta dejar las piernas expuestas. Se arrodilla y busca su sexo con la mano. Sigue los efectos de su grosera exploración en la mirada de Blanca, aún conmocionada. Una vez, el viejo soldado que la instruyó en el arte de usar el cuchillo le dijo que, en ocasiones, es conveniente sacar partido de la desventaja propia para engañar al oponente y que baje la guardia. Hay que medir el tiempo de esa aparente debilidad con precisión, porque en él te va el seguir viviendo o despedirte de este mundo. Blanca ha despertado pronto del breve vahído, pero ha tenido la sangre fría de simularlo un poco más, el tiempo de echar mano al estilete y ocultarlo. Algo en la mirada de su víctima, de repente clara y despierta, alerta a Blasco demasiado tarde. Blanca lanza la estocada contra la parte más expuesta del señor de Piniella. La hoja atraviesa limpiamente el pene tumefacto y el escroto y se clava en la ingle hasta la empuñadura.

Hay un silencio de incredulidad y otro de pánico. Blanca aleja a su víctima de una patada y se arrastra hacia atrás.

—Puta —gime Blasco, y un miedo líquido y frío le empapa el cuerpo.

El horror paraliza a su amigo cuando ve el efecto de la estocada: un extraño y mortal espeto de carne y músculo arrinconado contra el muslo. Un color marfileño se va asentando en la piel del herido, que intenta ponerse de pie y trastabilla. Tira del estilete con un golpe seco, como se acostumbra a hacer con las piezas de caza cuando les clavas el rejón de muerte, una estocada limpia de entrada y salida, pero el movimiento arrastra algo en su interior, imagina aterrado que es importante, como si se llevara venas o músculos o algún hueso en su camino. Un hilo de sangre brota con fuerza de la herida y dibuja un arco perfecto en el aire. Un dolor hondo y salvaje le paraliza y lanza un alarido tan fuerte que le deja sin voz. Y entonces recuerda el muñeco de cera de la maldita Saurina, el clavo atravesándole la entrepierna, y la ve reírse a carcajadas desde el infierno. Por un momento cree que sueña y que ha de despertar. Pedro de Pomar se acerca a su amigo. ¡Déjame!, le indica con un gesto, y señala a Blanca.

—Mátala —balbucea.

Pedro piensa en la orden terminante de Vidal. Duda en obedecer al amigo, pero reconoce que la mujer es peligrosa como un escorpión: ¿cómo volver con el amigo herido y un ojo puesto en la fiera? Se sube las calzas y finalmente desenvaina. Aunque Blanca retrocede, la alcanza en dos zancadas con la espada en alto para partirle la cabeza en dos. Ella busca en vano una piedra o una rama que demore el golpe, piensa qué le diría su instructor, el hombre que Juan de Avilés le envió para que la adiestrara. Se protege con manos y brazos y deja expuesto el vientre. El hombre encima de él cambia con agilidad la dirección de la hoja.

Reza, Blanca. Reza.

Cuando va a descargar el golpe, el verdugo percibe por el rabillo del ojo una agitación fugaz del matorral, formas pardas que parecen salidas del mismo bosque: unos niños harapientos asoman tras un árbol con los ojos muy abiertos, atentos a algo más allá de su víctima y de Pedro, algo para ellos más importante e inminente que la ejecución de la mujer. Aunque intenta mirar tras él qué es lo que le acecha, la punzada en la espalda lo paraliza, como si deslizaran muy lentamente por sus entrañas un hierro candente. Aún no sabe que está muerto cuando ve el extremo puntiagudo de un asta de madera teñida de rojo brillante asomar a la altura del estómago. Un buche de sangre le inunda la boca y se desploma.

El mendigo de dedos retorcidos recoge la espada del muerto. Pronto surgen otros, también armados con sencillas pero efectivas estacas, que desnudan al cadáver de sus ropajes de calidad. Nadie habla. Aunque todos están agitados por lo que acaba de suceder, flota en el aire una fría determinación.

—Soy el señor de Piniella —jadea Blasco sentado en un charco de sangre.

—Vos no me conocéis —dice el mendigo con la espada de Pedro de Pomar. Un niño con el brazo burdamente entablillado asoma por detrás—, pero yo a vos sí. Os hemos seguido por el bosque. Matasteis a mi hijo y dejasteis lisiado a este. Vi cómo violabais y torturabais a esa mujer hasta matarla. Se lo dijimos a los soldados que recogieron su cuerpo, pero no nos hicieron caso, claro. Solo somos pobres errantes. Nos morimos de hambre, señor. Estamos enfermos.

Nuestro pecado es no haber nacido con un blasón en la puerta, pero somos criaturas de Dios como vos y cometisteis un crimen por el que vais a pagar. ¿Tenéis algo que decir?

—Piedad —suplica por primera vez en su vida con el terror pegado a la voz. ¿Cómo es posible que todo acabe aquí, las esperanzas, los sueños de grandeza? Imagina el pendón de los Piniella ondeando al viento.

El mendigo empuña bien la espada. Otros hombres, mujeres y niños se arremolinan alrededor del herido. No hay proceso formal, ni escribanos, ni sentencia escrita, pero tiene lugar una extraña y primitiva forma de justicia ante la que no hay jurisdicciones ni inmunidades. La espada en alto da la señal. Levantan palos y piedras contra el gimoteo ovillado a sus pies y los dejan caer a la vez.

Capítulo 44

Naturaleza tardía

Palacio Real de Tarragona, 25 de septiembre de 1319

«Ha tenido la desfachatez de presentarse con ella», piensa el infante Jaime cuando ve a Elisenda de Montcada junto al rey al final de la sala y del pasillo de cortesanos. No se deja engañar por su aspecto de monja recatada. Sabe que es la encargada de calentarle el lecho al viejo cara de piedra. Al otro lado del monarca espera el orondo y cetrino arzobispo de Tarragona, Jimeno de Luna, el hombre que lo va a casar en menos de un mes.

—Majestad. —Besa genuflexo la mano que el rey le ofrece y la enguantada del arzobispo e ignora a la amante.

—La carta del santo padre —dice Jaime II con sequedad desde el trono, y con un gesto ordena a un criado que se la entregue al príncipe. El joven la recoge sin comprender. Observa el blanco inmaculado del delicado pergamino y los ampulosos sellos papales—. A diferencia de vos, de caza con los amigos, aquí hemos estado muy ocupados para salvaguardar los reinos que heredaréis. Os escribe a petición mía para que os caséis. Sus argumentos son convincentes, y el latín que usa, bellísimo.

El infante se la tiende de nuevo a su padre.

—No hace falta, ya os dije que obedeceré.

—¡Leedla! —estalla el rey, y su voz resuena en toda la sala. Elisenda y el arzobispo se estremecen brevemente con el inesperado grito—. ¿No hace falta? ¿Cómo podéis ser tan ingrato? He removido cielo y tierra para que os la escribiera. ¡La cabeza suprema de la cristiandad, el heredero de san Pedro!

La parálisis de siempre agarrota al infante de palabra y de gesto. Ni siquiera se atreve a mirarlo a los ojos. Sabe que seguirá viendo el hielo y un aliento de decepción y de desprecio. Durante el viaje desde Miravet se dejó llevar por la ilusión de que, si el rey estaba al tanto de la muerte de Cecco, a quien conocía desde que llegó de su isla natal cuando era un púber, se conmovería y le brindaría palabras cálidas de consuelo por el amigo desaparecido, quizá, incluso, un abrazo paternal.

—Sí, la leeré, mi señor. —El infante carraspea. Se arma de valor—. El señor de Usai, paje de mi casa, murió estando en Miravet.

—Lo sé.

El príncipe osa levantar la vista. El rey, ajeno a cualquier sentimiento excepto a la ira, envuelto en una majestad hierática, observa al mundo desde la altura, menos a él, a sus pies.

—¿Cómo está la señora infanta? —pregunta Jaime II.

—Se encuentra bien de salud, señor.

El silencio es tan denso en la sala que se puede oír el chirrido de una puerta lejana. El arzobispo carraspea para intervenir. Su rostro oliváceo brilla con una pátina de sudor frío.

—Todos rezamos por la feliz conclusión de la boda.

—¿Habéis tenido buen viaje? —interviene Elisenda de Montcada.

—Sí, señora.

—Bien —dice Jaime II levantándose. La recepción ha terminado y su acción agita levemente a todos los presentes con un aire de alivio—. Id a vuestros aposentos. Nos veremos en la cena. —El rey y Elisenda de Montcada cruzan una mirada cómplice.

Los dos hablaron por la noche, en la cama. La inminente boda se ha convertido en el gran tema de conversación. Si, como dice ella, el problema del príncipe solo radica en una naturaleza tardía, se trata solo de acelerar la llegada del despertar a los placeres de Venus.

—¿Qué sugerís? —le preguntó el monarca sin comprender qué planeaba la mujer a su lado.

En la intimidad del tálamo es cuando hablan más y de forma más sincera. Él se puede despojar de su máscara, liberarse del latín y del lenguaje áulico y usar el idioma de la tierra para llamar a las cosas por su nombre como hacen los comerciantes y los campesinos.

—Quizá os incomoda que os lo detalle —respondió Elisenda pegando su cuerpo al del rey.

—¿Me veis incómodo? —preguntó él, llevando la mano de su amante a la real entrepierna.

—Si me dais permiso, contrataré a las tres mejores putas de la ciudad, las más bellas y las más hábiles. Dicen que el arte y las formas del amor no tienen secretos para ellas. —El rey alejó el rostro, disgustado—. Escuchadme: a grandes males, grandes remedios. El perro se conforma con las sobras del cocido, pero cuando ha probado la carne cruda y ensangrentada ya no hay vuelta atrás. Ya no querrá los huesos que le ofrece su amo y es capaz de cazar y matar a su presa para volver a sentir el placer de la sangre en sus fauces. ¿Qué me decís?

El rey lanzó un suspiro de hastío y dio su permiso.

—Encargaos vos de todo. Yo no quiero saber nada.

Cuando el infante entra en la sala de calderas, le envuelve una penumbra neblinosa rota por innumerables cirios colocados por todas partes. En una estancia contigua alguien hace sonar un rabel al ritmo sensual de una balada mora. Le recibe en silencio una joven de ojos verdes y piel nacarada que lo desviste y lo lleva de la mano hasta la bañera.

—El agua está demasiado caliente —le dice con voz queda y empieza a pasarle una esponja por el cuerpo para atemperarlo. Lo hace con suaves toques desde la cabeza. Se demora en el cuello y en el pecho y en la entrepierna y las nalgas. Luego lo invita a entrar en el agua—. Con vuestro permiso, alteza. —Ella se desviste, descubre sin pudor un cuerpo voluptuoso y se sienta a horcajadas sobre el príncipe hasta que el agua rebosa.

—Mi padre, ¿verdad? —dice el príncipe.

Ella sella sus labios con los dedos y le gira levemente la cara hacia la oscuridad.

—Mirad, ahora.

A la luz de las velas, dos mujeres solo ataviadas con pendientes y collares se besan y se dejan besar, se recorren el cuerpo, primero lentamente, luego con fruición de lenguas y de caricias.

—Mirad —le repite al oído mientras la mano experta juega bajo el agua.

El infante cierra los ojos. Recuerda el bello y noble cuerpo de Cecco, su dureza masculina y sus besos auténticos. En la húmeda oscuridad, la mujer que lo cabalga no percibe la lágrima que se le escapa a Jaime. El joven príncipe está tan lejos de allí que no oye los jadeos impostados ni la música oriental ni el sonido amortiguado de voces que oran, las de las monjas que ha dispuesto Elisenda de Montcada al otro lado de la puerta para que recen por el despertar del infante-hombre, aquel que ha de fecundar a una infanta de Castilla y esparcir su semilla en hembra, como Dios manda.

Capítulo 45

Juego de cartas

Entre el 26 y el 28 de septiembre de 1319

—Estás muy callado, judío del demonio —dice Guillermo de Erill contemplando la llanura de la tierra valenciana a sus pies.

En el puerto de montaña por el que transitan, el viento trae una lluvia fina y helada que se clava en la piel.

David ben Ruzafa se arrebuja bien en la manta antes de hablar.

—¿Lo creéis, señor?

—¡Sí, lo creo! —le grita Guillermo de Erill malhumorado, y baja la voz para que los soldados de la escolta no escuchen—. Sé lo que piensas: que dejé en la estacada a freire Ecart y a la dama castellana.

—Yo solo pienso en vuestra salud.

El viejo maestre le enseña un puño amenazador.

—¡Deja de tomarme por idiota o me enfadaré! Estás molesto. Crees que podía haber hecho algo, pero tú sabes que no. Precisamente un judío como tú sabe lo importante que es el dinero y ese trigo vale mucho, tanto como el oro y la plata que atesoráis los de vuestra raza, ¿me equivoco? —David ben Ruzafa le hace una reverencia que no quiere decir nada—. Se llama mal menor y, además, me mintió. Me mintieron los dos: él, un prófugo templario en busca y captura. Ella, una enviada directa de la reina María de Castilla.

—Y los dos saben demasiadas cosas —completa el médico.

—Exacto. —Guillermo de Erill se gira por primera vez para contemplar la estampa de su frágil médico envuelto en la manta—. En mi vida de soldado he visto caer a muchos hombres en combate de un lado y de otro y no todos empuñaban una espada. Había niños y mujeres, campesinos que tuvieron la mala suerte de estar en el lugar incorrecto en el momento fatal. ¿Entiendes, cabeza de chorlito?

—Sí, señor.

—No me caía mal ese Ecart, pero así es la guerra.

—No sabía que estuviéramos en guerra, señor.

Guillermo de Erill frena su montura para ponerse a la altura del galeno.

—David ben Ruzafa, médico turolense, no dejas de sorprenderme. ¿Así que eres un buen matasanos pero ignoras lo que pasa a tu alrededor, la gran partida entre la nobleza y el rey, entre los monarcas de la cristiandad? —Muestra con la mano el paisaje alrededor; los gigantescos roquedales a un lado, los barrancos y despeñaderos que acaban en el brumoso llano de Castellón al otro—. Todo esto que ves es un enorme campo de batalla. Que no haya declaración de guerra formal no significa que estemos en paz. Nunca la hay y nunca la habrá. Solamente quiere decir que la guerra continúa con otros medios: la adquisición de bienes y honores, ampliar el número de aliados por favores debidos o por matrimonio. ¡Ah! Y maldecir, calumniar o ensalzar también son armas, y muy peligrosas. Por eso ese endiablado documento valía su precio en oro.

—Gracias, señor, por ilustrarme, pero, decidme: si estamos en guerra, ¿contra quién luchamos?

Un golpe de la ventisca levanta la capucha del gran maestre y amenaza con volarle el bonete de terciopelo negro, símbolo de su rango. Se vuelve a cubrir bien y observa la expresión semioculta de su médico para confirmar el tono irónico que le ha parecido percibir en sus palabras. Solo ve unos ojillos salpicados de aguanieve en las pestañas.

—El rey es un zorro muy astuto. Me castiga y lo hace sutilmente. Me ordena que me dirija a Montesa, la sede de la orden. Me aleja de Miravet y de los acontecimientos que se desarrollarán alrededor de la boda del infante. Me aleja del centro de la escena. Me aleja de la corte y me debilita. Ha sido una batalla. ¿No lo ves? Y debo reconocer que la han ganado. Vidal ha sido la rata insidiosa que ha vertido el veneno en el oído real. Pero la partida no ha terminado. Ellos con sus cartitas arriba y abajo se han creído muy listos, pero yo también sé escribir y sé mover mis piezas. —Un ataque de tos interrumpe sus palabras y el paso del caballo. Toda la comitiva se detiene. Las toses resuenan en la amplitud del paisaje. Un par de tragos del mejunje herbáceo que le alcanza David ben Ruzafa calman sus fatigados bronquios, aunque dejan en su rostro el gesto de asco que el médico conoce tan bien—. Por Dios que tu pócima sabe a mil diablos. Da gracias a que funciona, porque si no te aseguro que ya te habría colgado hace tiempo.

—Yo también os aprecio, señor. —David ben Ruzafa sonríe. Sí, todos saben jugar sus piezas y escriben cartas.

Él también, y vuelve a palpar bajo la manta la que escribió aún en Miravet. Las muertes de Cecco Usai y del padre Jorge le conmocionaron, especialmente la de este último, con el que había empezado a trabar algo parecido a una amistad desde credos muy alejados. Le indignó la muerte de Saurina, pero algo en su interior se empezó a romper en la cámara del tesoro cuando vio el suelo tapizado de harina y los sacos acaparados. No le hizo falta coger el estilete del gran maestre para comprobar que encajaba en la diminuta, profunda y mortal herida del padre Jorge. Entonces comprendió que su amo sería capaz de cualquier cosa, como así fue: entregó el documento matrimonial y dejó caer a freire Ecart y a la dama castellana a cambio del silencio de Vidal. Tras advertir a Blanca de Bernués para que huyera, se encerró en su cámara y escribió al venerable rabino Abraham ben Semuel. De él aprendió el arte médica. En la estrechez de las calles de la aljama de Teruel visitó a sus primeros pacientes bajo el ojo vigilante del maestro, reconocido no solo entre los judíos, sino también entre cristianos y musulmanes. El propio rey había pedido sus consejos en más de una ocasión. Aunque el tiempo urgía, David ben Ruzafa pensó mucho las palabras antes de romper el blanco en el pliego de papel, como cuando tiene que sajar una herida en una parte delicada del cuerpo y mantiene el bisturí en alto para ser certero y preciso. Cuando las encontró fue directo e incisivo. Denunciaba la corrupción del trigo acaparado, la muerte del padre Jorge y la prisión de freire Ecart, que, aunque extemplario, era inocente de los crímenes del castillo. Luego, acusaba al gran maestre sin ambages. Callaba la sodomía del infante y del señor de Usai. Solo le interesaba exponer al viejo sin escrúpulos que ahora cabalga a su lado, el hombre a quien paradójicamente ha de cuidar, pero para quien desea la ruina, y Ben Semuel tiene acceso directo al monarca. Vuelve a palpar la carta, casi la acaricia y recuerda la frase del Deuteronomio: «Mía es la venganza y la retribución, a su tiempo su pie vacilará; porque el día de su aflicción está cercano».

Sí, piensa David ben Ruzafa, el gran maestre afirma que todo es una gran partida de ajedrez, pero quizá se trate finalmente de una partida de cartas y él tiene una en la mano para jugarla contra un tahúr como Guillermo de Erill. Antes de que se ponga el sol llegan al castillo de Villafamés, en el llano. En el pueblo, a los pies de la fortaleza, existe una pequeña pero próspera aljama.

—Con vuestro permiso, señor —dice David ben Ruzafa ante el gran arco de entrada al castillo—. Me gustaría visitar a un pariente que vive en la villa.

Guillermo de Erill le observa con la mirada llorosa por el frío. Si no fuera porque el médico conoce a su señor y sabe que es soberbio y pagado de sí mismo y de su poder, diría que lo analiza con desconfianza.

—Está bien —dice al fin—, pero no tardes mucho. ¿Necesitas un escolta que te franquee el paso?

—No, señor. Aquí me conocen.

—Por eso, precisamente —sonríe el gran maestre.

El médico le devuelve un gesto gentil:

—No habrá problema. —Y espolea su montura en dirección al caserío.

Busca en el arrabal la breve calle que acoge a las pocas familias judías. Sabe a qué puerta llamar. Hace unos años, su bisturí y sus ungüentos libraron a uno de sus moradores de un feo absceso y la memoria del médico se idolatra desde entonces.

—*Shalom* —saluda en cuanto se entreabre la puerta—. Busco a Astruc ha-Simón.

—¿Quién pregunta por él? —pregunta una voz femenina en la oscuridad.

—David ben Ruzafa.

Tras un momento de sorpresa y una exclamación, el ala de madera se abre inmediatamente y el médico entra después de apoyar la mano en la *mezuzá* y evocar la fórmula ritual sin pronunciar el nombre de Dios: «*Hashem* es mi cuidador. *Hashem* es la sombra sobre mi diestra. *Hashem* me protegerá cuando salga y retorne, de ahora y para siempre».

La infanta Leonor piensa que la suya es la boda más maravillosa que se ha celebrado nunca, y el trono en el que se sienta, el más lujoso, cubierto de piedras preciosas de formas y colores nunca vistos y de excepcional brillo. A su lado, el infante, de repente coronado como rey, le ofrece su mano.

«Ya sois reina», le dice mostrándole la corte arrodillada ante ellos.

Leonor siente en su cabeza el peso agobiante de una corona demasiado grande para ella.

«Llevadla con dignidad», le susurra al oído Sancha de Velasco.

Es entonces cuando se hace el silencio y los cortesanos hieráticos como piedras empiezan a desvelar sus verdaderos rostros; horribles y demoníacos. Leonor se vuelve hacia Jaime en busca de ayuda o de una explicación.

«Son brujas y brujos. He ordenado que los quemen», dice con naturalidad, y su leve sonrisa se deforma monstruosamente.

Leonor despierta con un grito en mitad de la noche.

—Señora —susurra una de las damas, que duerme a sus pies—, ¿soñabais? —Su rostro penumbroso arrastra algo de la deformidad de la pesadilla.

Leonor la observa durante unos instantes, desorientada, hasta que percibe la densidad del mundo real. Sabe que está en el castillo de la Suda, en Tortosa. Sabe que, desde el ajimez, ahora cerrado, puede ver el Ebro a sus pies, el mismo río que pasa por Miravet, pero más cerca del mar. Pide agua y bebe casi toda la copa con ansia infantil.

—¿Qué ocurre aquí? —Sancha de Velasco irrumpe en el dormitorio. Sin el envaramiento de sayas y cintas, su cuello arrugado la dibuja como una anciana, una vieja llena de energía, sin embargo.

—Soñaba que era reina.

—¿Y eso os ha sobresaltado?

—Soñaba que era reina y que a mi alrededor todos los cortesanos se transformaban en brujos y brujas, incluso el príncipe Jaime.

—¿Y yo? —Sancha de Velasco muestra media sonrisa displicente.

Leonor ignora la pregunta de su aya y mira muy lejos, hacia la oscuridad de la sala.

—¿Quemarán a Blanca de Bernués? No me pareció una bruja.

—Las brujas nunca dicen que lo son hasta que ya es demasiado tarde, señora.

—¿Adónde habrá ido?

Sancha recuerda la despedida en medio del bosque y el encuentro con los dos pajes. Cuando le preguntaron por Blanca les indicó la dirección verdadera, porque aún le dolía el bofetón que le había propinado. Nadie le había cruzado la cara excepto su padre cuando ella era muy pequeña. Nadie sale impune si le haces algo así a un Velasco. El bofetón lo recibió ella, pero era como si lo hubieran encajado todos los Velasco que la precedieron y todos los que han de venir.

—Nadie lo sabe, señora —responde el aya sin ganas de dar muchas explicaciones, aunque la infanta cada vez se conforma menos con vaguedades. Se hace mayor. Su pequeña cabeza piensa cada vez mejor.

—Escribiré a la reina María para informarla. Quizá ella la pueda ayudar.

—Señora, os sugiero prudencia. —Sancha se acerca a la joven con precaución arácnida—. Esperemos hasta después de la boda.

Por entonces, seguramente ya tendremos noticias de ella. Todo se habrá sosegado.

Leonor guarda silencio. La habitación es demasiado grande para una sola persona, aunque siempre haya damas presentes. Prefería la calidez de la tienda en Miravet, el contacto humano y, sobre todo, las suaves manos de Blanca de Bernués cuando la peinaba. Le gustaba su voz algo honda para una mujer, pero aterciopelada y apaciguadora. No, no puede ser una bruja y sabe que al aya le caía mal. Le gustaría decirle a alguien que se siente sola y que a veces se despierta con un sobresalto, incluso sin pesadilla. Entonces, la quieta realidad le resulta tan aterradora como sus sueños y no tiene que convocar a los monstruos de sus delirios para temblar: recuerda el ahorcado hinchado y ennegrecido a su llegada a Miravet, los gritos de Ojo Gacho rompiendo el silencio de la madrugada, y tiene presente al infante, extraño y distante estos días, otro desconocido de rostro lloroso y gestos desquiciados, como la patada cruel e innecesaria que le propinó a su perro faldero. Qué decir de todos los hombres que la rodean, que la siguen o la preceden, respetuosos, de rostro inescrutable, pero siempre ligeramente amenazadores con sus mazas y sus dagas, con sus espadas y ballestas. Ojalá pudiera hablar con sus padres, de los que no tiene ni siquiera un dibujo para recordarlos porque son tan solo una corona y unas bellas letras en un inmenso árbol genealógico, como ella, una rama a punto de unirse con otra del frondoso árbol de Aragón. A medida que se hace mayor va comprendiendo lo que significan en el juego del poder esos nombres que la han acompañado desde que tiene uso de razón: los ricoshombres levantiscos, los parientes hostiles, el rey de Francia y el de Inglaterra, el de Granada y el papa. Ojalá pudiera hablar con su hermano Alfonso esta noche, otro nombre sin rostro y sin voz, el que está llamado a ser rey de Castilla como ella lo podría haber sido si no hubiera nacido él. Siente cómo un gran vacío se abre en su interior y que algo difuso pero peligroso la arrastra hacia esa oquedad negra y profunda sin que ella pueda evitarlo. La asalta una repentina náusea y la necesidad de llorar y de gritar muy fuerte, pero, como le ha enseñado el aya, una princesa ha de dominar sus sentimientos. Aunque se vuelve a acostar, sabe que no podrá conciliar el sueño en lo que queda de noche.

Vidal observa por última vez el documento de la *adelfopoiesis* antes de acercarlo a las llamas.

—El fuego purificador —dice mientras una llama azulada lame y retuerce el extremo del pergamino. Ecart, engrilletado, ni siquiera sigue la acción. La fiebre ha llegado de forma natural tras dos días en la celda fría y húmeda. Las condiciones de la prisión ya son una forma de tortura—. Quiero que presenciéis el inicio del restablecimiento de la justicia y que confeséis *motu proprio* vuestra participación en la conjura: conocíais lo que tramaba el padre Jorge. Conocíais el conjuro de las dos brujas para acabar con don Blasco de Piniella, ¿no es cierto? Entrasteis gustoso en el complot como antiguo templario, prófugo y asesino de vuestro guardián en las prisiones papales de Aviñón. Bien, el pertinaz mutismo es la mejor prueba de vuestra culpabilidad, pero, como hombre de leyes que soy, necesito una confesión. —El gigante Hugo sale de las sombras y coloca unas tenazas en el fuego—. Me desagrada profundamente el procedimiento del tormento judicial, por eso os pregunto por última vez antes de dejaros solo con mi hombre. Hugo, aparte de cultivar el silencio, conoce muy bien los secretos del hierro cuando se alía con el fuego. —Vidal le pone una mano en el peto de cuero endurecido—. Viene de la montaña, de familia de herreros. Sabrá convenceros como convenció a fray Pedro de Dios.

—Os podéis ahorrar los trámites y quemarme en la hoguera —dice Ecart en su nube febril.

—No os preocupéis por eso. Se está construyendo la pira. —El *consiliarius regis* espera a que el documento acabe de consumirse, pero arde con lentitud y mueve lo que queda aún intacto para que se hunda en las llamas. El fuego muerde con rabia el extremo de su índice y se observa la yema dolorida. Se figura sobrecogido lo que debe de ser morir abrasado, lo que debe de ser sentir el dolor que palpita en su diminuto trozo de piel multiplicado hasta lo inimaginable. En el brasero, las tenazas están adquiriendo un leve color rojizo—. Ah, se me olvidaba. La bruja de nombre Pueyo no ha podido, por desgracia, soportar el tormento de la toca. Su cadáver infectado por el mal será así mismo quemado.

Que Vidal no haya mencionado a Blanca alimenta la esperanza de que haya escapado.

—¿También quemaréis a la dama castellana?

—Tendrá que responder de igual forma ante la justicia, sin duda —dice, disponiéndose a marchar. La falta de noticias de los dos pajes es el único cabo suelto que le inquieta.

—Si no queréis que nadie conozca lo que pasaba con el infante y Cecco Usai, ¿por qué no quemáis al resto del castillo? —Vidal se vuelve, interrogativo—. Es posible que otros criados sepan lo que pasaba con él y el señor de Usai.

—No importan. No saben escribir ni leer. Nadie de categoría los tomará en serio y conocen la desdichada suerte de su compañera tuerta. Callarán. Lo que sepan se lo llevará el viento y nada quedará registrado. El peligro sois vos y gente como vos si se os ocurre dejar escritos. Alguien en el futuro podría darles pábulo y manchar a la dinastía para siempre. Pero no puedo imaginar que algo así sucediera. —El documento en griego se convierte en una bola incandescente que se retuerce sobre sí misma—. Decidme, Eckhartus de Eppingen, ¿qué veis en el fuego?

—A la Providencia actuando.

Vidal lanza un suspiro, casi un lamento.

—Sois brillante. Creedme si os digo que me apenará vuestra muerte.

—Sois muy amable, *consiliarius regis.* Decidle a vuestro verdugo mudo que se lleve esas tenazas. Confesaré lo que queráis. Pero exijo un juicio, un tribunal y el derecho a defenderme.

Vidal calla y lanza al fuego las cartas de amor entre el infante y Cecco, que arden con más rapidez que el pergamino. Verlas desaparecer le confirma que todo se empieza a encauzar.

—No estáis en condiciones de exigir.

—¿Teméis que mis argumentos sean más sólidos que los vuestros?

El consejero valora las palabras del prisionero. Quizá el procedimiento retrase un par de días la ejecución, pero no puede resistirse a la tentación de exhibir sus habilidades dialécticas nada más y nada menos que contra un auténtico templario, un pez gordo en busca y captura por las autoridades papales. Sabe demasiadas cosas y él es el cazador. Sí, una actuación estelar, un último debate para derrotar y dejar sin argumentos al reo ante testigos y escribanos. Pronto será ceniza, como estas cartas abominables.

—Está bien —dice al fin. Cierto brillo en la siempre opaca mirada de Hugo parece extinguirse de repente—. La comunidad de freires no militares formará el tribunal.

Por la noche, la comida que le trae el sonriente Guerau es más sustanciosa que de costumbre. Se la deja a prudente distancia y desenvaina el cuchillo, un ejemplar de hoja casi triangular, forjado para pinchar y no cortar.

—Dice mi amo que matasteis a vuestro carcelero. —Le aproxima la escudilla con el pie—. ¿Cómo lo hicisteis?

—Lo estrangulé con las cadenas.

—Lo imaginaba. —Guerau se acerca con cautela al prisionero, envuelto en las sombras—. Mi amo me ha ordenado que os libere de la argolla del cuello. Os quiere descansado para el juicio, pero si hacéis algo raro mientras os estoy soltando, os clavaré este cuchillo en la cabeza hasta el mango, ¿comprendéis?

—Habláis más que vuestro amigo, el gordo con la cara rota.

Guerau sonríe y mastica algo antes de moverse alrededor de extemplario para ponerse tras él. Sin el collar de hierro, el prisionero tiene la sensación de poder volar.

—¿De verdad hacíais magia los templarios?

—Por supuesto —responde Ecart. La fiebre dispara su imaginación. El misterio siempre envolvió a los templarios. Hubo un tiempo en que la orden usó el aura sagrada, el prestigio místico y militar en su provecho—. Podría, si quisiera, convocar a los malos espíritus, los que traen la enfermedad y la desgracia. O sea que tened cuidado conmigo.

Guerau lo observa con prevención. Su mirada esquiva busca signos de esa presencia en la celda.

—Mi compañero y yo nos preguntamos quién ha de quedarse vuestras posesiones cuando estéis en el infierno. Esa espada, por ejemplo, ¿os importaría que me la quedara yo?

—En el caso de que abandonara este mundo, cosa que dudo, sabed que esa espada y todas mis pertenencias estarán malditas y condenarán a cualquiera que las toque.

—Muy seguro estáis de libraros de la hoguera.

—Confío en mi Dios y en los santos. Decidme, ¿sabéis qué le ha ocurrido a la dama castellana, a Blanca de Bernués?

Guerau cree que el prisionero ya conoce la respuesta y que lo está poniendo a prueba. ¿Sabe, quizá, que esta misma tarde rastreando el bosque en su búsqueda han encontrado los cadáveres medio enterrados de los dos pajes? Estaban desnudos y horriblemente mutilados. Las alimañas ya habían empezado a dar cuenta de ellos. Sin embargo, había una herida diferente y no era el enorme boquete abierto en el vientre de un casi irreconocible Pedro de Pomar. Se acercaron con prevención y un escalofrío los recorrió de pies a cabeza cuando comprobaron la entrepierna torturada de Blasco de Piniella, el mismo lugar que mostraba el muñeco de cera pergeñado por las dos brujas. Ni rastro de Blanca de Bernués. Anochecía. Los rostros machacados y las fauces desencajadas de los muertos los interpelaban con un grito silencioso que retronaba por todo el bosque. De repente les vino a la cabeza que aquellos cuerpos habían encontrado la muerte en descampado y sin confesión y que eran almas en pena. Corrieron como niños hacia el castillo poseídos por un miedo primitivo que apenas pudieron disimular mientras informaban a Vidal, más lúgubre y silencioso de lo normal.

—¿Qué sabéis vos? —La suspicacia en el tono de la pregunta delata a Guerau.

Vive, se dice Ecart. Por primera vez en días, el mundo tiene un poco de sentido. Si se ha salvado, casi le parece una minucia su final en la hoguera, tan solo un tránsito breve y doloroso y, luego, la eternidad. Ve cómo se abre una grieta de duda en su carcelero, un atisbo de humanidad en su rostro ofídico, y sigue con el farol.

—Escapó, ¿verdad? Se la tragó la tierra. Tened cuidado vuestro compañero y vos. Seguís a ciegas lo que os manda Vidal, pero sois vosotros los que os mancháis las manos y sobre vosotros caerá la maldición. —Ecart se fija en el gran cinturón de cuero decorado con pequeños cuadrados de metal. Forman un relieve de forma piramidal—. Lo matasteis con ese cinturón, ¿verdad?

Guerau muestra por primera vez una sonrisa auténtica.

—Lo hicieron ellos, los pajes. Se lo enrollaron alrededor del cuello, metieron un palo entre la carne y el cinto y empezaron a girar. —El verdugo habla como si describiera una receta de cocina—. Mueres agarrotado, ¿comprendéis? ¡Crac! El cuello se rompe como una nuez. Pero yo no estuve. El trabajo lo hicieron ellos. O sea, que a mí nadie me puede cargar ese mochuelo.

—Fuisteis cómplice. Sois tan culpable como ellos. Liberadme ahora y viviréis.

Guerau da un paso atrás, precavido. Mastica y piensa y observa al prisionero a sus pies, aunque evita en lo posible su mirada llameante y febril. Luego se le acerca sin prisa y le propina una patada en el pecho que lo deja sin aire.

—Sé que me queréis hechizar, brujo del demonio. —Retrocede sin darle la espalda, como si tuviera delante una fiera peligrosa—. Cuando seáis ceniza y no podáis volver del infierno, nos jugaremos vuestra espada a los dados, ¿os parece?

La oscuridad y la fiebre deforman un tiempo confuso, marcado por la vigilia y el sueño repetitivo, delirante, absurdo. Ecart se hunde en batallas estériles y circulares. Otra vez está en la mazmorra papal. Otra vez asfixia con sus cadenas al dominico que le torturó y vuelve a oír su estertor, una especie de graznido final antes de expirar. El hábito de su víctima le franquea el paso por los laberintos de Aviñón convertidos en los de Miravet y retorna a la realidad de la mazmorra húmeda y fría. Cree oír el retumbar de truenos en la lejanía y habla con los muertos y con los ausentes mientras intenta resolver otro enigma, otra clave del padre Jorge que no existe, pero que le ha de permitir huir. Se ve a sí mismo ante el tribunal y la voz de Vidal y la suya propia le llegan lejanas. Alguien le ayuda a levantarse varias veces, pero busca el suelo y se abandona a su temblor y al rugido de su fiebre, un torrente en la cabeza que no le da tregua.

Cree que sueña cuando lo atan al poste. A su lado, los cadáveres de Ojo Gacho, el padre Jorge y Saurina, más allá del tiempo y del espacio, lo acompañan y tarda en comprender que está sobre una montaña de leña. El frío del exterior le ha dado un segundo de lucidez. Miravet parece otro castillo, cubierto de una pátina húmeda, bajo un cielo tormentoso. Se ha congregado el mismo público que presenció el encuentro de los infantes y la justa, aunque menos festivo. Ni estandartes ni banderas engalanan los muros y el silencio fúnebre es tan absoluto e inverosímil que Ecart cree estar en su pesadilla, quizá aún en la celda. Las ramas de madera donde ya muerde el fuego crepitan y se eleva una humareda repentina, espesa y blanca que le arranca lágrimas ácidas y una tos violenta. Empieza a cantar el himno templario por encima del crujido:

—*¡Non nobis, Domine, non nobis! ¡Sed Domine tuo da gloriam!*

Entonces, cuando ya siente la vaharada de calor elevándose, el delirio se apodera de él por última vez; la imagen inverosímil del abad de Santes Creus surge desdibujada e imponente tras la trémula cortina del aire, blandiendo el báculo como un santo justiciero y vengador, y, a su lado, reconoce a la mujer, sus ojos garzos llenos de angustia, lo último que ve antes de desvanecerse.

—Os ordeno que bajéis a ese hombre de ahí. —El báculo abacial enfila a los dos soldados de Vidal como si fuera una ballesta a punto de disparar.

Dudan. Blanca de Bernués avanza hacia la pira, decidida, con su estilete a mano. Ecart es solo una silueta envuelta en humo.

—¿Os atrevéis a interrumpir la justicia del rey? —grita Vidal.

Los recién llegados han irrumpido imparables en la gran explanada. Nadie se ha atrevido a impedir la entrada en el castillo al solemne grupo; el abad a caballo ataviado con las insignias de su poder, rodeado de jinetes armados y con la dama castellana.

Vidal, incrédulo, siente el suelo hundirse bajo sus pies.

—¡Detened a esa mujer! ¡Es otra bruja!

Guerau no se mueve. Hugo obedece y choca contra Blanca, a quien retuerce la mano en la que lleva el estilete, como hizo con Ojo Gacho.

—¿Os atrevéis a desafiar la justicia de Dios? —brama Pedro Alegre. Sus cejas boscosas, encabritadas hacia fuera, son como llamas, otra proyección de la fuerza que emana del báculo dirigido a sus enemigos—. ¡Yo os condeno! —Y empieza a entonar la oración de san Benito: «*Vade retro, Satana, numquam suade mihi vana…*».

La ha rezado desde la misma noche en que llegó Blanca de Bernués y su presencia femenina alborotó a los azorados monjes. «Una mujer, una mujer», murmuraban cuando la llevaban hasta el abad. Pedro Alegre la escuchó, sobrecogido.

—*¡Sunt mala quae libas…!*

Blanca se lo contó todo: la implicación de Vidal en las torturas a Pedro de Dios y el asesinato del señor de Usai, la despreciable catadura moral de Guillermo de Erill, especulador, ambicioso, capaz de acuchillar al padre Jorge, y la condena a Ecart, su enviado, por saber demasiado. El abad no era ignorante de todo. Tras la partida de Ecart a Miravet, fray Pedro de Dios, que ya cumplía penitencia, le había confesado entre lágrimas la inclinación del infante y la posible celebración del falso matrimonio con su paje. Pedro de Dios merecía un castigo, pero se lo había impuesto él, como cabeza de la congregación. Él y nadie más podía hacerlo. Así que habían osado maltratar a uno de sus monjes, a condenar a muerte a su enviado. Aunque como buen cisterciense estaba obligado a la humildad y a la aceptación, no podía ignorar tal intromisión. ¡Cómo se atrevía el rey a entrar en su jurisdicción! Rezó ante el altar mayor para que el Señor perdonara su orgullo, pero se dijo que alguien debía pagar por el abuso de poder, aunque provocara un terremoto. Luego se puso en marcha: ordenó que ensillaran un caballo, que se reuniera una escolta militar y partieron esa misma noche.

—*¡Ipse venena bibas!* —brama el abad.

El latín, el idioma de los santos, el que entiende Dios, siembra la duda en el gigante.

—*¡Crux sacra sit mihi lux, non draco sit mihi dux!*

Hugo conoce la oración, la misma que entonaba el confesor del infante cuando lo asaltaron. Su rostro pétreo muestra una fisura parecida al miedo. Ahí está la mujer castellana, intacta como por milagro, y ahí están los pajes, muertos y sepultados. El abad es poderoso. Lo dicen sus ropajes blancos, blanquísimos, llenos de cruces y símbolos bordados en oro y plata, el báculo ricamente tallado, engarzado con piedras preciosas, quién sabe si de reliquias. Quizá ha estado todo el tiempo en el bando equivocado: encubrir el asesinato de Cecco Usai, torturar a fray Pedro de Dios. Lo ve entre el grupo que acompaña al abad, ¿o son visiones provocadas por la oración? Su semblante es ahora fiero y determinado, lejos del rictus causado por el dolor que él le infligió. Los habitantes de Miravet se acercan a la pira. Los mendigos apostados fuera de las murallas inundan silenciosos la explanada y no han venido a pedir limosna, armados con palos y estacas. Un claro se abre en el cielo y, por un instante, la luz azogada refulge en los bordados de las prendas del abad. El blanco de la vestimenta adquiere una nitidez que sobrecoge al esbirro. Demasiadas señales. Hugo cede y se aparta.

—¡Obedece! —aúlla Vidal, fuera de sí, impotente, desnudo con su austero y laico vestido, sin símbolo alguno que oponer al poder místico que irradian los ropajes del religioso.

Blanca trepa hasta el reo por la escalera dispuesta al lado de la pira y, a ciegas, corta las sogas y libera el cuerpo de Ecart, que cae a plomo sobre el lecho ya en brasas. Otros corren en su ayuda; soldados de la escolta del abad, el antiguo confesor del infante. Alguien trae agua. Se la echan por encima del rostro lívido. Su cuerpo se convulsiona como si despertara de golpe de una pesadilla y vuelve a toser.

Pedro Alegre baja el báculo con la misma solemnidad con la que lo ha blandido y mide con la mirada al consejero del rey. Sabe que es un hombre que no se deja vencer fácilmente.

—Sé que acudiréis al rey y que torceréis los hechos a vuestra conveniencia, pero tened cuidado.

—¿Me amenazáis?

—Sí. —Sus pequeños ojos de color azabache refulgen con la afirmación—. El rey puede estar al corriente de vuestras iniquidades porque os lo ordenara. Si es así, que Dios se apiade de su alma. ¿Os dio una orden explícita? —El *consiliarius regis* enmudece: «Usad todos vuestros recursos», le dijo—. Algo os conozco, Vidal: sois engreído, os creéis superior al resto de los mortales y os sentís respaldado por el rey. Eso os hace actuar por vuestra cuenta, haciendo y deshaciendo y disponiendo de vidas y haciendas siempre con el nombre del monarca en los labios, ¿me equivoco?

Vidal palidece. Su voz se vuelve espectral.

—Solo he cumplido la voluntad del rey y he liberado al infante del mal. ¿Podéis vos decir lo mismo?

Pedro Alegre da unos pasos hacia él y, aunque es más bajo que el consejero, lo encara como si lo mirara desde arriba.

—Nos veremos en Gandesa, *consiliarius regis.*

Capítulo 46

Rendición de cuentas

Palacio Real de Tarragona, 5 de octubre de 1319

El rey observa el icono y le parece que Sergio y Baco lo interpelan con una mirada más lasciva que franca y beatífica. Podría ser perfectamente una de sus reliquias, si no fuera por el mal que emana. Junto a él, Elisenda de Montcada está más interesada en saber lo que piensa Jaime II que en la pieza de arte.

—El mal llamado padre Jorge era su propietario —dice Vidal, dando dos pasos hacia el monarca—. Fue templario hasta la disolución de la orden, luego se hizo hospitalario, pero su instinto corruptor seguía vivo, claro. Tramó una conspiración.

Elisenda de Montcada sabe que no debe preguntar, pero levanta las cejas ostentosamente para mostrar su incredulidad. No le cae bien el consejero de su amante. Aunque difuso, hay algo femenino en sus manos, en los ademanes cortesanos y en su pretensión de ganarse la confianza del rey que busca competir con ella y excluirla. Él debe de pensar lo mismo. El gesto interrogatorio del monarca devuelve la voz a Vidal.

—Una conspiración en la que involucró a dos sirvientas del castillo, dos brujas confesas, y otra que servía en el séquito de la infanta. También participó otro extemplario, Ecart de Eppingen, condenado al fuego en Aviñón, hereje, asesino del inquisidor dominico que le interrogó y... —Vidal duda en utilizar la palabra— sodomita. Hechizaron con muñecos al señor de Usai y lo hicieron caer en el pecado nefando. El maligno se apoderó de él y se lanzó al vacío, quizá arrepentido. Nunca lo sabremos. —El consejero hace una pausa y mide la convicción del rey.

—¿Y bien? —dice este, prendido en la imagen de los dos santos.

Vidal exhibe un envoltorio de tela.

—Pretendieron hacer lo mismo con don Blasco de Piniella. —Lo abre con lentitud teatral hasta revelar la figura de cera ennegrecida y aún ensartada. Elisenda susurra un Dios mío. El fetiche logra atraer la atención del rey. Necesita impresionarlos, que vean el peligro que habitó en Miravet y que acechó al príncipe. Tienen que entender su heroica labor—. Esto se encontró bajo el lecho de don Blasco de Piniella. La bruja confesó. Toda la trama quedó desmontada, y sus miembros, expuestos: el pánico hizo que entre ellos se mataran o se suicidaran. El llamado padre Jorge se quitó la vida con un cuchillo. Mataron a la otra bruja y la tercera, la del séquito castellano, huyó. Fueron en su búsqueda los señores de Piniella y de Pomar, pero, por desgracia, cayeron víctimas de sus poderes. Esa mujer estaba aliada con el maligno. Vi los cadáveres... —Finge un quiebro en la voz y se santigua. Elisenda calla y escucha, incrédula—. En fin, esto último ya pasó siendo yo, por la gracia de su majestad, alcaide del castillo.

Elisenda carraspea. Tiene muchas preguntas, pero una le urge en la punta de la lengua y va a atreverse a formularla, aunque quizá se gane una reprimenda del rey.

—Perdonad mi curiosidad femenina, pero ¿qué sentido tiene esa conspiración? ¿Qué unía a toda esa gente: un monje griego, unas criadas...?

—No olvidéis que el padre Jorge fue templario —matiza Vidal—, como el asesino y prófugo Ecart de Eppingen. Ahí tenéis el vínculo.

Ella continúa como si no hubiera oído nada.

—¿… una dama del séquito de la infanta? ¿Se conocían de antes? Y ¿por qué hechizar a los pajes del infante?

El rey se vuelve, impertérrito. Ignora a su amante, aunque le va a hablar a ella.

—Su objetivo era el infante. Querían llegar a él a través de sus pajes.

Vidal vibra de pies a cabeza, triunfante.

—Exacto. Una conspiración para hechizarlo, quizá matarlo o que se quitara la vida, poseído. En definitiva, para interrumpir el devenir del destino marcado por la Providencia.

—Esto explica el extraño comportamiento del infante en los últimos meses —dice el rey—. Sus cambios de humor, sus veleidades.

El consejero le muestra el sumario que él mismo ha redactado.

—Todo está escrito aquí. —Junta las puntas de los dedos de ambas manos, recapitulador—. Os advierto, señor, que hubo un incidente francamente desagradable el día en el cual se debía entregar al fuego purificador a los condenados. El abad de Santes Creus apareció en el castillo y, violando todas las jurisdicciones, en particular la real, que yo encarnaba, interrumpió el cumplimiento de la sentencia.

El rey frunce el ceño. Si en algo se muestra picajoso es en lo referente a su potestad real.

—¿Por qué?

Vidal se encoge de hombros.

—Dijo que el dicho Ecart de Eppingen estaba bajo su protección.

—¿Protección?

—Así es, mi señor. Parece que se albergó en el monasterio de Santes Creus, huyendo de su pasado criminal. Me temo que la naturaleza bondadosa del abad distorsionó la verdadera naturaleza del hereje. En cualquier caso, Pedro Alegre dijo que el juicio no había tenido todas las garantías. Quizá fue así. No lo niego. —Hace una reverencia, para Elisenda demasiado teatral—. Solo pretendí extirpar el mal que anidaba en el castillo y poner a salvo al infante con rapidez. De eso soy culpable. Obedecí al abad, por supuesto, pero creo que debo decíroslo.

Jaime II asiente, reflexivo.

—¿Qué sabe el infante —pregunta, inquieto— de todo esto?

—Por suerte pude mantener a su alteza bastante al margen de tanta iniquidad.

—¿Bastante?

—Por supuesto sabe que hubo brujería, que el hechizo enloqueció al señor de Usai y que el padre Jorge se quitó la vida. Vio este engendro de cera y supo que se desenmascaró el complot. Luego partió requerido por vos.

El rey echa un vistazo al sumario y a la sentencia. No le interesa en especial y probablemente no lo leerá jamás. Tampoco quiere un conflicto directo con el abad de Santes Creus, el monasterio favorito de la dinastía, destinado a ser panteón real. Lo importante es que el infante haya puesto distancia con ese nido de podredumbre. Recuerda que fue su hijo quien eligió Miravet para alejarse de la corte y detiene el torrente de ideas e imágenes que siempre le perturban. Eleva la voz, solemne:

—*Bene, Vitalis, consiliarius regis.* —Posa la mano en el hombro de su ministro—. Todo lo que podíamos hacer está hecho.

Vidal busca el sentido de las palabras en los rasgos pétreos de su majestad, pero solo ve unos ojos impasibles que le miran con una extraña fijeza, como si pudiera ver en él y más allá de él.

Capítulo 47

La novia humillada

Gandesa, 18 de octubre de 1319

A su majestad, el muy alto rey Jaime, el segundo de su nombre, rey de Aragón, de Valencia, de Cerdeña y Córcega, conde de Barcelona, almirante y gonfaloniero mayor de la Iglesia, le tiembla ligeramente la barba, bien afeitada para la ocasión: la boda del primogénito, el infante Jaime de Aragón, con la hija del rey de Castilla, Leonor. El arzobispo de Tarragona, Jiménez de Luna, está más perplejo que irritado y su rostro oliváceo brilla con pequeños puntitos de sudor. Los presentes, ricoshombres y prelados de todos los reinos que abarrotan la iglesia mayor de Gandesa, siguen el drama en un pesado silencio. Muchos otros nobles y el pueblo común esperan fuera, llenan la explanada y las calles desde hace horas y estiran el cuello en vano para atisbar lo que ocurre dentro.

«¿Es cierto lo que ven nuestros ojos? ¿El infante se ha negado a darle la mano a la princesa castellana, la expresión de la unión matrimonial?».

Leonor ofrece una frágil estampa a pesar del elaborado tocado y el vestido de color cerúleo que hoy luce. Sus ojos claros, de color pálido que algún día harán bajar la mirada a muchos, miran sin brújula al vacío. La vergüenza la ha paralizado y ni siquiera se atreve a pedir ayuda a su corte, especialmente enlucida con la presencia del obispo de Osma y del señor de Cameros, representantes directos de la reina regente.

A su majestad le tiembla la barba y siente cómo la ira le está subiendo a la cabeza. La sangre le palpita en las sienes.

«¿Es posible ser más insensato que esta desgracia? ¡Oh, Dios, señor nuestro! ¿Qué lunático nos habéis dado por hijo? ¿Qué es lo que ha cambiado para que ahora se niegue a cumplir lo que prometió y se comporte como un obcecado?». El novio ofrece un perfil de formas suaves, una expresión que no dice nada y que todavía enfurece más al padre. El príncipe dirige su mirada hacia el ábside del templo, tras el arzobispo, a las figuras planas y de vivos colores que representan a los apóstoles y que le recuerdan a Sergio y a Baco en el icono del padre Jorge, serenos, con esa leve sonrisa que era la misma que mostraba Cecco el día de su hermanamiento.

En tó onómati tú patrós…

La sangre sigue palpitando en los oídos del rey, como una tempestad que solo él puede oír. El arzobispo lo interpela con una mirada. Los novios son estatuas. El tiempo se hace eterno y el público apenas respira. En el séquito de la infanta, Sancha de Velasco tiembla de ira y el rostro de Bernardo de Sarriá se ensombrece por momentos, los dedos siempre nerviosos sobre el pomo de su daga. Elisenda de Montcada cruza las manos en una plegaria muda y el abad de Santes Creus la reza de forma audible. Es, quizá, el único en el templo que sabe lo que va a suceder. Vidal, confundido entre los presentes, de ropa y de semblante fúnebres, zozobra entre sudores ante el inesperado giro de los acontecimientos. Si Dios hace la historia a través de los reyes, hoy parece estar muy lejos de Gandesa. La multitud apretujada en el templo espesa el aire con un olor a humanidad demasiado prosaico para vislumbrar a la Providencia.

Jaime II se obliga a la calma. *Serenitas,* virtud de príncipes. En peores situaciones se ha visto. Ha encarado la muerte de cerca, en el campo de batalla, al frente de la flota en Sicilia, en Italia contra la flor de lis. De repente, coge la pequeña y frágil mano de la princesa y le ofrece él mismo la paz. Ya no le tiembla el mentón. El arzobispo levanta ligeramente las cejas, escéptico.

—Continuad —le ordena el monarca.

El oficiante recita las palabras con monotonía, las fórmulas que vinculan, las exhortaciones sagradas, pero todo está decidido ya. Tan solo son palabras. El matrimonio no se consumará. El santo padre lo declarará nulo. Con cada jaculatoria, le viene a la cabeza uno de sus queridos castillos que van a quedar en manos castellanas: Huesca, Daroca, Castellón de Burriana, Játiva... Para el rey, la voz del arzobispo es solo un sonido remoto y cierra los ojos cuando anticipa las consecuencias que el gesto va a desencadenar. La diestra del arzobispo, enguantada y perlada, se eleva por encima de los presentes cuando da la bendición. Tan pronto como acaba la ceremonia, el infante se escabulle. A la salida del templo, monta un caballo que un criado ya le tiene preparado y sale de Gandesa al galope.

Las noticias se esparcen rápidamente y aún más si son malas. Todos hablan del gesto del infante. Quien cree saber las cosas de primera mano se hace escuchar en corros atentos. Otros propagan los hechos con imaginación atrevida. Se piden novedades a los criados de los grandes señores, que se abren paso con suficiencia por plazuelas y callejones.

El ambiente festivo, sin embargo, no ha disminuido. La generosidad real ha ofrecido comida y bebida a las gentes venidas para la ocasión. Los nobles compiten también para ver quién es más espléndido. En las esquinas se asan cerdos y corderos. Se ha traído pan desde Tortosa y Alcañiz. Se abren pellejos de vino y se brinda a la salud del oferente. Las multitudes atraen compañías de juglares y músicos, ladrones de ocasión y prostitutas. Para un Estado trashumante, hoy, Gandesa es el centro de la monarquía.

El rey irrumpe en la tienda del infante y se planta ante su hijo con dos largas zancadas. El príncipe hace rato que lo espera de pie, preparado para cualquier reacción de su padre. Sabía que lo encontrarían más pronto que tarde, a tan solo una hora a uña de caballo de Gandesa. Vidal asoma también en el interior.

—¿Cómo os atrevéis? —dice el monarca temblando de ira. Le muestra un puño amenazador. En el cinto lleva la daga, en principio ceremonial—. ¡El gesto en la iglesia! ¡Dejar plantada a la novia y huir como un cobarde!

El infante aguanta el primer embate, el que siempre le desmoronaba. Se llama a la calma. Ahora tiene que poder hablarle, romper el hechizo y la furia que siente es su mejor arma. Sabe que, probablemente, no habrá más ocasiones en el futuro. Da un paso hacia él antes de hablar para demostrarle que no le tiene miedo.

—Recibí una carta hace unos días. Sé que estuvisteis detrás del asesinato del señor de Usai y de las torturas a fray Pedro de Dios, mi antiguo confesor, a quien amedrentasteis y expulsasteis de mi corte.

El rey frunce el ceño. Su hijo delira. Es un demente.

—¿De qué estáis hablando? Yo solo recé. Pedí al papa que os escribiera para que entrarais en razón.

El infante señala a Vidal.

—Enviasteis a este miserable para que cumpliera vuestras órdenes.

—¡Para convenceros de que sentarais la cabeza y os casarais!

—Hizo más que eso y vos lo sabéis.

Vidal se aproxima con manos orantes y conciliatorias.

—Debo preguntaros, alteza, quién escribe esa carta.

—Una voz autorizada.

El joven Jaime muestra el pliego y el sello de la Poridad que cuelga del extremo. El mismo abad de Santes Creus se lo dio en Gandesa, aprovechando una visita protocolaria. Le dijo que contenía la verdad, que el sello probaba que la fuente era fiable y que él avalaba el relato de los hechos, pero le pidió que no revelara su nombre.

«¿Por qué hacéis esto?», le preguntó el infante.

«El rey expulsó a vuestro confesor. El rey o los hombres del rey lo torturaron para que revelara lo que vos le habías dicho en secreto de confesión. En su nombre se han cometido abusos y crímenes en Miravet. Por acción u omisión, vuestro padre merece ser castigado».

«No comprendo».

El abad frunció sus exaltadas cejas.

«Después de lo que acabáis de saber, ¿vais a casaros con la infanta?».

El joven príncipe se sorprendió de su rápida respuesta.

«No —dijo con asco—. Y voy a renunciar a la sucesión. Eso le dolerá. Quiero hacerle daño».

«Pues entonces ya comprendéis. Vos sois su castigo y su penitencia. Ah —dijo el abad antes de salir de la tienda. Bajo las boscosas cejas, su mirada se hizo más negra y más dura—. Repruebo el abuso de poder, los asesinatos sin juicio, pero habéis pecado, gravemente. Tendréis que rezar mucho para purgar vuestra pasión contra natura en el monasterio donde os recluyáis».

El rey observa el sello con las armas del rey Alfonso.

—¿Qué clase de bufonada es esta?

—Leedlo vos mismo. Alguien dentro de la corte de la infanta que estuvo en Miravet da testimonio de lo ocurrido.

—¡Mentiras infames para confundiros, señor! —exclama Vidal, envalentonado por el escepticismo real—. ¡Para sembrar la discordia en vuestra casa! Una maniobra de la pérfida Castilla.

—Todo lo que dice coincide. Yo estuve allí. Vidal y sus dos esbirros interceptaron a fray Pedro de Dios el mismo día que vos lo expulsasteis de la corte. Le obligaron a confesar bajo tortura.

—A confesar ¿qué? —pregunta el pétreo rey, aunque en su semblante algo amaga con resquebrajarse.

Vidal extiende los brazos, las manos, como un Moisés separando las aguas. Pide un milagro, que todos callen, que todos olviden.

—A confesar ¿qué? —grita el rey, fuera de sí.

El padre vuelve a ser el gigante atronador que todo lo enmudece. Esta vez será diferente. El infante coge aire y habla rápido:

—Fray Pedro de Dios me aconsejó que visitara a un amigo suyo en Miravet, el capellán castrense, para que me ayudara a encontrar la luz y la paz espiritual.

—Sí... —interrumpe Jaime II con desprecio—, el hábito franciscano de marras.

—El hábito no funcionó. —Algo muy hondo se abre dentro del joven y siente el vértigo antes de continuar—. Yo, señor, me enamoré del señor de Usai y él de mí. —El rey levanta el puño, pidiendo silencio. Vidal cae de rodillas, se cubre los oídos, pero el infante tiene que seguir hablando. Decir la verdad ante el padre corazón de piedra es como un exorcismo que le libera y a medida que pronuncia las palabras claras y firmes descubre una fuerza insospechada. Ahora, el rey frente a él no parece tan alto como en otras ocasiones—. Nos amábamos y quisimos consagrar la unión según un rito griego.

—¡Basta! —La ira ahoga la voz del rey—. ¡Basta!

—Vidal tramó un complot. Tras sonsacar la verdad a fray Pedro de Dios bajo tormento, fue a Miravet. Animó a Pedro de Pomar y a Blasco de Piniella para que cometieran el asesinato del señor de Usai, mientras Gonzalo García me alejaba del castillo con la excusa de ir de cacería. Lo estrangularon y simularon su suicidio. No hubieran hecho nada de no tener vuestro beneplácito.

—Mi señor —dice Vidal. Por primera vez desde que tiene uso de razón le faltan las palabras—. Yo... —balbucea, aunque su memoria sigue siendo brillante. Recuerda perfectamente la frase del rey: «Usad todos vuestros recursos». ¿Se atreverá a confrontar al monarca?—. Es una traición.

—Es un asesinato —dice el infante—. ¡Lo estrangulasteis y luego lo lanzasteis por una ventana! —Se acerca al padre como nunca lo ha hecho antes y puede oír su respiración y oler su piel. Posa las manos sobre su pecho, suplicante. El rey es una estatua de hielo, ciega, sorda, inmóvil, aunque le repugna el tacto de los dedos largos y débiles, llenos de vicio, de su hijo—. ¡Lo mataste como a un perro! ¡Lo mataste! ¡Lo mataste!

—Traición —repite Vidal sin tanta convicción—. El señor de Usai estaba poseído por la peste sodomítica.

—¡Sí, es cierto! —grita el infante a todo pulmón. Se encara con el consejero, con su padre, con el mundo—. Pero no fue embrujado ni poseído. Nos enamoramos.

Vidal suplica, arrodillado, implorante, fuera de sí.

—Mi señor, mi señor. —Busca las vestiduras del infante. Se aferra a ellas—. Estáis curado. Fue una enfermedad de la que sanasteis.

El príncipe lo aparta de un puntapié. Vidal se vuelve hacia el rey.

—Usé todos mis recursos, señor, como me ordenasteis.

Jaime II lo clava en el suelo con los mismos ojos fríos, con la misma distancia con la que le exhortó a llevar a cabo su misión; que el infante cumpliera su juramento y se casara. «Has fracasado», le dice con solo verter su mirada de decepción sobre la figura humillada de su ya dimisionario ministro. *Consiliarius regis qui fuit in curia nostra,* dirán las crónicas.

—Vos lo asesinasteis —continúa el infante encarado con el padre—. Me habría casado con Leonor si hubiera podido tener a Cecco a mi lado, pero esta carta lo aclara todo. Ahora sé lo que tengo que hacer. Renuncio a la infanta y a la corona. No seré vuestro sucesor.

El temblor iracundo del rey se desata con un brutal bofetón.

—Monstruo. —Y pronuncia la palabra como si le vomitara encima cada sílaba—. Merecéis la hoguera.

—No, mi señor —insiste Vidal como una plañidera—. El infante se ha curado de la infección nefanda.

—¡No me he curado! ¡Nunca me curé! ¡Nunca he estado enfermo! —El bofetón del padre palpita en su mejilla—. Amé con toda mi pasión a Francesco Usai. Recuerdo sus besos y su cuerpo…

—¡Basta!

El rey desenvaina el cuchillo y lo alza contra su hijo. Ver al padre enloquecido le produce un placer infinito, le envalentona y se contonea como una bailarina.

—Sus caricias.

Jaime II lanza un grito demente, un aullido, dispuesto a apuñalarlo. Los soldados de la escolta irrumpen en la tienda. La escena los deja perplejos.

—Sí, matadme y me liberaréis. —El infante le provoca con una sonrisa—. ¡Hacedlo! ¡Que todo el mundo vea que el rey mata a su hijo sodomita!

Jaime II tiembla, duda. ¿Su hijo le ha perdido el miedo? Si estuviera aquí su querida Elisenda de Montcada le frenaría. Él es el justo. Así quiere pasar a la historia, no como el asesino de su primogénito, sangre de su sangre, aunque le repugne el engendro sodomita que tiene delante.

—Alejaos de mi presencia. —Baja lentamente el cuchillo. Su voz suena lejana y glacial, como la de un oráculo—. Apestáis el aire de mis reinos. Hoy acudiréis al banquete y daréis la cara. Después, renunciaréis a la sucesión y os recluiréis en un monasterio de por vida, donde purgaréis vuestro pecado nefando.

En la sala del palacio donde tiene lugar el banquete, reina un silencio inusual para una boda. Por orden del rey no hay músicos ni trovadores. La intención es no ofender más a los invitados castellanos, que llevan el desaire en el rostro. Sin embargo, el efecto de tal medida ha convertido la sala abovedada en una vela de difuntos. Tan solo el rumor de escudillas y copas y alguna tos de vez en cuando. En la mesa principal, el asiento vacío del novio es una afrenta a todos los comensales, en especial a la corte de la infanta. El rey les dedica inclinaciones de cabeza y brindis: al señor de Cameros y al obispo de Osma, al aya, Sancha de Velasco, y a sus damas, a Bernardo de Sarriá. A la izquierda de Jaime II debería sentarse María de Chipre, la reina efímera, la reina silente, pero está enferma, recluida en sus aposentos del Palacio Real de Barcelona. La imagina a su lado brevemente, su rostro solemne que solo esconde vaciedad, y su recuerdo se difumina. Pero a quien puede ver con toda claridad es al fantasma de Blanca de Anjou y se alegra, en el fondo, de que hoy no esté presente en carne y hueso. Este desgraciado de su hijo le hubiera roto el corazón.

—¿Dónde está el imbécil? —le pregunta el rey.

—Olvidaos de él, señor —responde el fantasma—. Actuad como si ya no estuviera. Pensad por qué ya no estoy aquí. Os di suficientes hijos como para llenar todas las cortes de la cristiandad, tantos que la última me llevó a la tumba. Por vos reventé.

—Cierto. Mi querida y valerosa esposa; consejera y amiga. Sí, es la hora de tomar decisiones. Es la hora dc Alfonso, el segundogénito.

Un criado acude a un gesto de su mano.

—Buscad a algún caballero de la casa del conde de Urgel y traedlo a mi presencia.

Actuar le hace sentir bien, como si ahora, por primera vez en mucho tiempo, empezara a tener la situación bajo control. Da un trago de vino y se olvida de los fantasmas del pasado. Dirige la mirada hacia el presente y quizá el futuro, hacia Elisenda de Montcada. Vaya, querida. Conque una naturaleza tardía, ¿eh? Ella parece haberlo entendido y le responde con una sonrisa resignada. En el fondo, siempre lo supisteis, aunque no queríais oír, señor, ni a vos mismo ni a mí. Después se vuelve hacia el problema de doce años que sigue a su lado y le dedica un gesto que quiere ser de simpatía, pero que es más bien un gruñido silencioso.

Leonor aún está digiriendo lo que sucedió en la iglesia. Las caras largas de su pequeña corte le confirman la humillación que ha sufrido y elude a unos y otros. No come, no bebe. Airada y frustrada como una niña sin el regalo que ha esperado toda su vida, se dice a sí misma que ella es hija y nieta de reyes y hermana de un futuro rey. El aya tiene razón y se jura que algún día ajustará cuentas con la ingrata casa de Aragón.

La noche de la boda muchos lloraron. Lloró el príncipe, que había perdido a su amante y perdía a un padre para siempre, y lloró el rey con un llanto violento, desconsolado y silencioso solo roto por algún hipo incontrolable. Elisenda de Montcada fue testigo mudo de la agonía del hombre para quien se derrumbaban todos los planes. El mundo le decepcionaba y no solo era su hijo, fuente de todo vicio, también Vidal, que le había mentido, y Guillermo de Erill, ese viejo ambicioso que le robaba en sus propias narices la riqueza de la recién creada Orden de Montesa. Cuando acabó de leer la carta de Ben Semuel le dio un vuelco el hígado y el regusto amargo de la hiel no le abandonó el resto del día, 18 de octubre, nefando para siempre en el calendario. ¿Qué más, qué más me vas a enviar, señor? Y mordía la almohada para ahogar su llorera, pensando en cuán estériles habían sido los rezos y las reliquias y cómo las estrellas, si es verdad que todo está escrito en ellas, como decía Arnau de Vilanova, se habían burlado de él. Elisenda le puso una mano en el hombro y el bulto tembloroso a su lado hizo un esfuerzo para llorar aún más silenciosamente, como un niño que se avergüenza de que lo vean frágil y expuesto. Su templada amante sintió una profunda pena por el rey Jaime, hecho añicos, el segundo de su nombre, rey de Aragón, de Valencia, de Cerdeña y Córcega, conde de Barcelona, almirante y gonfaloniero mayor de la Iglesia, convertido en la intimidad del lecho en un pobre hombre transido de pena y de miedo. El miedo: Elisenda sabía que eso lo hacía peligroso. Sabía que al día siguiente, el bulto doliente despertaría y volvería a ser un rey temible y vengativo.

Capítulo 48

Nuevos horizontes

Puerto de Bilbao, noviembre de 1319

La nave se llama Nuestra Señora del Remedio, una nao de proa alta y orgullosa, combada como un cascarón de nuez. Oscila levemente en la ría, mientras los marineros se mueven atareados por cubierta y por las jarcias.

—Cargamos lana hasta Inglaterra —dice el capitán del barco—. El viaje dura una semana con buen tiempo. Recalamos en La Rochela un día.

Ecart observa el mar calmado y el cielo azul. Bandadas de gaviotas se balancean en el aire. Hace días que se ha deshecho de la cruz octógona. Ahora, es solo un caballero que viste de negro.

—¿Cuánto?

—Treinta sueldos.

Ecart calcula por encima y le muestra las monedas.

—¿Sería esto suficiente?

El capitán se las embolsa sin ningún comentario y señala su barco. Es un hombre de pocas palabras, más o menos como Ecart.

—En cuanto acaben de cargar, podéis subir. Partimos al mediodía.

Hecho el negocio, se aleja hacia su barco para supervisar la operación de carga y Ecart vuelve a la sombra de la calle porticada.

Blanca observa el tablero de ajedrez a sus pies, mientras mece a un niño en el regazo: Uguet de Miravet o del Castillo duerme muy lejos ya del lugar que lo vio nacer. Algún día quizá sus padres adoptivos le cuenten la tragedia de su vida. Todo se calmó en el castillo cuando la pira se apagó y Vidal se marchó con una escolta tras dejar a su fiel Guerau como lugarteniente en la fortaleza. Quedó un rastro de cadáveres y el llanto del pequeño huérfano. Nadie puso reparos cuando Blanca pidió quedárselo.

—Os he matado la torre. —Su mano de dedos largos acaricia la pieza de madera. Ecart se sienta en el suelo frente a ella y la tabla.

—No importa —dice mientras estudia la partida, insalvable ya para él. Luego responde con una sonrisa a los ojos garzos que lo escudriñan—: ¿En qué pensáis?

—En cómo será Inglaterra, cómo será vivir allí. —Rememora el mohín de contrariedad de la reina en persona cuando la recibió en la sala del secreto y escuchó su petición.

«Inglaterra —dijo María de Molina como si pronunciara una palabra malsonante—. Os vais a meter en un avispero. Lo sabéis, supongo». A su lado, Juan de Avilés sonrió, como si la reina hubiera dicho una ocurrencia. Luego, le cedió la palabra a su secretario.

El hombre elevó el rostro, orgulloso de que la reina le permitiera intervenir. Carraspeó. Su voz reverberó en la estrechez de la sala.

«En Inglaterra se dice…, bien, sabemos de forma fehaciente que su rey, Eduardo, mantuvo una relación contra natura con un tal Piers Gaveston, noble gascón. Su escandaloso comportamiento humilló a su mujer, Isabel. Aunque el amante del rey murió asesinado, ella nunca se lo perdonó ni Eduardo ha perdonado a los nobles que lo ejecutaron».

«Una auténtica plaga —suspiró la reina—. Vais a llegar a ese país en un momento convulso. La nobleza está envalentonada. Conspira contra Eduardo con la participación de Isabel».

Blanca guardó un silencio respetuoso. Su decisión era firme.

«En cualquier caso —continuó María de Molina—, nada de lo que ha pasado aquí se sabrá jamás, ¿entendido? Nadie ha de conocer el secreto del infante Jaime ni que ese documento existió. Su religiosidad le llevó a la renuncia y punto. Para bien o para mal estamos condenados a entendernos con la casa de Aragón. En realidad, casi somos la misma familia y a nadie le gusta tener casos así en casa, aunque los hay en todas. —La reina golpea el bastón contra el suelo—. Bien, habéis hecho un buen trabajo, hija. Más de lo que se esperaba de vos. Os pedí saberlo todo y, ¡por Dios que lo habéis cumplido con creces y discreción! Nadie lo sabe en Castilla. La querencia contra natura del infante me llevó a pensar que esa boda estaba maldita y que el infante nunca se casaría con mi nieta. Acerté. Así que convoqué al infante don Juan Manuel aquí antes de que se celebraran los esponsales y lo alejé de sus tierras murcianas, donde tiene sus castillos y sus tropas. Cuando llegó la noticia de la suspensión de la ceremonia nupcial ya estaba entre estos muros. Solo pudo vociferar y lanzar una jarra contra la pared. Eso fue todo. Así que no puedo por menos que concederos lo que me pedís. Además, Sancha de Velasco pide vuestra cabeza. Supongo que lo imagináis. La he alejado de la infanta, pero más no puedo hacer para castigarla: es poderosa. La mujer tiene deudos y parientes como para formar una hueste y aunque yo os proteja no puedo garantizar vuestra integridad todo el tiempo».

En la algarabía de las gaviotas, Blanca recuerda la sonrisa maliciosa de la reina cuando le pidió ver el estilete.

«¿De verdad se lo pusisteis en el cuello?», preguntó con placer indisimulado.

«Sí, mi señora».

«Por Dios que daría diez maravedís de buen oro por ver su cara de bruja».

Blanca acomoda el arma bajo la saya. Espera no tener que usarla nunca más en el futuro. La ría, que indica el camino a mar abierto, y el tráfago en la nave donde embarcarán acentúan la sensación de tiempo que apremia. Atrás quedan Castilla y Aragón y una ligera desazón le atenaza el estómago al imaginar el peligro que desde allí se cierne sobre ellos: los buscan; a ella, el clan de los Velasco, y a él, por falsario y homicida, en Aragón, aunque el salvoconducto del abad de Santes Creus le ayudó a cruzar sano y salvo a Castilla.

La reina hizo otro gesto a su secretario de la Poridad. Juan de Avilés le ofreció a Blanca un documento.

«Aquí tenéis lo que me pedíais». María de Molina ensayó con esfuerzo algo parecido a una sonrisa de complicidad. «Tiene que ser un hombre especial para que intercedáis por él».

Blanca hizo una profunda reverencia antes de contestar que lo era.

En la ría la actividad de las embarcaciones, unas atracando, otras zarpando, las lenguas extrañas que hablan los marineros y comerciantes amenizan el tiempo de espera y la partida de ajedrez se alarga. Blanca pone en jaque al rey de Ecart y los dos sonríen. Después de todo, la Providencia también tenía un plan para él, para los dos y para el pequeño Uguet. Aunque todo sigue siendo incierto, vislumbran por primera vez en mucho tiempo algo parecido a un sentido.

Epílogo

El caso del infante Jaime

El rey Jaime II, como gran hombre de Estado que fue, supo adaptarse a la realidad que le impuso el destino y maniobró hábilmente para superar la crisis que ocasionó la renuncia de su primogénito al matrimonio y a la sucesión. Ajustó las cuentas con los que le habían fallado. En primer lugar, despidió con frialdad a su consejero Vidal, que se había atrevido a interpretar la voluntad real de forma tan peregrina y, sobre todo, a actuar con tanta torpeza como para exponer a la real persona a las miserias e intrigas más bajas.

El infante Jaime de Aragón renunciaba solemnemente a sus derechos en el convento de los padres predicadores de Tarragona ante su padre mudo y hierático. Allí mismo tomaba el hábito hospitalario. Poco después, el acta de abdicación era leída ante las cortes de todos sus reinos quedando proclamado el benigno y superado conde de Urgel, Alfonso, que dejaba su tranquila vida en Balaguer para tomar las riendas de la sucesión. Todo fue rápido para evitar el vacío de poder y la tentación de la ambiciosa nobleza de aprovechar la ocasión para chantajear a la corona. El rey vio la oportunidad para dejar bien atada la integridad de sus dominios y en diciembre del mismo año firmaba una solemne acta: la Unión de Reinos, que declaraba indisolubles los tres que formaban la corona de Aragón. Ningún monarca en el futuro podía enajenar alguno de los territorios y repartirlo en herencia como si fuera una parcela. Invocaba el Evangelio de san Mateo 12, 25 y de san Lucas 11, 17. Todo reino dividido contra sí mismo será destruido.

La ambiciosa nobleza... Jaime II releía con amargura el acta de abdicación cuando un secretario le susurró al oído el paso al otro mundo de Guillermo de Erill. La carta de David ben Ruzafa había llegado a Teruel y su maestro, el rabino, médico y sabio Abraham ben Semuel, escribía otra al monarca en la que le advertía de la posible conducta corrupta del maestre de Montesa. Jaime II confirmó la veracidad de lo dicho por su antiguo médico cuando, personalmente, entró en la sala del tesoro del castillo de Miravet. El rey rezó primero para que la sabiduría celestial le iluminara y la mano divina le guiara en sus actos. Y actuó: con frialdad y determinación, con discreción y eficiencia. Despachó una carta ordenando al médico personal del gran maestre de Montesa, David ben Ruzafa, que se presentara en la corte y envió a otro galeno al viejo Guillermo. Sus pócimas, aunque parecidas por su repugnancia a las de David ben Ruzafa, quizá algo más amargas, no resultaron tan eficaces y el estado de salud del gran maestre empeoró repentinamente hasta que expiró antes de que acabara aquel año tan dramático de 1319.

La novia abandonada cruzaba la frontera con Castilla en el ventoso páramo soriano. Se juró que volvería y tomaría venganza por la humillación sufrida y trabajó en el bordado de su poder, tal como le aconsejaba el aya: paciencia y constancia. Años más tarde regresaría, convertida en una mujer de veintidós años, ambiciosa y determinada, para casarse con el hermano del inconstante Jaime, el heredero de los reinos de Aragón. Tendría la corona que tanto había ansiado. Sería su momento y entraría en la gran historia.

¿Qué fue del infante Jaime cuando ingresó en el convento? A Clío le gusta a veces ocultar a sus criaturas en la niebla de la imprecisión. *Scripta manent,* decían los romanos y dijo Vidal ante Ecart en la mazmorra. Tan molesto debió de ser que los cronistas áulicos coetáneos como Ramón Muntaner ignoraron el caso del infante Jaime. Sin embargo, los silencios absolutos pueden ser en la historia gritos atronadores. ¿Por qué callar del todo lo que en apariencia fue una renuncia por fe?

La escasez de fuentes convierte el extraño caso del infante Jaime en un enigma no menor. Sin embargo, podemos trazar hilos entre las pocas que nos han llegado, atisbar el principio de un contorno y por tanto de una hipótesis. Sabemos que el rey Jaime II fue especialmente duro con los delitos de sodomía, contra los que desplegó una gran energía. Destaca el juicio contra el conde de Ampurias, del que nos han llegado las sobrecogedoras actas con las declaraciones de testigos y acusados. Sabemos que el descubrimiento del hábito franciscano tuvo lugar en el Palacio Real de Barcelona, que el padre confrontó al hijo con el hallazgo y expulsó muy irritado al confesor del infante, Pedro de Dios, con una carta de reproche al abad de Santes Creus. Sabemos que el infante recibió presiones de su padre para que se casara, que el papa Juan XXII le escribió una carta en la que le hacía reflexionar sobre sus obligaciones, pero nada de eso funcionó. Aceptó estar presente en el altar, pero en el momento culminante de la boda se negó a dar la mano a la novia.

Tras la accidentada ceremonia dejó plantados a todos los invitados para consternación del padre. Tenemos el acta de abdicación y la firma del joven Jaime. Muy pronto vuelve a aparecer en la historia como protagonista de una confusa maniobra. Parece que se arrepiente de la abdicación. Pide ayuda a su tío, el rey Roberto II de Nápoles, para que interceda ante el papa y este lo dispense de los votos monásticos. En otra ocasión, planea desde el convento raptar a la infanta Leonor, la misma a la que había abandonado en el altar, y, ahora sí, casarse con ella.

¿Qué sentido tienen estas maniobras? ¿Estaba realmente loco? Quizá solo pretendía hacer daño a su padre, desprestigiarlo y crearle problemas. La gestión ante su tío para poder eludir los votos religiosos pone en entredicho el pretendido misticismo del infante. Han de pasar algunos años de silencio para que, al fin, Clío haga sonar su trompeta. Esta vez, la noticia es muy reveladora. Estamos en Valencia. En plena madrugada se produce una trifulca en un prostíbulo de la ciudad. Algo inusual y escandaloso ha sucedido porque entre los clientes se halla alguien especial. El tema es delicado y se opta por ir a palacio, donde reside en aquellos momentos el rey. El monarca en persona ha de acudir para llevarse al huésped; a su hijo, el monje hospitalario, que por lo que parece se las arregló para salir del convento sin muchos problemas. Cabe decir que Valencia, una de las grandes ciudades de la corona, cosmopolita y abierta al Mediterráneo, era conocida por su abundante prostitución masculina. Nada más sabemos del infante, excepto que pone su firma junto a la de otros monjes como asistente al claustro general de la orden años más tarde. Aunque desconocemos la fecha concreta, morirá en julio de 1334, dos meses antes de cumplir los treinta y ocho años, y sus restos, de los que se perdió el rastro, fueron enterrados en la catedral de Tarragona.

El ilustre Jerónimo Zurita, gran historiador, cronista del reino de Aragón, que vivió y escribió en tiempos de Felipe II, exhumó estos y otros documentos y algo debió de intuir cuando nos dice de forma escueta pero concluyente que el infante era hombre de vida disoluta y que se entregó a vicios execrables. Con el paciente y concienzudo Zurita recorriendo el reino para escribir su magna obra:

los *Anales de la corona de Aragón,* terminan las referencias directas o indirectas al infante Jaime.

Poco se ha escrito sobre las relaciones homoeróticas a lo largo de la historia hasta hace apenas cuarenta años, cuando el historiador John Boswell marcó el camino con su obra *Cristianismo, tolerancia social y homosexualidad,* en la cual estudiaba dichos vínculos en el ámbito europeo durante la Edad Media. Según parece, ciertas sociedades articularon formas más o menos legales que consagraban uniones entre hombres. Menciona rituales de hermanamiento y solidaridad en Irlanda. La *adelfopoiesis,* literalmente 'hermanamiento' en griego, fue otra de ellas, bastante extendida en el Oriente bizantino y en la zona de los Balcanes. Conocemos ejemplos de hermanamiento como el del rey Eduardo II con su amigo el gascón Piers Gaveston y me atrevo a sugerir que la homosexualidad del infante Jaime se pudo expresar así con su imaginario amante, Francesco Usai, fruto del delirio de un servidor.

El infante Jaime habría sido un gran rey. Su padre lo alaba por su competencia como lugarteniente del reino, hasta que todo se tuerce con el descubrimiento del hábito franciscano. Parece que dirigía bien las causas judiciales y que no se amilanaba ante el poder de los grandes nobles que siempre se han creído impunes. ¿Su homosexualidad le impidió ser lo que quería? Probablemente. Las circunstancias históricas y culturales, el marco moral de la época marcaron la actuación y las decisiones del infante, atrapado entre su inclinación sexual y sus deberes como estadista. Su comportamiento errático fue tomado por veleidoso, una prueba de desequilibrio mental, y así la posteridad le condenó al silencio y, sin defensa posible, lo colocó en la galería de los infames e irrelevantes. Sin embargo, en este relato de hechos ciertos veteado de verosimilitudes y ficciones que el amable lector tiene en sus manos, me atrevo a defender el alma y la ejecutoria del infante y lo dibujo como víctima, una de tantas a lo largo de la historia, condenada por su orientación de género.

Vilassar de Mar, 27 de enero de 2024

Agradecimientos

A Isabel Martí, mi hilo de Ariadna en el laberinto literario.

Al equipo de HarperCollins Ibérica, que acogió el texto con entusiasmo desde el primer momento, por su amabilidad, profesionalidad y excelencia.